Gerd Pechstein

Sonne im Glas

Ein Sommer mit Maria am Balaton

Roman

AF220687

Ich widme dieses Buch
unseren Freunden
Piroska und Barna

Gerd Pechstein

Sonne im Glas

Ein Sommer mit Maria am Balaton

Roman

Bibliografische Information der Deutschen Nationalbibliothek: Die Deutsche Nationalbibliothek verzeichnet diese Publikation in der Deutschen Nationalbibliografie; detaillierte bibliografische Daten sind im Internet über http://dnb.dnb.de abrufbar.

Satz: Gerd Pechstein
Umschlag/Cover: Siegried Dierker,
                     www.digibuchservice.de
Titelfoto: iStock.com, Bild-Nr. 1161401455
Foto der Rückseite: Piroska Zólyom
Herstellung und Verlag: BoD – Books on Demand,
                     Norderstedt

ISBN: 978-3-7526-6079-1

Die Erinnerung ist das einzige Paradies, aus dem wir nicht vertrieben werden können.

Jean Paul

Inhaltsverzeichnis

1. Kapitel

Die Sonne brennt heiß auf die Terrasse. Peter sitzt bequem in einem Sessel in Nähe des Pools unter dem großen Sonnensegel und einer schattenspendenden großen doppelstämmigen Fächerpalme.

Er nimmt die Umgebung kaum wahr. Ein Buch fesselt ihn. Hier nimmt er sich die Zeit zum Schmökern, wie er es nennt, schaltet ab. Frönt dem wichtigsten Hobby seiner Jugendzeit, das er lange Zeit sträflich vernachlässigte – dem Lesen.

Lange haben sie sich nach der Wärme der Insel mit dem immer leicht kühlenden Wind gesehnt. Doch in dieser Intensität, wie die letzten Tage mit Temperaturen um fast 30 °C im Schatten, brauchen ältere Menschen wie Moni und Peter die Wärme nicht.

Was hilft es da, wenn der Wind von der Küste des Atlantiks her ab und zu stürmisch über das Land bläst? Man sucht Abkühlung – im Meer, im Pool, im Bungalow oder unterm Sonnenschirm.

Mehrere Möwen schweben kreischend am Himmel. Sie streiten sich mit zwei Raben, die ihnen oder ihrer Brut zu nah kamen.

Die Palmenwedel schlagen aneinander und hören sich lärmend, fast die Ruhe störend, an.

Trockene Blattteile und feiner Sand wirbelt der Wind über die Terrasse. Immer in die gleiche Ecke. Das erleichtert die Arbeit, denn Moni liebt die Sauberkeit, zu jeder Zeit. Auch auf der Terrasse.

Es könnte ja unverhofft Besuch kommen. Wie Frauen so sind. Peter hat schon lange aufgehört sich dagegen aufzulehnen, auf die Sinnlosigkeit dieses Sauberkeitswahns hinzuweisen und Moni davon abzubringen.

Ein zweckloses Unterfangen. Hier gab es unüberbrückbare Meinungsunterschiede. Die Reinigung der Terrasse fiel zudem in seine Zuständigkeit.

»Peter, beseitige doch den Sand und Schmutz, den der Wind wieder auf die Terrasse geweht hat«, hörte er von Weitem, wie jeden Tag, oft auch mehrfach, Moni ihn zum Kehren auffordern.

»Ich bin doch nicht der kleine Meyer aus der dänischen TV-Serie ›Oh, diese Mieter‹«, wagte er zu widersprechen.

»Keine Ausflüchte. Besen und Schaufel stehen auf der Terrasse. Die Pflege des Außenbereiches hast du als Verpflichtung übernommen.«

»Aber nicht aller Stunde, wenn es stürmisch ist«, versuchte er nochmals Moni von ihrer Meinung abzubringen.

»Du weißt, Claudia kommt gleich, um den Pool zu säubern.«

Oh je, das hatte er vergessen. Sie hatte wieder einmal recht. Er holte tief Luft und erhob sich schnell. Wusste er doch, dass jede Gegenrede zwecklos ist.

Legte sein Buch zur Seite, nahm den Besen und fegte den Schmutz zusammen.

In diesem Fall war es gut, dass Moni ihn erinnerte. Wortlos kam er den ihm trotzdem überflüssig erscheinenden Hinweis nach.

Bewegung schadet ja nicht und ist sogar mit einem Nutzen für die Gesundheit verbunden, brummelte er vor sich hin.

Mit diesen Gedanken leerte er die Schaufel, stellte Besen und Schaufel in die Ecke. Wenig Sand kam beim Fegen zusammen; nur ein paar Fasern von den Palmwedeln wirkten störend in den Ecken. Doch, was solls.

Peter setzte sich wieder mit seinem Buch auf den Liegestuhl. Im Urlaub las er viel. Oder er tat so, um nicht angesprochen zu werden.

Oft schloss er die Augen, legte dann das Buch beiseite, um in Erinnerungen zu kramen. Hier hatte er dazu die Zeit. Dies beruhigte ihn ungemein. Andererseits blickte er gern zurück – in die Jugendzeit, aber auch auf den gemeinsamen mehr als fünf Jahrzehnte gemeinsamen Lebensweg mit seiner Moni.

Er genoss diese Ruhe, dieses kleine Paradies im Atlantik, einen Lebenstraum, den er sich mit Moni seit über zehn Jahren erfüllte. Eine gute Entscheidung hat man vor langer Zeit getroffen.

Sie mieden nach diesem Entschluss für die Überwinterung die Pauschalurlaube. Wollten sich nicht mehr in die Wartenden am Buffet einreihen, sich dem Rhythmus des Hotelalltags unterwerfen.

Verzichteten bewusst auf die Annehmlichkeiten des Hotelaufenthaltes.

Eine neue Freiheit gönnte man sich, wenn auch die Selbstversorgung nicht jedermanns Sache ist. Für sie ein Gewinn an Unabhängigkeit und Individualität.

Viele Leute lernten sie auf diese Weise kennen. Man unterhielt sich, verabredete sich zum Essen im Restaurant oder einem Treffen im Café, erfuhr so die Neuigkeiten.

Sie genießen im Bungalow den Aufenthalt, diese Kontakte mit Residenten, Einheimischen und Urlaubern, die zwangsläufig mit der Eigenversorgung und den Strandwanderungen verbunden sind.

Der Bungalow ist unweit vom weißen Sandstrand, abseits vom Trubel des Tourismus in den Hotels und in einer ruhigen Gegend, gelegen. Trotzdem haben sie einen weiten Blick bis hin zum Meer, wenn man sich auf den Rand des Pools stellt. Doch wer macht das? Für manchen Besucher ist es äußerst wichtig, das Meer in der Ferne zu sehen.

Auch für die Zuhause Verbliebenen: Moni und Peter überwintern in einem Bungalow mit Meerblick.

Das hört sich doch gut an.

Peter musste unwillkürlich schmunzeln. Auf was für komische Gedanken man kommt. Es klingelte. Moni öffnete die Tür und begrüßte die Verwalterin Claudia, die sich zur Säuberung des Pools angekündigt hatte.

Peter sprang mit Schwung, Sportlichkeit vortäuschend, vom Liegestuhl, sodass seine von Arthrose geplagten Gelenke knackten und er leicht das Gesicht wegen der Schmerzen verzog.

Der Rücken meldete sich auch, doch er gab sich nicht gern die Blöße von Krankheiten geplagt zu sein.

»Der deutsche Winter ist weit weg von uns. Dieses Jahr hat er zu Hause bisher wenig Schnee gebracht«, begann er ein Gespräch mit Claudia.

»Dafür gab es viele Tage mit Temperaturen um den Gefrierpunkt und regnerischem Wetter. Nur wenig spürte man bis Weihnachten davon. Derzeit regnet es und stürmt«, erzählte er der netten Verwalterin.

»Auch die letzten Monate brachte der Winter so wenig Schnee wie nie, wie die Nachbarn uns mitteilten. Der Klimawandel scheint doch real zu sein.«

Sie reinigte den Pool und nickte zustimmend.

»Auch hier auf der Insel ist das Wetter nicht mehr so stabil wie früher. Zumindest erscheint es uns so. Doch wir können es nicht ändern.«

»Ja, dass hört man von vielen Residenten, die seit Jahrzehnten auf der Insel leben«, antwortete Peter.

Claudia, aus Norddeutschland stammend, lebt schon seit vielen Jahren mit ihrem Mann auf der Insel.

Früher entdeckten sie die Schönheiten der Welt, reisten von Kontinent zu Kontinent. In Fuerteventura blieben sie dann hängen und heirateten auch hier.

Die Landschaft und das gesunde Klima der Insel gefielen ihnen, nicht nur wegen der Linderung von Claudias Rheuma, und ließ sie Residenten werden.

Den Pool nutzten Moni und Peter wenig. Das im Winter meist um oder doch mehr unter 20 °C kühle Wasser im Pool sagte ihnen nicht zu.

Sie nahmen lieber ein Wellenbad im Atlantik, da spürte man die Kühle nicht so. Dies geschah meist im Anschluss an einem Spaziergang entlang des Meeres im hellen feinen Sand des Strandes.

Claudia verabschiedete sich. Sie hatte heute wenig Zeit, denn eine Bekannte wartete auf sie.

Auch sie bereiteten sich wie jeden Tag auf die Strandwanderung vor. Am Himmel begleiteten sie kleine weiße, schnell ziehende Wolken, die das Blau des Himmels noch intensiver erscheinen ließen.

Wohltuend, wenn eine Wolke kurzzeitig die Sonne verdeckt, die Intensität der Sonnenstrahlung hemmt.

Wie jedes Jahr folgten Moni und Peter den Zugvögeln in das gesunde und warme Klima der kanarischen Insel.

Anfangs bezeichnete man sie als Träumer, als man den Gedanken äußerte, auf einer Insel der Kanaren zu überwintern. »Ihr habt wohl im Lotto gewonnen?« oder »Eine so lange Zeit weg von Zuhause, das ist doch nicht auszuhalten« – solche Bemerkungen hörten sie immer wieder. Sie lächelten darüber. Doch dies ist Geschichte.

Die Verwandten und Nachbarn gewöhnten sich an ihre lange Abwesenheit; beneideten sie vielleicht.

Die Zeit vergeht schnell, zu schnell. In den letzten Jahren erhielten sie längere Besuche von den Kindern mit dem Enkel Filippo. Eine sehr schöne Zeit für Moni und Peter, denn so lange wie hier konnte man sonst nie mit dem Enkel und den Kindern zusammen sein.

Eine glückliche Zeit für die beiden. Selbstkritisch murmelte Peter vor sich hin, sodass es auch Moni verstand:

»Gut, die Situation des Zusammenlebens ist ungewohnt. Dadurch manchmal auch teils strapaziös.

Auftretende Meinungsverschiedenheiten zwischen Jung und Alt sind nicht ungewöhnlich. Diese gibt es auch. Darüber sieht man hinweg.

Jeder versucht die kleinen Wogen schnell zu glätten. Die eigentümliche entspannte südländische Atmosphäre, das Überspringen der Lebensauffassung der Südländer auf uns, lassen die Differenzen schnell überwinden. Toleranz steht im Vordergrund.«

Nie möchten Moni und Peter auf diese Besuche verzichten. Peter ist stolz, wenn Filippo ihn morgens zum Bäcker begleitet und Oma Moni ist die perfekte Spielpartnerin für den kleinen Wirbelwind.

Er ist ein aufgewecktes Kind, immer auf der Suche nach Beschäftigung, nach Entdeckungen, die das Kinderherz erfreuen – aber nicht immer das Verständnis der Erwachsenen finden. Peter seufzt laut hörbar.

Filippo ist sein ein und alles. Gern geht er mit dem Jungen spazieren. Erklärt die Natur, beantwortet seine vielen Fragen.

Er steht auf, muss die Beine bewegen. Folgt aber auch Monis Ruf zum Kaffee, dessen Duft ihm schon längere Zeit die Nase kitzelte. Diesen Kaffeeduft werden sie zu Hause vermissen. Frisch gemahlene Bohnen aus einer kleinen Rösterei – das gönnt man sich.

Der Tagesablauf unterscheidet sich kaum. Die tägliche Strandwanderung oder der Einkauf von dem, was man zum täglichen Leben benötigt, gehören dazu.

Häufig trifft man dabei Bekannte. Macht ein Schwätzchen und tauscht Neuigkeiten aus; lässt sich Tipps geben. Man wird diese Zeit vermissen.

Momentan sind die Gedanken nach drei Monaten Aufenthalt auf dieser kanarischen Insel vor Afrika bereits wieder beim Packen der Koffer.

Was wird sie wohl zu Hause erwarten? Der Frühling hat bereits Einzug gehalten. Sie werden durch die Wälder und Felder wandern, Ausflüge unternehmen, sich an der erwachenden Natur erfreuen.

Natürlich sind Moni und Peter durch die moderne Kommunikation über die Situation in der Heimat informiert. Sie telefonierten mit den Nachbarn, den Freunden und Bekannten, schickten über Whatsapp Fotos und erhielten zeitnah Antworten. So konnten viele teilhaben an ihrem Langzeiturlaub, der mehr oder weniger Tapetenwechsel ist.

Die täglichen Spaziergänge und Wanderungen unterscheiden sich wenig. Oft laufen sie auf der Promenade oberhalb der Steilküste oder am Strand des Atlantiks entlang, atmen die immer feuchte salzige Luft tief ein. So auch heute.

Sie liefen, jeder seinen Gedanken nachhängend, zügigen Schrittes zum Atlantik. Genossen den Blick in die Ferne, halten oft inne, setzen sich auf einen Felsbrocken und schauen auf das immer unruhige Meer.

Dann lauschen sie der Melodie des Meeres, betrachten die schäumenden Wellen und wechselnden Farben des Wassers. Dies ist gut für die Seele.

Folgen mit den Blicken dem Flug der Möwen, die fast

ohne Flügelschlag über das Wasser gleiten. Sie nehmen die ständigen Veränderungen durch Ebbe und Flut immer wieder neu wahr.

Nichts ist so, wie man es schon gesehen hatte. Für Moni und Peter ist es immer wieder faszinierend, diesem Spiel von Sonne, Wind, Wolken und Wasser zuzusehen, eins zu sein, mit dieser wundervollen Natur.

Dazu die ursprüngliche, durch die vulkanische Vergangenheit geprägte Landschaft im Landesinneren.

Unterhalb der Steilküste die langen weißen Sandstrände, ab und zu unterbrochen von felsigen Abschnitten aus oft fast schwarzem Lavagestein.

Sie verfallen ins Träumen beim Betrachten des aufgewühlten Meeres, lassen sich von den Erinnerungen in ihre Kinder- und Jugendzeit entführen.

Ihre Lebenserfahrung sagt: Im Erinnern an die schönen Momente des Lebens findet man Kraft für Neues und Kreatives in der Zukunft.

Und sie wollen noch viele Jahre auf dieser schönen Welt und in diesem auserwählten Paradies verbringen.

Hier haben sie viel Zeit für Erinnerungen, zum Gedankenaustausch, zur Planung der Aktivitäten der nächsten Monate. Immer wieder freuen sie sich, diesen Schritt gegangen zu sein, den Winter auf der Insel des Frühlings zu erleben.

Das Erinnern hat aber auch einen Nachteil – es ist mit Altern verbunden.

Je älter man ist, auf umso mehr Erinnerungen kann man zurückblicken.

Der Vorteil: Mit dem Alter verblassen oft die negativen Erfahrungen.

Die Ereignisse, verbunden mit Freude und Glück, drängen sich in den Vordergrund. Und das ist gut so.

Das Leben kann schön sein. Man muss bloß den Willen und Mut haben, es nach seinen Vorstellungen zu gestalten, lieb gewordene Gewohnheiten auch einmal über Bord zu werfen, an eine neue Lebensweise zu glauben, sich neue Ziele setzen.

Dabei sind auch Entscheidungen zu fällen, die andere als absurd oder zumindest als nicht normal bezeichnen.

Wichtig ist, dem Wunsch Realität werden zu lassen, um den Traum zu leben. Moni und Peter haben es gewagt.

Sie trafen eine Entscheidung, die ihr Leben stark veränderte, positiv beeinflusste, neue Akzente setzte.

Ihr Lebensabend erhielt eine neue Qualität. Der Faktor Zeit spielte nur noch eine untergeordnete Rolle.

Eng aneinandergeschmiegt, Peter hatte seinen Arm um Monis Schulter gelegt, betrachteten sie das Meer und die Strandgänger.

Letztere nutzten die Ebbe zur Strandwanderung, bepackt mit Rucksack und meist die Schuhe in der Hand. Andere liefen nur in Badekleidung. Auch FKK-Freaks stolzierten vorbei.

Moni und Peter mochten diese Augenblicke, die sich oft bis zu einer Stunde ausdehnten, diese Momente, um die Seele baumeln zu lassen. Der leichte, eigentlich immer vorhandene Wind spielte mit Monis Haaren.

Sie liebte es, sich auch einmal ihres Hutes zu entledigen und so den kühlenden Wind hautnah zu spüren.

Am Horizont gingen Fischer im kleinen Boot ihrer Arbeit nach. Eine große Fähre kämpfte mit den Wellen des Meeres.

Ganz weit hinten, dort wo Himmel und Meer sich vereinen, befindet sich Afrika.

Bald soll es wieder eine Fährverbindung geben.

Dann geht vielleicht der Wunsch nach einem Kurzaufenthalt in Marokko in Erfüllung. Wieder so eine irre Idee, die sie noch hegten.

Es bewegten sie im Verlauf der Jahre immer wiederkehrende vertraute Bilder und Wünsche, so wie Ebbe und Flut zum Alltag gehörten und beim Strandwandern zu beachten sind.

In solchen Momenten der Einkehr folgt jeder seinen Gedanken, lässt die Schönheit der Landschaft, das Meer, die Natur auf sich wirken.

Man betrachtet die kleinen Blümchen, die sich trotz Kargheit des Bodens behaupten und die Blicke auf ihre zarten, oft sehr kleinen farbigen Blüten ziehen.

»Ja, schön ist es hier«, hörte Moni Peter leise sagen, »man kann nicht genug von diesen Eindrücken aufnehmen. Man wird süchtig nach diesem nie Ruhe findenden Meer und diesem Wechsel der Farben des Meeres und der Berge.«

Sie rissen sich los von diesem beglückenden Anblick und spazierten langsam Hand in Hand Richtung Bungalow.

Nur noch wenig Zeit blieb bis zur Abreise und sie müssen Abschied nehmen vom Meer. Das gehörte einfach zum Aufenthalt dazu. Doch nach jedem Abschied wird wieder Ende des Jahres eine Ankunft sein. Gesundheit vorausgesetzt.

Der kleine Supermarkt lag am Weg und so kauften sie noch einige Tomaten und Getränke.

Es wurde Zeit das Abendbrot zuzubereiten. Peter deckte auf der Terrasse den Tisch.

Diese Aufgabe, wie auch die Frühstücksvorbereitung, ließ er sich nicht nehmen.

Plötzlich und unvorhersehbar hörte Peter Moni sagen:

»Weißt du, es gibt nicht nur die Insel. Wir sollten wieder einmal eine größere Reise mit dem Auto unternehmen.«

Erstaunt sah Peter sie an, denn eigentlich war diese Aussage von ihr nicht zu erwarten. Moni packt nicht gern Koffer und liebt es eher, zu Hause zu sein.

»Wie meinst du das? Hast du einen Vorschlag?«, fragte Peter ungläubig zurück.

»Nein, oder vielleicht doch«, entgegnete sie. »Voriges Jahr fuhren wir doch mit dem Auto ins Ahrtal und nach Zeeland.

Die Reise gefiel uns gut und wir haben interessante Landschaften gesehen. Deshalb nahmen wir uns vor, auch dieses Jahr wieder eine größere Tour zu unternehmen, wenn die Gesundheit es zulässt.«

»Das stimmt. Es sind ja noch einige Einladungen offen. Wir hatten uns schon einige landschaftlich schöne Ziele ausgesucht. Österreich mit der Wachau stand z. B. auf dem Wunschzettel«, antwortete Peter.

»So ist es. Ich habe gestern mit Gerti gesprochen. Sie schwärmte von ihrem Mostviertel sowie der Donau und dem Wienerwald. Sie meinte, dass wir uns diese Region unbedingt ansehen müssten.

Anett in Wien wollten wir auch besuchen. Uns ihre schönen Bilder und Kunsthandwerksartikel im Atelier ansehen. Die Vielfalt ihres künstlerischen Schaffens ist groß.«

»Aha, daher weht der Wind«, murmelte Peter leise, mehr zu sich.

Gerti, eine Bekannte aus früherer Zeit, befand sich auch gerade in einem Hotel in der Nähe auf Urlaub.

Gemeinsam hatte man in den letzten Tagen schon einige Wanderungen und Ausflüge unternommen.

»Schon mehrfach hat sie uns eingeladen, da sie ein Gästezimmer frei hat«, hörte Peter aus der Küche Moni erzählen.

Peter runzelte die Stirn, ging zu Moni und antwortete:

»Müssen wir überlegen. Ist jedoch nicht gerade um die Ecke. Da werden wir wohl einen Zwischenstopp einlegen müssen. Wir sind ja nicht mehr taufrisch und ich muss alles allein fahren.«

»Du hast dich doch erholt und sagst immer, dass du gern Auto fährst. Wir können uns doch Zeit nehmen.«

»Da hast du wieder recht, Moni«, antwortete Peter. »Ich sage das nur, weil du nicht mehr mit dem Auto ins Ausland fahren wolltest. An mir soll es nicht liegen.«

Es überraschte ihn immer wieder, wie schnell seine Moni ihre Meinung ändern konnte. Sie hätte Politikerin werden können.

Peter wiegte den Kopf hin und her und überlegte. Ihm kamen die Wünsche seiner Frau entgegen.

Er hatte auch einige Pläne, die er noch vor seinem Achtzigsten verwirklichen wollte.

Schon lange grübelte er über einige Reisewünsche. Im Alter sollte man nichts auf die lange Bank schieben, sondern nach Tagesform entscheiden und es tun.

Erfreulich dabei: Durch die Überwinterung auf der Kanareninsel haben sich sein und auch Monis Gesundheitszustand leicht verbessert.

Sie sind überzeugt von der gesundheitsfördernden Wirkung des Klimas.

Die Chance musste er nutzen, um seinen Wunsch ins Gespräch zu bringen.

»Du weißt, auch die Reise zum Balaton steht noch auf der Wunschliste. Maria und Bela warten schon viele Jahre auf ein Treffen mit uns am Plattensee.«

»Das ist richtig. Daran habe ich auch schon gedacht, als wir vor einigen Tagen ihre Whatsapp-Nachricht erhielten. Doch ist es mit dem Auto nicht zu weit? Du bist inzwischen 76 und musst allein fahren.«

Peter zog leicht die Augenbrauen hoch, schaute Moni entrüstet an. Er reagiert immer sauer, wenn er auf sein Alter aufmerksam gemacht wird. Es ist etwas anderes, wenn er es sagt.

Noch schlimmer, wenn es von Moni oder den Kindern kommt und in Richtung Fahrtüchtigkeit und Ausdauer geht.

»Was soll das? Voriges Jahr fragte auch keiner, als wir mit den Kindern nach Zeeland an die Nordsee zum Campingaufenthalt im Mobilhome gefahren sind«, antwortete er etwas barsch und gereizt.

»Das Mostviertel und Wien sind mehr oder weniger an der Strecke. Auf die paar Kilometer kommt es dann auch nicht mehr an.«

Moni wurde bewusst, dass sie nicht den richtigen Ton getroffen hatte. Ihr Mann fühlte sich in seiner Eitelkeit getroffen, schien gekränkt. Sie bemerkte nun auch, dass eigentlich sie das Thema angesprochen hatte.

Dort hatte sie jedoch keine Zweifel wegen der Länge der Fahrt geäußert.

Gut, man musste vor zwei Jahren das Wochenendhaus abgeben, weil die Arbeiten auf dem großen Grundstück nicht mehr zu bewältigen waren.

Doch dies lag an der Arthrose, die sich bei Peter in den Gelenken breitmachte, einige der wiederkehrenden Arbeiten erschwerte oder nicht mehr zuließ.

»Moni, du weißt, dass man ab und zu anhalten und sich unterwegs auch für zwei oder drei Tage in einer schönen Gegend ein Quartier suchen kann. Machen wir doch immer so«, antwortete Peter nach wie vor gereizt.

»Wir wollen doch die Reise genießen und schöne Landschaften, Bauwerke und Städte dabei entdecken. Schon lange gibt es den Plan, durch die Wachau an der Donau entlang zu fahren.

Alles kein Problem. Du verkomplizierst immer alles mit deinen pessimistischen Gedanken, den Zweifeln. Ich habe schon bei Maria und Bela angefragt.

Sie sind im Juni im Sommerhaus auf ihrem Weinberg und sind begeistert, dass wir uns mit der Planung einer Reise zum Balaton befassen. Bela will auch ein paar gute Flaschen Wein in seinem Weinkeller für eine zünftige Party reservieren.«

»Ja, das glaube ich Bela aufs Wort. Da ist er schnell dabei und organisiert die Teilnahme der Familie.«

»Das würde für mich fast ein Jubiläum sein«, warf Peter ein. »Es sind nun schon fast sechzig Jahre her, als ich meine abenteuerliche Reise zu Maria unternahm.

Ich folgte einer Einladung der Familie meiner lang-jährigen Brieffreundin ins sozialistische Ausland, wie es damals hieß.

Um die Genehmigung musste ich lange kämpfen, ehe ich individuell, ohne Reisebüro, die Reise antreten konnte. Oft habe ich davon erzählt – unvergesslich und abenteuerlich.

Viele Lehren gab es für mich. Großartig wie ich von Marias Familie aufgenommen wurde.

Diese Erlebnisse und Erfahrungen der Gastfreund-schaft begleiteten, ja ich kann sagen, prägten mein ge-samtes Leben.«

Peter atmete geräuschvoll und tief, verfiel in Gedan-ken, in Erinnerungen an eine Zeit, als er die Schule und das Internat mit dem Abitur in der Tasche verlassen hatte. Allein in ein anderes Land zu reisen und Grenzen zu überschreiten, andere Kulturen kennenlernen, das bedeutete für ihn, einen Trip in ein bisschen Freiheit zu unternehmen.

Auszubrechen aus der Enge des Alltages, der Kurzreisen im eigenen Land.

Oft hatte er schon Moni und seinem Sohn die Fotos von dieser und den späteren Reisen, wo Moni dabei war, zu Marias Familie gezeigt.

Man kam dabei ins Schwärmen, erinnerte sich gern an diese wundervollen Zeiten und netten Begegnungen.

Sie besuchten sich mehrfach und es entwickelte sich eine intensive Freundschaft im Laufe der Jahre zwischen den Familien.

»Moni, sobald wir zu Hause sind, werde ich mich um eine Ferienwohnung in Keszthely am Balaton kümmern. Zunächst werden wir aber nochmals die Fotos heraussuchen.

Beim Betrachten kommen die Erinnerungen an gemeinsame Zeiten wieder. Marias Schwestern haben wir seit Langem nicht gesehen. Nur Anna kenne ich von verschiedenen Facebook-Fotos.«

Peter überlegte und sah sich auf Annas Facebook-Account um. Auch sie hatte sich verändert. Sie ist in Pension, geht wandern, stellt in Galerien ihre Gemälde aus, unternimmt viel mit der Enkelin.

Seit Kurzem bäckt sie ihr eigenes Brot. Auch sie hat genug Beschäftigung im Ruhestand. Wir sind alle älter geworden, haben Kinder und Enkel.

Peter setzte sich nach dem Abendessen wieder auf die Terrasse, versank in Gedanken und genoss die letzten Strahlen der Abendsonne.

Allmählich brachte das Grübeln immer neue Erinnerungen hervor. Man hatte sich lange Zeit aus den Augen verloren, doch das Internet brachte wieder die Verbindung.

Maria und Bela fanden sie im World Wide Web, weil Peter seit einigen Jahren durch seine Ahnenforschung und Reiseberichte nicht zu übersehen war.

»Ein bunter Hund im Internet«, wie sein Sohn immer sagte, wenn er seinen Vater ärgern wollte.

Peter erinnerte sich an diesen Tag. In seinem E-Mail-Briefkasten fand er eine Anfrage, ob Peter derjenige ist, der Anfang der sechziger Jahre bei Familie Szabó und der Tochter Maria am Balaton zu Besuch war.

Peter staunte und las alles nochmals ungläubig. Bestimmt zwanzig Jahre hatte man sich aus den Augen verloren. Maria und ihre Familie arbeiteten und lebten im Ausland, in Nordafrika.

Dann kam die Wende. Und nun dieses Lebenszeichen von ihr. Erfreut lief er damals sofort zu Moni und musste ihr das erzählen.

»Wirklich toll. Du musst gleich antworten«, meinte Moni damals begeistert.

»Ich erinnere mich gern an die verschiedenen Begegnungen und kleinen Feiern.

Auch die gegenseitigen Besuche und das Zusammentreffen unserer Kinder. Schade, dass dies so abrupt endete. Doch jeder hatte eigene Probleme.«

»Ja, so war das«, murmelte Peter in sich hinein.

»Es waren keine leichten Jahre. Man musste sich um die Zukunft der Familie sorgen. Jeder beschäftigte sich damit, das berufliche Überleben zu sichern. Doch auch dies ist endgültig Geschichte.«

Immer neue Erlebnisse fielen ihm ein, auch wenn diese Zeit sehr weit weg war. In den letzten Jahren gab es dann wieder wechselnde Besuche und interessante Gespräche.

Man verstand sich nach wie vor gut. Sie vertieften sich gern in das Betrachten der schwarz-weißen, meist schon leicht vergilbten Fotos einer längst vergangenen Zeit.

Tauschten ihre Gedanken dazu aus. Ja, so war plötzlich wieder der Kontakt da.

Das Internet hat auch gute Seiten. Damit endete seine kurze gedankliche Reise in die Vergangenheit. Für Peter eine ermüdende Angelegenheit.

Ein kurzer Schlaf hatte ihn übermannt. Das Buch entglitt seinen Händen. Die Lesebrille saß jedoch noch an ihrem Platz.

Munter geworden richtete Peter sich plötzlich auf, wendete sich seiner Frau zu und sagte:

»Ich glaube, das wird garantiert eine schöne Reise. Den Balaton oder das ungarische Meer, wie der See auch genannt wird, haben wir seit Jahrzehnten nicht gesehen. Nach der Wende standen bei uns andere Reiseziele im Vordergrund.«

»Da hast du recht«, antwortete Moni, die immer noch am Tisch saß und eine Illustrierte las.

»Vieles werden wir nicht wiedererkennen. Das wird toll. Ich freue mich schon darauf und hätte nicht gedacht, dass wir beide uns so schnell festlegen.«

Innerlich aber hatte sie Bedenken, ob die Reise ihr nicht zu anstrengend würde.

Das Herz und der Kreislauf bereiten ihr ab und zu Probleme. Eine komplizierte Augen-Operation erwartete sie zu Hause. Doch sie nahm sich vor, nichts von ihren Befürchtungen Peter zu sagen.

Sie wollte seine Euphorie nicht bremsen. Mit der Vorfreude wollte sie diese Probleme verdrängen.

Es ist verständlich, dass die nächsten Tage oft das Thema »Sommerreise zu Maria und zum Balaton« die Unterhaltungen der beiden bestimmte. Zufrieden lehnten sich beide, sie hatten inzwischen nochmals auf den Liegestuhl Platz genommen, zurück. Aber bald hieß es aufstehen.

Die Sonne war hinter einem Berg verschwunden. Es wurde etwas kühl durch den kräftiger auffrischenden Wind. Ein tolles Abendrot über dem Berg ließ den Abschied schwer werden.

Die Koffer warteten darauf, fertig gepackt zu werden, und Peter sah nochmals nach dem Auto.

Schneller als vermutet verging der letzte Tag auf der kanarischen Insel.

Bei frühlingshaftem Wetter kam man wieder in der vertrauten heimischen Umgebung in Deutschland an. Moni packte die Koffer aus und Peter befasste sich mit der Suche einer Ferienwohnung im Internet am PC.

Er überlegte, was man neben den Besuchen der Bekannten in Österreich noch mit der Reise verbinden konnte.

Doch zunächst widmete er sich den Fotoalben, suchte Fotos von den Begegnungen mit Marias Familie heraus.

Er ging sogar in den Keller, wo seit dem letzten Umzug die Diapositive, Relikte einer vergessenen Technik und Zeit, der Reisen ihrer Jugend, lagerten.

Nach langem Suchen fand Peter auch noch den alten Dia-Projektor, der nach einigen Säuberungsarbeiten zum Glück noch seinen Dienst tat. Peter betrachtete die jahrzehntealten Fotos und versuchte sich zu erinnern.

Die ersten Besuche hatten nur er und Maria in Erinnerung, denn Moni gab es noch nicht in Peters Leben.

Immer wieder versuchte er sich Details ins Gedächtnis zu rufen, was nicht leicht war. Die Augen und der Kopf schmerzten, so strengte das Betrachten der alten Diapositive an. Die Farben und die Schärfe hatten durch die lange, meist unsachgemäße, Lagerung gelitten.

Es gehörte zuweilen viel Fantasie dazu, das Motiv zu erkennen. Peter schaltete den Projektor aus, ließ alles liegen, wenn auch Moni ihn wieder der Unordnung bezichtigen würde.

Er lehnte sich im Schreibtischsessel zurück und schaltete den PC ein. Schaute auf seinen Stammbaum an der Wand über dem PC. Dann ohne Ziel zum Fenster hinaus, bis ihn das Foto auf dem Bildschirm daran erinnerte, dass er mit dem PC arbeiten wollte.

Immer wieder betrachtete er die Schwarz-Weiß-Fotos, die er kopiert hatte, um diese am PC zu bearbeiten und zu betrachten.

Konfrontiert mit der Jugendzeit, wurden immer neue Erinnerungen wach. Peter schloss die Augen, was ihm guttat. Sie brannten wie Feuer von der Anstrengung.

Seine Gedanken verselbstständigten sich. Er schien in eine andere Welt einzutauchen. Immer mehr Einzelheiten der früheren Begegnungen bei den Besuchen fielen ihm ein.

Wie ein Puzzle vervollständigten sich die Bilder in seinem Kopf. Er nahm gar nicht wahr, dass seine Frau sich zum Einkauf in die Stadt verabschiedete.

Wie in Trance gefallen, saß er mit geschlossenen Augen auf seinem Stuhl, öffnete die große Schatzkiste der Lebenserinnerungen, suchte die Zeit seiner längst vergangenen Kindheit und Jugend auf.

Peter, inzwischen ein alter Mann, doch er fühlte sich noch rüstig, um das zu unternehmen, wozu er noch nicht gekommen ist. Er hat sich im Geheimen eine To-do-Liste für seinen und Monis Lebensabend aufgestellt.

Dort fanden die Vorhaben und Ziele ihren Platz, die sie im bisherigen Leben nicht verwirklichen konnten.

Keiner wusste davon, was auch so bleiben sollte. Druck durfte nicht daraus entstehen.

Es bewahrheitete sich: Erinnerungen sind bei uns Menschen, unabhängig vom Alter, die Komposition der Gewürze in der Suppe unseres Lebens.

Es ist wie bei einem Restaurantbesuch. Man erinnert sich nach dem Essen zunächst an eine zu starke oder zu schwache Würze des Menüs.

Nachhaltig, meist über viele Jahre, bleibt jedoch ein leckeres Essen, toll im Geschmack, im Gedächtnis.

Oft ergänzt durch eine ansprechende, harmonische und doch aufregende Tellergestaltung und Tischdekoration – ein Augenschmaus und des Erinnerns wert.

Also ein Menü für alle Sinne, nicht nur um den Hunger zu verdrängen.

Nun überwältigten Peter die Erinnerungen vollständig, machten ihn müde, führten ihn in das Land der Träume und der Fantasie.

Er tauchte ab in die Vergangenheit, begann gedanklich mit der Reise in seine frühe Jugend.

Heute heißt es, er beamte sich um Jahrzehnte zurück in eine heute für die Jugend unwirkliche Zeit.

Die Rückkehr seiner Frau vom Einkauf nahm er nicht mehr wahr. Der Schlaf hatte ihn übermannt und Träume nahmen von ihm Besitz.

Wie hypnotisiert von dem Willen in seine Jugendzeit zurückzukehren, eine Zeitreise zu unternehmen, fand er sich unvermittelt im Wohnheim wieder.

2. Kapitel

Peter ließ sich auf das unbequeme aus Protest quietschende Bett fallen und wollte schlafen. Weit schleuderte er die Schuhe von sich. Er war missmutig, denn gern wäre er nach Hause gefahren.

Dies klappte jedoch nicht. Man hatte ihn für einen Arbeitseinsatz eingesetzt. Ein Kollege fiel wegen Krankheit aus. Doch eigentlich wollte er es so, denn er benötigte dringend Geld für seine Reise.

Es war früher Nachmittag und sein Mitbewohner im Wohnheim ließ gerade die Zimmertür hinter sich hörbar ins Schloss fallen. Uwe nahm sich ein Heimfahrtwochenende, sodass Peter eigentlich ungestört einen Nachmittagsschlaf vor der Nachtschicht halten konnte.

Aber seine Gedanken an die bevorstehende Reise nach Ungarn ließen ihn nicht zur gewohnten Ruhe kommen. Etwas Unbekanntes, nicht Kalkulierbares, erwartete ihn. Dennoch sehnte er sich schon lange danach.

Für ihn bedeutete dies eine Reise in eine kleine Freiheit, die er sich in seiner Sehnsucht zum Kennenlernen fremder Länder und Kulturen schon lange wünschte.

Es ist die Verwirklichung eines bisher unerfüllten Traumes.

Er hat alles allein geplant, die Vorbereitungen und den Ärger mit den aus seiner Sicht unwilligen Behörden ausgefochten. Jetzt ist er am Ziel.

Bald wird er über die Grenzen zweier Staaten ohne Reisebüro, ganz allein auf sich gestellt, in den Urlaub zu der Familie seiner Briefpartnerin fahren.

Ein wenig bekanntes Gefühl von Glück und Stolz auf seine Hartnäckigkeit überrollte ihn. Alle, die ihm Erfolglosigkeit prophezeit haben, hat er eines Besseren belehrt.

Einen Spinner nannte man ihn sogar. Übermütig schlug er mit den Händen auf das Bett und lachte laut. Niemand hörte ihn. Er war allein.

Nun starrte er zur Zimmerdecke, beobachtete eine große braune Spinne, die mit dem Spinnen eines Netzes an der Deckenleuchte begann.

Er wollte diesem Treiben ein Ende bereiten, doch er mochte nicht aufstehen.

»Das hat Zeit«, sagte er zu sich. »Jetzt entspanne ich mich, träume von meinem bevorstehenden Reiseabenteuer, versuche zu schlafen. Später setze ich dich, unwillkommene Spinne, wieder ins Freie.«

Doch diese seilte sich inzwischen ab und kam Peters Gesicht immer näher. Er ekelte sich vor diesem braunen Biest mit den behaarten Beinen.

In seiner Kinderzeit als Naturforscher hat er sie noch namentlich bestimmt, fand sie interessant. Er erinnerte sich an den Namen: Hauswinkelspinne. Klingt eigentlich harmlos.

Das Zimmer befand sich ebenerdig in einer Baracke. Eine wildwuchernde feuchte Wiese mit sich selbst überlassenen Sträuchern und Unkrautstauden umgab das Gebäude. Das verlieh der Baracke und den Bewohnern die Illusion, im Grünen zu sein.

Kein Wunder, dass die Biester sich einen trockenen Raum suchten. Peter überwand sich und mit einer kurzen Bewegung fing er das Ungeheuer, sprang vom Bett und warf das Tier aus dem geöffneten Fenster.

Er schüttelte sich, wusch intensiv seine Hände, schloss das Fenster und legte sich wieder nieder. Es fröstelte ihn, obwohl es nicht kühl war.

Die Augen geschlossen, versuchte er sich vorzustellen, wie es wohl am Balaton sein würde. Vieles kannte er von den Ansichtskarten und Erzählungen. Einen kleinen Bildband hat er auch schon von Maria erhalten. Es musste wundervoll sein.

Der relativ flache und warme See umgeben mit Weinlagen und den bewaldeten Bergen im Hintergrund.

Bestimmt ein kleines Paradies, wenn man den Berichten von Bekannten, die dort schon mit dem Reisebüro zum Camping waren, glauben konnte.

Unwillkürlich fühlte er sich gedanklich schon am Strand, im warmen Wasser schwimmend oder gemeinsam mit Marias Familie die Umgebung erkundend.

Die Gedanken schienen ihn zu ermüden, denn der Schlaf ergriff von ihm Besitz und mit diesem kamen neue Träume.

Seit der Grundschule pflegte Peter als Hobby die Korrespondenz mit anderen Teenagern in aller Welt.

Es war der Ausdruck der Sehnsucht durch Reisen andere Menschen und deren Lebensumstände sowie Meinungen, andere Länder mit faszinierenden Landschaften kennenzulernen.

Peter, ein sehr schlanker Junge, doch sportlich ausdauernd und unternehmungslustig, tourt mit dem Fahrrad viel durch die Lande, übernachtet in Jugendherbergen. Oft mit Freunden, aber auch allein.

Und immer dabei: Sein großer klein karierter Campingbeutel, eine Art bunter Rucksack, besetzt mit Aufnähern seiner Radwanderziele.

Grenzüberschreitende Reisen fanden bisher nur in Gedanken statt, in seinen Träumen, im Austausch der Gedanken mit Briefen über Grenzen und Erdteile hinweg.

Früher seine Klassenkameraden, oder jetzt die Arbeitskollegen, bezeichneten ihn oft als nicht belehrbaren

Fantasten, wenn er von seiner Sehnsucht nach Ferne erzählte und in seiner Freizeit Briefe beantwortete.

Sie gingen lieber zum Sport oder vertrieben sich die Zeit beim Kartenspiel. Doch neugierig waren sie schon, wenn fast täglich Briefe aus aller Welt in Peters Postfach landeten.

Trotzdem gab es kein Verständnis, wenn er davon redete, das eine oder andere Land irgendwann ohne Reisebüro zu besuchen.

Solche Vorhaben schienen unrealistisch, da es der Staat nicht zuließ. Deshalb gehörten solche Gedanken in den Augen der anderen in das Reich der realitätsfernen Fantasie oder sie taten es ab als Träumerei.

All diese Zweifel und spitzen Bemerkungen störten ihn nicht. Er hatte Spaß daran. Peter wusste, dass ins Ausland nur wenige fahren konnten. Man konnte auch sagen – durften.

Dann nur als organisierte Reise für die, die es bezahlen konnten. Seine Eltern und er gehörten nicht dazu. Es gab aber Leute, die konnten auch individuell reisen.

Meist aus beruflichen Gründen oder sie waren Rentner und konnten einen Verwandtenbesuch beantragen.

Dann gab es diejenigen, über die man nicht sprach. Vor denen man sich aber in Acht nehmen musste, die man hinter vorgehaltener Hand auch Schlapphüte nannte.

Sich über solche Realitäten Gedanken zu machen, war vertane Zeit. Warum auch, daran konnte man nichts ändern, nur unangenehm auffallen.

Man hatte sich daran gewöhnt, bei bestimmten Dingen keine Fragen zu stellen oder die Meinungen so zu äußern, wie sie vom Staat gewünscht und erwartet wurden.

Peter lernte durch sein Hobby viel. Er erlangte Kenntnis von Ereignissen und Meinungen, wie es nur durch direkten Gedankenaustausch möglich war.

Aber er wurde auch mit Ansichten konfrontiert, die denen in den Zeitungen entgegenstanden. Zensur konnte so umgangen werden.

Briefwechsel ganz ohne Austausch und auch Streit um politische Ansichten ging nicht. Vor allem, wenn die Partner im kapitalistischen Ausland lebten.

Viele Einladungen hat er in den letzten Jahren schon erhalten. Doch die Regierenden verweigerten die Möglichkeit, sich zu besuchen, andere Länder auf eigene Faust kennenzulernen.

Man las zwar täglich von sozialistischen Bruderländern in der Presse, sprach von Völkerfreundschaft.

Doch den Bürgern legte man viele Hindernisse in den Weg, wollten sie die sozialistischen Brüder und Schwestern, wie es im Sprachgebrauch des Staates und somit auch der Presse hieß, privat kennenlernen.

Es bestätigte sich auch hier, dass Theorie und Praxis zwei verschiedene Paar Schuhe sind. Dies ist auf vielen Gebieten noch heute so.

Peter liebte sein Hobby, auch wenn es ihm oft beschwerlich war, alles zu lesen. Russisch und Englisch in Handschrift verursachte oftmaliges Nachschlagen im Wörterbuch und kostete somit viel Zeit.

Positiv bei aller Mühe, es blieb doch die eine oder andere Vokabel im Gedächtnis hängen. Die Mehrzahl der Briefpartner nutzten die deutsche Sprache, wollten diese Sprache erlernen und vervollkommnen.

So auch Maria. Peter schöpfte daraus die Hoffnung, sich gut während des Besuches in Ungarn verständigen zu können.

Dies schien ihm das geringste Problem zu sein.

Mehr Gedanken machte er sich zur Reise mit dem Zug und die Grenzkontrollen. Viele haarsträubende Erlebnisberichte dazu machten die Runde.

Diese Erfahrungen ignorierte er. Spielten in seinen Vorbereitungen keine Rolle. Würden ihn nur belasten.

Als Optimist bewegte er sich in dieser Welt. Hatte so eine solide Ausbildung erreicht.

Das Abitur war bestanden und in einem halben Jahr wird Peter Laborant sein.

Er hat dann einen Beruf, wie es staatlich nach dem Abitur gewollt war, und könnte auf eigenen Füßen stehen. Geld verdienen.

Die andere Variante, um einen Studienplatz zu erhalten, in der Armee zu dienen, konnte ihn nicht überzeugen. Dies wollte er unbedingt vermeiden.

Er wollte studieren und musste einen vernünftigen Berufsabschluss bei der Bewerbung vorweisen. Peter sah darin kein Problem. Er befand sich auf einem guten Weg.

Die Arbeit im Chemielabor gefiel ihm. Mit seinem Zimmerkollegen war er Hahn im Korb, denn sie waren die einzigen Jungen in einer Mädchenklasse. Er fühlte sich zufrieden in der jetzigen Situation.

Der Schlaf hatte Peter gutgetan. Nun streckte er sich und atmete hörbar ein und aus.

Mit einem Sprung verließ er das Bett, öffnete beide Flügel des Fensters.

Kühle, feuchte Luft nach einem kurzen Regenschauer strömte ins Zimmer.

Er reckte die Arme nach oben, streckte sich. Plötzlich sah er wieder eine Spinne, die gut mit dem Bau ihres Netzes vorangekommen war. Diesmal jedoch am Fenster.

»So nicht, liebe Spinne. Ich bin zwar ein Tierfreund, aber dein Zuhause ist nicht hier, sondern in freier

Natur.« Sprach es, kletterte auf einen Stuhl und fing die Spinne ein.

Mit Schwung beförderte er sie hinaus auf die Wiese. Wieder wusch er sich gründlich die Hände.

Das gehörte zu ihm, war eine Marotte, wenn er Spinnen und ähnliches Getier angefasst hatte. Sein Ekel nach der Berührung trieb ihn dazu.

Es blieb noch Zeit bis zur Schicht. Deshalb widmete er sich dem Zusammensuchen der letzten Briefe von Maria.

Das Duplikat der vor einigen Wochen erhaltenen formellen Einladung von Maria und ihren Eltern nahm er immer wieder in die Hände.

Sehr nett und freundlich stand in dem beigefügten Brief an ihn von Marias Mutter Piroska in deutscher Sprache, dass Peter die Familie zwei Wochen in Ungarn in der Nähe des Balatons besuchen sollte.

Dazu formgerecht eine Erklärung für die Polizei, dass man alle Kosten des Aufenthaltes für Peter übernimmt. Die Reisevorschriften wollten das so.

Damit schien ein Ende des Bemühens zu einem persönlichen Kontakt mit einer seiner Briefpartnerinnen positiv zu enden.

Diesmal war Peters Hoffnung nahe am Ziel, denn die Chancen ein Visum bzw. die Reiseanlage zu erhalten, waren gut.

Für sich hatte er diese eigentlich schon als genehmigt registriert. Nach den bisherigen Auskünften für ihn alles nur noch Formsache.

Die materielle Seite galt als sicher. Einerseits erhielt er von seinen Eltern die Zusage, dass sie die Fahrkarten bezahlen und ein Taschengeld beisteuern.

Andererseits besaß er durch Ferienarbeit und Sonderschichten schon etwas Reisegeld, auch wenn er kaum etwas offiziell umtauschen konnte. Sparsam erzogen, hielt er das Geld zusammen. Die Vorfreude von Peter kannte keine Grenzen.

Nun drehten sich seine Gedanken nur noch um die bevorstehende Reise. Er wälzte die Fahrpläne und hatte bei der Polizei rechtzeitig die Reiseanlage beantragt.

Etwas bereitete ihn Sorgen: Sein Englisch war schlecht und Ungarisch nicht vorhanden.

Seine große Hoffnung – die Deutschkenntnisse von Maria und deren Eltern mussten die Verständigung garantieren. Sie hatte es ihm auch immer wieder beteuert.

Ein mulmiges Gefühl beschlich ihn trotzdem immer öfter. Ganz so gleichgültig, wie er es nach außen zeigte, war ihm die derzeitige Situation nicht. Ein Wörterbuch Ungarisch-Deutsch musste unbedingt mit ins Reisegepäck.

Nur noch drei Wochen blieben. Immer öfter wechselten die Briefe, um den Aufenthalt abzustimmen. Beruhigend für Peter die Zusicherung von Marias Eltern, ihn in Budapest vom Bahnhof, wo der Zug ankommen sollte, abzuholen.

Nun hat er fast alles zusammen, sogar die 30 Mark Reisegeld, die ihn nach DDR-Recht zustanden, waren bei der Staatsbank in Forint umgetauscht.

Seltsam und ein ganz neues Gefühl für ihn, andere Geldscheine in den Händen zu halten, nicht zu wissen, was man dafür erhalten wird.

Zu wenig, wie seine Bekannten und Freunde immer wieder feststellten. Das konnte nur ein »Notgroschen« sein.

Doch er durfte reisen, was für ihn zunächst primär zählte. Er ließ sich dieses kommende Erlebnis nicht vermiesen. Spitze und abfällige Bemerkungen dazu ließ er abprallen, verbuchte sie unter Neid und Missgunst.

Sekundär in diesem Moment, dass Marias Familie ihn auf »staatliche Anweisung durchfüttern musste«, wie sein Vater sarkastisch immer wieder feststellte.

Im Gegenzug vereinbarte man deshalb den Besuch von Maria. Auch in diesem Fall verlangten die ungarischen Behörden von Peter bzw. seinen Eltern eine derartige Erklärung.

Peter seufzte, wenn er an diese Begleiterscheinungen dachte. Man kannte es nicht anders und die Hürden hatte er nun überwunden.

Zufrieden mit sich und voller Ungeduld auf die Reise zum ungarischen Meer, bereitete er sich intensiv darauf vor.

Einige von Peters Freunden waren schon mit dem Reisebüro oder auch mit Jugendtourist in Ungarn campen.

Sie vermittelten ihm ihre Erfahrungen, was man so als »Waren« mitnehmen sollte, um diese vor Ort zu »versilbern.«

Auf dem Einkaufszettel standen vorrangig Zigaretten und gute Seife, doch auch zwei Paar Nylon-Damen-Strümpfe gängiger Größen lagen bereit.

Es durfte ja auch nicht so viel Platz im Koffer einnehmen.

Vieles hatte er schon gekauft, aber die Zweifel, ob es reicht, blieben. Sein Erspartes nahm ab. Er musste rechnen, brauchte Bargeld.

Für den Notfall musste immer etwas vorhanden sein. Deshalb sagte er auch den zusätzlichen Nachtschichten zu.

Er fand einfach keine Ruhe und fragte sich immer wieder, ob er an alles gedacht hat. In den Briefen versicherte

Maria zwar wiederholt, dass er sich keine Sorgen machen sollte.

Eine nette und aufmerksame Familie wird sich bemühen, ihm einen unvergesslichen Aufenthalt zu bieten.

Doch Peter wollte keineswegs zu sehr eine Belastung sein, nicht betteln, wie er sagte, und auch mit eigenem Geld ein Minimum für eigene Entscheidungen sicherstellen.

In dieser Hinsicht war er komisch.

Die letzte Woche verging wie im Flug. Die Urlaubszeit begann mit der Heimfahrt zu den Eltern in einer kleinen Stadt am Harz. Der Abreisetag kam schneller als gedacht.

Zuhause lag die Mitteilung vor, dass Peter seine Reiseanlage bei der Volkspolizei abholen konnte.

Die Fahrkarte und die Platzkartenreservierung für die Hin- und Rückreise lagen bereit und er schaute diese immer wieder ungläubig an.

In wenigen Tagen sollte sein Traum in Erfüllung gehen. Die Mutter hatte schon den Koffer gepackt.

Ihr Junge sollte bei der Familie Szabó in Ungarn einen guten Eindruck hinterlassen.

Peter besaß aber einige andere Vorstellungen und musste manche Differenzen mit der Mutter klären.

Einige Kleidungsstücke mussten deshalb wieder aus dem Koffer. Seine bei einer Durchreise in Westberlin im Secondhandshop erworbene Jeans sollte unbedingt mit.

Er hatte andere Ansichten, um bei seinen Gastgebern und deren Töchtern gut auszusehen.

Nach langer Diskussion und dem Satz der Mutter:

»Dann packe den Koffer doch allein!«, ehe sie beleidigt das Zimmer verließ, packte Peter die Sachen teils neu. Er benötigte natürlich Platz für seine Handelsware, die das Taschengeld in Ungarn aufbessern sollte.

Es war für ihn ein ungutes Gefühl, von eigentlich wildfremden Menschen abhängig zu sein.

Deshalb mussten die Artikel mit. Die Freunde meinten in felsenfester Überzeugung, dass er die Sachen schnell an die Frau oder den Mann bringen würde.

Eine Chance – neben dem schwarzen Umtausch von DDR-Mark – seine Reiseschatulle aufzufüllen. Diese Meinungen fanden schnell Akzeptanz bei ihm.

Nach seiner Ansicht sichere Verstecke für die Geldscheine, die er vor den Augen der Zöllner verbergen wollte, hatte er sich schon ausgedacht. Die Mutter durfte davon nichts wissen. Sie würde nicht mehr schlafen können.

Wohl war es Peter auch nicht dabei, da er oft in diesen Momenten des Grübelns an die Horror-Geschichten mit der Zollkontrolle an den Grenzen erinnert wurde.

Die Reiseanlage erhielt er bei der Polizei ohne Probleme. Dazu eine Zollinformation, die seine Mutter trotz aller Vorsichtsmaßnahmen in die Finger bekam.

Schon von Natur und aus den Lebenserfahrungen ängstlich und pessimistisch eingestellt, wollte sie ihn von der Mitnahme der »Mitbringsel«, die vom Zoll beanstandet werden könnten, abhalten.

Ihre Mahnungen und Befürchtungen nervten Peter, und im Übrigen hatte er keine andere Wahl.

Alles war gekauft und er musste in Ungarn zu Geld kommen, da der Staat einen legalen Erwerb der ungarischen Landeswährung verwehrte. Es gab keine Alternative.

Er wischte die Zweifel weg und bat die Mutter, einige Sachen in kleine Päckchen mit Geschenkpapier einzupacken. »Wo soll ich Geschenkpapier hernehmen?«, fragte die Mutter.

»Du weißt, das gibt es nur mit Beziehungen, oder wenn man Glück hat. Willst du wirklich das Risiko eingehen? Ich mache mir große Sorgen um dich.«

Nach kurzem Überlegen fügte sie hinzu:

»Ich frage einmal die Nachbarin. Diese bekommt immer Westpakete und hebt sorgfältig gefaltet das Geschenkpapier auf. Manchmal bügelt sie es sogar.

Sie gibt mir bestimmt etwas. Dafür bekommt sie wieder Kirschen und Erdbeeren aus dem Garten.«

»Mutti, danke. Sorgen brauchst du dir nicht zu machen«, erwiderte Peter.

»Maria hat eine große Familie. Ich werde den Zollbeamten glaubhaft erklären, dass ich und die Gastgeber starke Raucher sind.

Dass jede Frau sich über Nylon-Strümpfe und ein gutes Stück wundervoll duftende Seife freut, sollte doch jeden Grenzer bekannt sein.«

»Ich bin mir da nicht so sicher. Man kennt die Schliche der Schmuggler, und das bist du in deren Augen.«

»Ich bin ein netter Mensch, Optimist und kein Schmuggler. Warum soll gerade ich kontrolliert werden? Mutti, mach mich nicht verrückt.«

Langsam ging Peter die Diskussion auf die Nerven. Ein grober Unterton lag in seiner Stimme. Diese »Schwarzmalerei« bzw. negative Einstellung seiner Mutter brachte ihn auf die Palme.

Doch die Mutter legte nach:

»Dir sieht man schon von Weitem an, dass du etwas auf dem Kerbholz hast.«

Das Wort »Kerbholz« hat sie von der Oma. Dieses Wort gebrauchte diese immer, wenn Peter als Kind irgendeinen Unsinn angerichtet hatte, es aber nicht gleich beichtete.

Oft war die Redewendung mit einem Ziehen oder mehr Drehen an den Ohren verbunden. So schaffte die Oma es immer wieder, ein schnelles Geständnis zu erreichen.

Peter seufzte und grinste in sich hinein. Er war gern in den Ferien bei Oma und Opa. Er wischte die Erinnerungen weg und rief seiner Mutter zu:

»Die Zollbeamten sind nicht meine Mutter, die immer meint, dass sie weiß, was ich denke. Lass mich mit diesen Vorahnungen in Ruhe. Da muss es ja schiefgehen.«

Peter wurde grantig. Diese Gespräche waren für ihn äußerst lästig, belastend und produzierten ein mulmiges Gefühl in der Magengegend.

Er wollte mit solchen Sprüchen nicht konfrontiert werden. Laut begann er über die immer wiederkehrenden Vorwürfe der Mutter hinsichtlich seiner angeblichen Sorglosigkeit zu schimpfen.

Auch über den Staat, der solche Bestimmungen erlässt, um die Menschen am Reisen zu hindern, deren Bewegungsfreiheit einzuschränken.

Ausgiebig hat er mit dem Vater darüber diskutiert, der dies auch für falsch hielt. Zumindest die Nachbarn hinter der Grenze sollte man besuchen können.

Er bedauerte Peter immer, wenn dieser Einladungen in den letzten Jahren erhalten hatte, aber nicht reisen durfte.

Trotz der Erklärung der Eltern seiner Briefpartner, für die Kosten des Aufenthaltes aufzukommen, gab es keine Aussicht der Einladung nachzukommen.

Nur einmal stellten sie einen Antrag nach der Einladung eines belgischen Brieffreundes. Der Rat des Polizisten war eindeutig: Sie sollten nie wieder einen solchen Antrag stellen, denn dies ist nicht mit dem Besuch der Oberschule zu vereinbaren.

Der Blick des Beamten dazu sagte alles. Man fügte sich. Die Eltern freuten sich mit ihm, dass die Situation sich inzwischen etwas gebessert hatte und er den Besuch in Ungarn nun genehmigt erhielt.

Vielleicht eine Folge des Mauerbaus in Berlin. Der Staat hatte seine Bürger nun vollständig vom bösen Kapitalismus abgeschottet.

Die ungenehmigte Ausreise über Westberlin gehörte der Vergangenheit an.

Auch Lehrer seiner Oberschule kamen in den letzten Jahren oft nicht mehr aus den Ferien zurück. Ein offenes Geheimnis – sie fanden einen neuen Wohnsitz und Arbeitsplatz in der BRD.

Die Mutter holte ihn aus seinen Erinnerungen zurück. Seine aus Ärger emotional unbesonnenen Bemerkungen erschreckten sie. Wieder kritisierte sie ihn.

»Du sollst nicht solche unbedachten politischen Äußerungen von dir geben. So landest du noch im Gefängnis, bevor du abgereist bist.«

Erbost antwortete er:

»Du wirst mich doch nicht verpetzen. Zu Hause kann ich doch reden, was ich will. Das haben wir immer so gehalten.

Vater regt sich da nicht auf. Mit ihm kann man diskutieren. Draußen weiß ich schon, was ich als Meinung von mir geben kann und was nicht.«

»Da du oft unbeherrscht bist, mache ich mir Sorgen, dass solche Äußerungen dir in deiner Wut auch draußen herausrutschen.«

»Das stimmt nicht. Bei mir heißt es: Erst denken,

dann sprechen. Für wie dumm hältst du mich eigentlich?«

So hatte er noch nie mit seiner Mutter gesprochen. Er schämte sich. Doch die Nerven lagen blank. Eine innere Unruhe hatte ihn erfasst. So etwas kannte er bisher nicht.

Die Worte seiner Mutter weckten Misstrauen und Zweifel an seiner Überzeugung, das Richtige zu tun.

Nein, noch schlimmer, Erinnerungen an Berichte und Zeitungsartikel über Festnahmen an der Grenze wegen Zollvergehen, krochen in sein Denken.

So ganz unrecht hatte die Mutter nicht. Die Mutter meinte es doch nur gut. Er war ihr Kind, dass sie wahrscheinlich bis zu ihrem Lebensende beschützen musste. Sie spürte Angst, dass ihm etwas passierte.

Er drehte sich abrupt um und verschwand in seinem Zimmer. In wenigen Stunden ging es zum Bahnhof und das Abenteuer Reise konnte beginnen.

Für ihn ging es um viel. Nach Jahren erhielt er mit der Genehmigung der Besuchsreise das bisschen Freiheit, um individuell ins benachbarte Ausland zu reisen, wonach er sich seit Jahren sehnte.

Er legte sich zu Bett und versuchte Ruhe zu finden. Doch nach dieser unangenehmen Diskussion konnte er von einem gesunden Schlaf nur träumen.

Die tollsten Gedanken schossen ihm durch den Kopf. Er wälzte sich von einer Seite auf die andere, vergrub den Kopf in das große weiche Daunenkissen.

Der Gong der Uhr auf dem Schrank im Wohnzimmer hörte nicht auf zu schlagen. Es war Mitternacht.

Er stand auf, prüfte nochmals den Wecker. Nur noch wenige Stunden blieben ihm für etwas Schlaf. Sein Innerstes aufgewühlt, der Kopf schmerzte, der Schlaf weit weg. Es tat ihm das kontrovers geführte Gespräch mit der Mutter leid.

Sie sorgte sich um ihn, wollte nicht wahrhaben, dass er inzwischen ein junger Erwachsener ist, der eigene Wege gehen will.

Natürlich schlichen sich bei Peter auch die Bedenken der Mutter in seine Gedanken. Sie kamen nicht neu, denn bisher verdrängte er die Ängste nur.

Im Traum führten ihn die Zollbeamten aus dem Zug, verhörten ihn und sperrten ihn in eine dunkle Arrestzelle. Wie ein Krimineller wurde er behandelt.

In Schweiß gebadet wachte Peter nach kurzer Zeit wieder auf. Das war kein erholsamer Schlaf.

Das war ein Albtraum, eine Tortur. Er fühlte sich gerädert. So als ob er eine lange Steintreppe hinuntergerollt wäre.

Der Kopf, alle Muskeln und Knochen schmerzten. Kein guter Anfang der Reise, wie er selbstkritisch feststellte.

Peter stand sehr früh auf, um den Zug Richtung Halle und Leipzig zu erreichen. Zu dieser Zeit fuhr kein Bus. Er musste etwa 20 Minuten mit dem Gepäck laufen. Der Vater hatte Nachtschicht.

Deshalb wollte die Mutter ihn zum Bahnhof begleiten, aber so viel Fürsorge mochte Peter nicht. Zumal die Nachtzeit dies eigentlich ausschloss.

Peter schüttelte den Kopf über dieses Ansinnen. Aber das ist seine Mutter. Er wusste, bis zur Abfahrt hätte sie Zeit, ihn mit Verhaltensregeln zu nerven.

Am Bahnsteig würde sie tränenreich zurückbleiben, ihm nach der Zugabfahrt nachwinken.

Dies durfte keinesfalls passieren, denn auch ihm war alles nicht einerlei, wenn er auch gern Reisen ins

Ungewisse durchführte. Es war nicht die Dauer des Besuchsaufenthaltes, nein, eher die eigene Unsicherheit.

Das für ihn Unbekannte, die große Entfernung, das Überschreiten zweier Staatsgrenzen, dies erzeugte bei ihm ein gewisses innerliches Unbehagen. Doch – er wollte es so.

Er verabschiedete sich von seiner Mutter, die die Abschiedstränen nicht unterdrücken konnte.

Nur der kleine Koffer und sein geliebter Campingbeutel auf dem Rücken waren deshalb auf dem Weg zum Bahnhof und zum Balaton seine Begleiter.

Obwohl der Campingbeutel schon leichte Beschädigungen aufwies, musste er deshalb gegen den Widerstand der Eltern mit.

Er sollte sein Maskottchen, eine Versicherung sein, dass es eine unvergessliche, interessante Reise wird und alles nach seinen Plan verläuft.

Jetzt gab es kein zurück. Es begann eine Reise ins Ungewisse, zu einer unbekannten Familie, die ihn für zwei Wochen als Familienmitglied aufnehmen will.

Ihm war bewusst, dass die Familie Szabó ein sehr großes Vertrauen ihm entgegenbrachte. Er wollte die Familie nicht enttäuschen.

Hoffte darauf, dass er sich irgendwie verständigen und in das Familienleben einfügen konnte. Doch Zweifel daran wollten ihn einfach nicht verlassen. Die Abfahrtszeit des Zuges war sehr zeitig.

Der Morgen dämmerte gerade. Der Bahnhof – so gut wie leer. Der Zug stand schon bereit.

Nur wenige Reisende saßen im Zug. Peter suchte einen Nichtraucherwaggon und verstaute seinen Koffer und den Campingbeutel in der Gepäckablage. Er bestieg einen alten Waggon, der bestimmt schon ein halbes Jahrhundert oder mehr seinen Dienst tat. Die Spuren der Nutzung fanden sich zahlreich.

Ein Waggon mit einer großen Historie, der bestimmt spannende Geschichten erzählen könnte.

Er erinnerte sich an die Erzählungen seines Opa, das dieser als Stellmacher schon vor dem schrecklichen Weltkrieg im Reichsbahn-Ausbesserungswerk in Engelsdorf solche Holzbänke reparierte.

Nun setzte er sich auf einen solchen hölzernen Sitz. Vielleicht vom Opa repariert?

Es überraschte ihn, auf welche Gedanken er kam. Wiederholt schüttelte er unmerklich seinen Kopf.

Nun sah Peter sich ein wenig um. Betrachtete die wenigen Mitreisenden und versuchte sich vorzustellen, mit wem er das Abteil teilte. Was sind dies für Leute, die schon so früh auf den Beinen sind, wie man so sagt.

Ein Pfiff ertönte und schon begann der Zug zu rollen, verließ rumpelnd, jeden Schienenstoß ins Abteil übertragend, den Bahnhof von Peters Heimatstadt.

Das Schicksal nahm seinen Lauf. Peters Träume wurden wahr.

Er befand sich auf dem Weg nach Ungarn zur Familie Szabó, auf seiner ersten Auslandsreise.

3. Kapitel

Gemächlich ratterte der Personenzug von Bahnhof zu Bahnhof. Meist fast leere Bahnsteige.

Nur einzelne verschlafene Reisende standen auf dem Bahnsteig und erwarteten den Zug. Das Abteil mit den harten Sitzbänken, die Holzklasse, füllte sich nur langsam.

Die Reisenden in Peters Abteil befanden sich auf dem Weg zur Arbeit in die Stadt. Kaum Leute sah man mit Koffer, was auf eine längere Reise hätte hindeuten können.

Zwei Männer im Abteil packten ihre Stullen aus. Es roch sofort nach geräucherter Wurst, Fett und Bauernkäse im Waggon. Doch das störte offensichtlich niemand.

Es gehörte wohl zur morgendlichen Bahnfahrt zur Arbeit. Dazu eine Kanne Tee, woraus sie sich die Blechbecher einschenkten. Schweigend aßen sie.

»Ist doch eine gute Sache, dass wir das Frühstück in den Zug verlegt haben. Da braucht man nicht so zeitig aufzustehen.«

»Stimmt«, antwortete der Nachbar knapp. Damit drückte er aus – ich will meine Ruhe.

Eine ältere gut gekleidete Frau hüstelte. Sie nahm die Handtasche und suchte darin. Endlich fand sie etwas zum Lutschen.

Ihr ganzes Wesen offenbarte Nervosität, die sie nicht verbergen konnte. Nur beim Lesen eines Buches schien sie Ruhe zu finden.

Sie suchte weiter und entnahm nun der Tasche eine kleine Flasche Parfüm.

Der Duft des Frühstücks ihrer Mitfahrer schien ihr

nicht zuzusagen. Sie benetzte sich, schien mit dem Ergebnis zufrieden und atmete den Duft tief ein. Danach vertiefte sie sich wieder in das dicke Buch.

Es hatte sich eine unausgeschlafene Gemeinschaft für die kurze Zeit der Bahnfahrt gefunden. Jeder mehr mit sich beschäftigt; keiner mochte sich unterhalten. Augenscheinlich eine Gruppe von Morgenmuffeln.

Dies änderte sich auch nicht, nachdem der Schaffner die Fahrkarten kontrolliert und gelocht hatte.

Er beäugte Peter abschätzend mit seinem außergewöhnlich großem Fahrschein. Einen solchen Fahrschein musste er scheinbar selten kontrollieren.

»Beeile dich in Halle beim Umsteigen. Du hast nur wenig Zeit und die Bahnsteige liegen weit auseinander. Eine lange Reise wird das für dich werden.«

»Danke für den Hinweis«, entgegnete Peter im Flüsterton. Sich nochmals kurz umdrehend, sagte der Schaffner zu Peter: »Gute Reise und viel Spaß!« und damit verließ er das Abteil.

Dieser sah aus dem Fenster. Die Landschaft veränderte sich. Wälder und Berge wurden von Feldern und Ebenen abgelöst.

Inzwischen schien die Sonne und der Morgen lockte die Menschen aus den Häusern. Sie mussten zur Arbeit oder die Kinder zur Schule. Die Straßen sahen zunehmend belebter aus.

Auf den Bahnsteigen warteten ebenfalls mehr Fahrgäste auf den einfahrenden Zug.

Peter nahm diese Veränderungen kaum wahr, denn in Gedanken befand er sich schon in Leipzig. Langsam fuhr der Zug in den Hauptbahnhof Halle/S. ein. Zunächst galt es umzusteigen.

Hastig nahm er sein Gepäck aus der Ablage. Sein Zuganschluss bereitete ihm Sorgen, denn der Zug kam, wie vom Schaffner vermutet, mit einigen Minuten Verspätung an.

Er drängelte sich zur Tür, schubste unbeabsichtigt die vornehme Frau mit seinem Campingbeutel.

»Hallo, junger Mann, sie sind nicht allein. Nicht so stürmisch. Wir haben es auch eilig.«

»Entschuldigung. Mein Anschlusszug wartet nicht«, erwiderte er, kurz aber höflich. Ein älterer Mann reichte ihm den Koffer zum Bahnsteig.

»Gute Reise. So eine Reise wie du sie vor dir hast, habe ich noch nie erlebt und werde es wohl auch niemals erleben«, rief er ihm noch nach.

Es war einer von den beiden, die das Frühstück im Waggon zelebriert hatten.

Und zu seinem Begleiter gewandt:

»Wir sind kaum aus unserem Dorf gekommen. Nur die seit Jahren wiederkehrenden Fahrten zur Arbeit, die nicht dem Vergnügen zuzurechnen sind.

Die weiteste Reise führte mich im Krieg in einem Güterwaggon nach Frankreich. Doch daran will ich nicht denken, noch weniger davon sprechen.

Gut, dass die Jugend heute in Frieden weit reisen kann.«

»Da hast du recht«, antwortete sein jüngerer Bekannter. »Mein Sohn fährt nächsten Monat in die Hohe Tatra. Er hat die Reise bei Jugendtourist gebucht.«

Peter hörte die Unterhaltung nur stückweise im Unterbewusstsein beim Aussteigen. Er dachte an die Worte des Schaffners, verabschiedete sich kurz von dem hilfsbereiten Mann.

Dann rannte er an den anderen eilenden Reisenden vorbei, hin zur Treppe der Unterführung, die zum

Aufgang des Bahnsteiges seines Anschlusszuges führte.

Der Bahnsteig befand sich am entgegengesetzten Ende der Halle. Der Schaffner hatte recht mit seinem Hinweis. Keuchend sprang Peter die Treppe, zwei Stufen auf einmal nehmend, hinauf.

Doch der Bahnsteig war leer. Er sah nur noch weit entfernt den letzten Waggon seines Zuges, wie dieser den Bahnhof verließ. Die Enttäuschung kam unverhofft. Er musste auf den nächsten Zug warten.

»Das fängt ja gut an«, murmelte er vor sich hin und setzte sich erschöpft auf eine Bank.

Der fehlende Schlaf machte sich bemerkbar. Er fror. Gut, dass er sehr zeitig losgefahren ist. Ob er hier oder in Leipzig wartete, was solls.

Er nahm das Wörterbuch aus der Seitentasche des Campingbeutels und blätterte darin. Einige Worte wollte er doch in Ungarisch sagen können: »Jó Napot – Guten Tag.«

Nun suchte er seinen Zettel, wo er die wichtigsten Worte zum Lernen auf der Fahrt notiert hatte. »Köszönöm – Danke. Szivesen – Bitte.«

Peter wiederholte die Worte, die er schon seit Wochen übte. Murmelte sie leise vor sich hin.

Seufzend ging er die Worte und einige Redewendungen, die noch auf seinem Merkzettel standen, nacheinander durch. Etwas wird schon bei Bedarf aus den grauen Zellen abzurufen sein, tröstete er sich.

Es ärgerte ihn, dass er scheinbar völlig ohne Talent für das Erlernen einer Sprache geboren wurde.

Schnell verging die Zeit und wieder saß er im Zug. Nach einer knappen Stunde Fahrt erreichte der Personenzug Leipzig.

Peter kannte den Hauptbahnhof, sodass die Orientierung ihm leichtfiel. So spazierte er ganz entspannt in Richtung der Bahnhofshalle Ost.

Viel Zeit hatte er für diesen Aufenthalt als Puffer eingeplant. Diese Vorsicht zahlte sich jetzt aus. Zunächst ging er in die Selbstbedienungsgaststätte der Mitropa zum Frühstück.

Aus Gewohnheit bestellte er sich eine Bockwurst sowie eine Brühe mit Ei und Brötchen. Ein Menü, das preisgünstiger nicht sein konnte.

Aus Erfahrung von seinen vielen Fahrten ins Internat wusste er, dass dies das beste und preiswerteste Essen gegen aufkommenden Hunger ist. Besonders das Sättigungsgefühl hielt danach lange an.

Plötzlich hätte er beinahe laut losgelacht. Neben der Geschirrrückgabe mussten die leeren Getränkeflaschen separat an einem Schalter abgegeben werden.

Über diesem Schalter stand in großer Schrift: FLASCHENABGABE.

Unmittelbar über dem Schild hing das Bild des Staatsratsvorsitzenden Walter Ulbricht. Er musste grinsen.

Ob gewollt oder ungewollt, es schien zumindest Peter wie eine Kritik an der Staatsführung, auch dass er nicht so reisen durfte, wie er wollte.

Er schüttelte den Kopf und freute sich über seine Entdeckung, die er später im Freundeskreis immer wieder erzählte und damit zum schadenfrohen Lachen anregte.

Es bewahrheitete sich wieder: Die besten Pointen schreibt das Leben.

Bemerkenswert dabei: Das wachsame Auge der Staatssicherheit hat es noch nicht entdeckt.

Ihm blieben noch zwei Stunden Wartezeit.

Daher setzte er sich in das kostenlose Zeitkino und konsumierte einige interessante Kurzfilme. Trickfilme,

Reisereportagen, Naturfilme und anderes wechselten sich ab. So verging recht schnell die Zeit.

Nur wenige Reisende teilten mit ihm dieses Vergnügen, um die lange Wartezeit zu überbrücken.

Er nahm sein Gepäck und ging langsamen Schrittes zu dem Bahnsteig, wo die Kurswagen des Balt-Orient-Express als Bestandteil des D-Zuges nach Dresden abfahren sollten.

Die Wagenreihung stand am Aushang und schnell fand Peter seinen Waggon und Sitzplatz.

Als einer der ersten Fahrgäste, nahm Peter in einem Abteil mit sechs Sitzplätzen seinen Platz am Fenster in Fahrtrichtung ein, was ihm sehr entgegenkam. Es war sein reservierter Platz. Viel wollte er während der langen Fahrt sehen. Deshalb gab er den Fensterplatz als Wunsch bei der Platzreservierung an.

Das Abteil füllte sich langsam, denn es kamen zwei Ehepaare im mittleren Alter, gut gekleidet und mit viel Gepäck.

Sie brachten einen betörenden Duft verschiedenen Parfüms mit in das Abteil. Sie grüßten kurz, zogen die Jacken aus und verstauten das Gepäck in der Ablage.

Aus deren vielstimmiger Unterhaltung erfuhr Peter, dass sie von der Gewerkschaft eine Austauschreise in das Riesengebirge erhalten hatten. Was es nicht alles gibt, staunte er.

Mit etwa 30 Minuten Verspätung rollte der Zug aus dem Bahnhof. Grund für die Verspätung: Warten auf einen Anschlusszug aus Erfurt.

Peters Mitreisende schienen hungrig zu sein, denn es wurde sogleich die Reiseverpflegung ausgepackt. Sie hatten eigens dafür einen Picknickkoffer dabei.

Den Service der Mitropa benötigten sie somit nicht.

Die Thermoskanne Kaffee machte die Runde und füllte die Plastiktassen. Sie waren vorbereitet.

»Damit wir munter bleiben. Gut, dass du ihn so stark gekocht hast«, lobte einer der Männer das Getränk.

»Hast mich sonst immer wegen meines ›Blümchenkaffee‹ kritisiert«, antwortete die blonde Frau mit den langen Haaren lachend. »Da habe ich einige Bohnen mehr gemahlen.«

Peter schien für seine Mitreisenden Luft zu sein. Man lachte und scherzte, unterhielt sich laut. Genüsslich aß man die gut belegten Brötchen.

Dazu tranken die Männer Bier. Natürlich Radeberger. Sie hatten vorgesorgt und besaßen scheinbar die Beziehungen zum Bierhändler, um so etwas zu kaufen.

Der Zug fuhr Richtung Dresden, vorbei am Geburtsort von Peter und dem Wohnort seiner Kindheit. Er drückte die Nase am Fenster fast platt, als der Zug die ihm bekannten Bahnübergänge passierte.

Hier führte die Straße zum Haus der Großeltern. Zuvor die Gärtnerei Barth, wo sein Opa und die Tante arbeiteten.

Erinnerungen an die Kinderzeit nach Kriegsende wurden wach. Die Kinder, darunter auch er, suchten damals das Gleisbett, wo er heute mit dem Zug fuhr, nach herunter gefallenen Kohlestücken ab.

Glücklich waren sie über jedes kleine Stück Brikett und Braunkohle, das von den voll beladenen Güterwaggons gefallen war.

Sie sammelten dabei auch leere Zigarettenschachteln, oft aus dem Westen, mit denen man gute Tauschgeschäfte machen konnte.

Alles eine nicht ganz ungefährliche Beschäftigung für die Kinder. Doch darum kümmerte man sich damals nicht. Das gehörte zur Überlebensstrategie nach dem Krieg dazu.

Er seufzte lautlos. Alles Geschichte, jetzt sitzt er im D-Zug und die Häuser seines Heimatortes waren schnell vorbei gehuscht.

In Dresden angekommen, begann das Rangieren. Die Kurswagen erhielten ihren endgültigen Platz an den für sie bestimmten Zügen. Nur die Waggons für den Balt-Orient-Express mussten warten.

Peters Gegenüber, ein korpulenter Mittvierziger, bemerkte dessen Interesse und erzählte:

»Ab Leipzig fahren nur Kurswagen, die jetzt an den aus Berlin kommenden Balt-Orient-Express, der bis Bukarest fährt, angehangen werden. Wir kennen das.

Wird eine Weile dauern. Hauptsache der Zug aus Berlin ist pünktlich. Wohin geht denn ihre Reise?«

»Nach Budapest«, antwortet Peter stolz. »Dort werde ich abgeholt.«

»Oh, das ist eine lange Fahrt. Da wird sich einige Verspätung ansammeln. Da ist Geduld gefragt. Wir haben die Tour schon vielfach hinter uns.«

»Das hat man aber selten. Sind sie beruflich mit der Bahn unterwegs?«

»Ja. Wir arbeiten beim Außenhandel und da kommt man viel herum. Durch Ferienplatzaustausch sind wir schon mehrfach in Ungarn, Rumänien und Jugoslawien im Urlaub gewesen.

Dazu haben wir immer diesen Zug genutzt. Schon deshalb, weil man nicht so oft umsteigen muss.

Der Nachteil: Dieser Express sammelt immer viele Stunden Verspätung ein.

Durch das Reisen lernt man viel Interessantes kennen. Schon Goethe stellte fest, das Reisen bildet. Auch eine wunderschöne Schiffsreise zum Mittelmeer und dem Schwarzen Meer habe ich mit meiner Frau erhalten. Unvergesslich.«

»Da haben sie eine interessante Tätigkeit und viele Vorteile gegenüber anderen. Meine Eltern erhalten nur aller paar Jahre einen Ferienplatz außerhalb der Schulferien im Thüringer Wald oder Erzgebirge, kaum an der Ostsee oder den Mecklenburger Seen.

Sie würden auch gern mal in andere Regionen oder ins Ausland fahren, doch sie sind nur einfache Angestellte.«

»Es muss auch im Sozialismus Unterschiede geben. Auch hier ist jeder seines Glückes Schmied.«

Lachend und mit erhobenen Kopf schaute er sich Beifall heischend um. Er war mit sich zufrieden. Die anderen nickten zustimmend.

»Da haben wir uns die richtige Arbeit ausgesucht. Doch lassen wir das. Wir werden überall beneidet.

Haben auch viele Nachteile, denn wir sind oft unterwegs und wenig Zuhause. Ärger hat man auch genug.«

Damit beendete er das Gespräch, das ihm unangenehm zu werden schien. Doch auch deshalb, weil inzwischen seine Bekannten Spielkarten mischten, um Rommé zu spielen. Dazu kam ihnen der freie Platz im Abteil gerade recht, denn auch in Dresden ist niemand zugestiegen.

»Harry, hast wohl keine Lust die Karten aufzunehmen? Wenn du weiter so bummelst, sind wir in Prag und nicht zum Spielen gekommen.«

»Seid doch nicht so hektisch. Habe mich doch nur mit dem jungen Mann unterhalten.«

Ausgelassen und fröhlich ließen sie die Reise nach dem ausgiebigen Essen weiter gehen – mit sich und der Welt zufrieden. Sie freuten sich auf die Bergwanderungen und die geselligen Abende im Hotel, wie Peter aus den Gesprächen entnahm.

Dies alles auf Einladung. Anders ausgedrückt – weitgehend kostenlos.

Peter sah aus dem Fenster, tat so, als ob er nicht zuhörte. Doch dem war nicht so. Er ärgerte sich über die Ungerechtigkeiten. Auch die Eltern arbeiteten hart.

Seine wenigen Erfahrungen bewiesen den überall zu hörenden Spruch: Beziehungen sind das halbe Leben.

Noch schlimmer, er musste um seine Reisegenehmigung kämpfen. Vielfach wurden die Reiseanträge abgelehnt.

Doch seine Mitreisenden sind seit Jahren in vielen Ländern privat unterwegs. Verbrachten mehrfach im Jahr in Ländern Urlaub, die sonst tabu für die DDR-Bürger waren.

Eine völlig neue Erkenntnis, die nicht in das Bild passte, was man täglich in den Medien vermittelt bekam.

Ein leichter Groll erfasste ihn wegen dieser Ungerechtigkeit. Er musste diese Gedanken wegschieben, ignorieren. Es war nicht zu ändern.

Um sich abzulenken, wandte er sich dem Treiben auf dem Bahnsteig zu. Die Beobachtung der Menschen fesselte ihn.

Hier waren Fernreisende und Urlauber mit Koffern in der Mehrzahl. Manche in Gespräche vertieft, Ruhe ausstrahlend. Andere dagegen hastend, fast rennend, da die Umsteigezeit zu kurz war.

Interessanter für ihn nach wie vor, die Gespräche seiner Nachbarn im Abteil.

Diese scheinen wirklich auf der Sonnenseite des sozialistischen Lebens einen Platz gefunden zu haben. Und sie zeigten es auch. Prahlten damit. Erzählten von tollen

Einladungen der Geschäftspartner und damit verbundene kostenlose Verpflegung, Kulturveranstaltungen und Aufenthalten in Nobelhotels.

Unbemerkt schlich sich deshalb bei Peter der Neid in die Gedanken.

Er suchte sich das kleine Reclam-Buch, das er in Leipzig gekauft hatte, und begann zu lesen.

Er musste sich ablenken. Über eine Stunde verspätet, begann der Zug Dresden zu verlassen.

Plötzlich wurde es unruhig auf dem Gang. Hektik kam auf. Personen eilten zu ihren Abteilen.

Peter hörte die Anweisung:

»Gehen sie in ihre Abteile. Die Zoll- und Pass-Kontrolle wird gleich beginnen. Halten sie die Reisedokumente bereit.«

Personalausweis und Reiseanlage sowie Zollerklärung hatte Peter bereits griffbereit. Ein mulmiges Gefühl breitete sich bei ihm aus. Seine Mitreisenden nahmen es gelassen.

Sie legten alle Papiere auf die Ablage am Fenster und spielten ungerührt weiter. Sie kannten das Prozedere und nahmen es abgeklärt hin.

Die Tür des Abteils wurde mit einem Ruck aufgerissen. Zwei Uniformierte traten ein, grüßten kurz, sichteten die Papiere und drückten Stempel an die vorgesehenen Stellen.

»Zweck der Reise?«, fragte einer und sah alle forschend an. »Haben sie etwas zu verzollen?«

»Nein. Wir reisen in den Urlaub«, antwortete der, mit dem Peter gesprochen hatte.

»Und sie?«, wandte sich einer der Kontrolleure an Peter. »Wo ist ihr Gepäck?« Peter wies auf den kleinen Koffer und seinen Campingbeutel im Gepäcknetz.

»Ich besuche eine Familie am Balaton.« Der Beamte sah Peter prüfend an.

»Gute Reise. Es kommt gleich der Kollege aus der CSSR. Halten sie die Dokumente weiter bereit.«

Der tschechoslowakische Uniformierte kam wenige Minuten später, drückte wortlos seine Stempel in die Unterlagen und lief weiter. Erleichtert steckte Peter die Dokumente mit seinen ersten Stempeln wegen eines Grenzübertrittes ein.

In einem der Nebenabteile schien es nicht so glatt zu laufen. Eine Frau diskutierte laut in gebrochenem Deutsch. Einige Wortfetzen drangen in Peters Abteil.

Die Dame musste ihr Gepäck nehmen und wurde hinaus in das Büro auf den Bahnsteig geführt. Ihr Widerstand und kreischendes Schimpfen waren zwecklos.

Später sprach es sich herum, dass man bei ihr sehr viele Devisen, westdeutsche DM- und Dollar-Scheine, fand.

Sogar der Büstenhalter diente als Versteck, wie man hinter vorgehaltener Hand die Aussage eines Grenzers später flüsternd weitergab. Das Geld – undeklariert natürlich.

Nach ungewöhnlich langem Aufenthalt fuhr der Zug weiter, jedoch mit zunehmender Verspätung.

In Prag verließen die Mitreisenden mit guten Wünschen für Peters weitere Reise das Abteil.

Neue in den Zug hineinstürmende Reisende nahmen im Abteil Platz. Auf dem Gang gab es Tumult, denn sogar Stehplätze mussten erkämpft werden.

Dazu Streitereien mit denen, die Sitzplatzreservierungen vorweisen konnten, deren Platz jedoch bereits von anderen okkupiert wurde.

Ein Schaffner versuchte, mit lauter Stimme den Streit

zu schlichten. Langsam beruhigte sich auch auf dem Gang die Situation, doch das Gedränge blieb.

In dem kleinen Abteil von Peter hatten sich zwei Reisende mit ihrem Gepäck zwischen die Sitze gestellt.

Es kam zu kurzen Disputen, laute Wortwechsel mit ausdrucksstarken Gesten ließen vermuten, dass die beiden das Abteil verlassen sollten. Sie blieben.

Es waren nun nur noch tschechische Mitreisende in Peters Abteil. Auch er wurde angerempelt. Ein Rucksack stieß an seine Schulter.

Verärgert schubste er diesen von sich. Die Enge störte Peter und die Luft wurde immer stickiger.

Er öffnete das Fenster, denn diese sich ausbreitende Mischung eines intensiven Knoblauch-, Rauch- und Schweißgeruchs konnte er nicht ertragen. Ihm wurde übel.

Die ungebetenen Fahrgäste im Abteil ließen sich nicht beirren. Draußen im langen Gang standen die Reisenden eng an eng. Keine Alternative für die beiden das Abteil zu verlassen.

Trotz der Enge rauchten einige auf dem Gang. Der ins Abteil eindringende Zigarettenrauch vermischte sich mit der schon vorhandenen bedrückenden Luft, nahm Peter den Atem und erzeugte immer größere Übelkeit.

Die Mischung für Peter ein kaum zu ertragender perverser Gestank. Aus dem Nichtraucher-Waggon wurde in wenigen Minuten ein verqualmter mit vielen undefinierbaren Gerüchen belasteter Zugwagen.

Peter beugte sich aus dem Fenster und ließ sich den Fahrtwind um die Nase wehen.

Er genoss diese frische Brise, wovon auch die Luft im Abteil erträglicher wurde.

Die Ruhe nach dem Halt in Prag wurde abgelöst durch

laute Gespräche, unterbrochen von Flüchen. Schade, dass er nichts verstand.

Der teils schon vorhandene Tumult begann jedoch bei einem späteren Halt auszuarten, als einige Fahrgäste mit Federvieh den schon überfüllten Zug bestiegen.

Lebende Hühner und eine Gans in käfigartigen Behältnissen quetschten sich mit ihren Besitzern in den vollen Gang. Es ging laut her, dazu das Gegacker der Hühner und das aufgeregte Geschnatter der Gans.

Und wieder dieser Geruch nach Qualm und Knoblauch. Die Abteiltür wurde aufgerissen und wieder zugeknallt.

Die Lautstärke nahm zu, wenn sich wieder jemand durch den Gang quetschte. Diesen begleiteten dann ab und zu Flüche, wie Peter auch ohne Sprachkenntnisse wahrnehmen konnte.

Ansonsten verstand er nichts. Doch dass es sich nicht um Komplimente handelte, verstand auch er.

Ein neuer unangenehmer Geruch verbreitete sich im Abteil. Trotz dieser Enge packten zwei Fahrgäste u. a. Wurst, Speck und Brot aus, um den Hunger zu stillen.

Das Gedränge legte sich erst, nachdem die üblen Fahrgäste, die wahrscheinlich die Tiere auf dem Markt verkaufen wollten, den Waggon verlassen hatten.

Der Gang wurde von Station zu Station leerer. Auch das Abteil von Peter wurde wieder »Stehplatzfrei«.

Erleichtert öffnete er das Fenster nun vollständig während des Haltens auf dem Bahnhof.

Der Balt-Orient-Express, eher zum Personenzug degradiert, kämpfte sich weiter Richtung Budapest, doch eher im Tempo eines Bummelzuges mit immer längeren Haltephasen dazwischen.

Bereits über fünf Stunden Verspätung standen zu

Buche. Peters Optimismus hinsichtlich der vereinbarten Abholung in Budapest reduzierte sich zunehmend gegen Null.

Was solls, ändern konnte er es nicht.

Seine Vorräte an Getränken näherten sich dem Ende. Zwei Brötchen für den aufkommenden Hunger hatte er sich als Notration reserviert.

Mit dem letzten Schluck Limonade aß er diese genussvoll auf. Man musste doch bald an der Grenze sein, fragte er sich immer wieder.

Peter schaute bekümmert auf seine Uhr. Die Verspätung ängstigte ihn. Der Zug hätte schon lange in Budapest sein müssen.

Dies bedeutete, dass auch Maria mit ihren Eltern schon seit Stunden am Bahnhof auf ihn warteten.

Kamen sie doch vom etwa 120 km entfernten Balaton nach Budapest. Und wieder blieb der Zug auf einem kleinen Bahnhof auf dem Nebengleis stehen.

Nur noch wenige Fahrgäste befanden sich im Zug. Beim letzten planmäßigen Halt in Bratislava sind viele Reisende ausgestiegen.

In Peters Abteil saß nur noch ein älteres Ehepaar, das in Bratislava zugestiegen ist. Es herrschte jetzt wieder eine Ruhe im Abteil, die Reisen zu einer Freude macht.

Peter hätte jetzt die Fahrt genießen können, doch die immense Verspätung beunruhigte ihn.

Immer kürzer wurden die Abstände, in denen er auf die Uhr blickte.

Die Dame beobachtete ihn und fragte in Deutsch:

»Sie sind aus Deutschland – DDR oder BRD?«

Verwundert über die Frage, antwortete Peter: »Aus der DDR.«

»Und woher? Es hört sich nach Sachsen an? Ich habe

einige Jahre in Leipzig in einer Handelsvertretung gearbeitet. Sogar eine kleine Wohnung besaßen wir in der Messestadt.«

Peter staunte. Die Dame, er schätzte sie auf um die 60 Jahre, sprach kein akzentfreies, aber perfektes Deutsch.

»Ja. Zumindest bin ich unweit von Leipzig geboren, aber meine Eltern wohnen seit längerem am Harz.«

»Aha, das Sächsische ist eigentlich unverkennbar. Sie fahren zum Ferienaufenthalt nach Ungarn?«

»Ja, ich folge der Einladung einer Familie. Nach der teils aufregenden Fahrt freue ich mich auf die bevorstehende Zeit.« Sie legte die Zeitschrift beiseite, in der sie gelesen hatte.

»Das glaube ich ihnen. Die Ungarn sind sehr gastfreundlich und sie werden bestimmt unvergessliche Tage am Balaton verbringen.

Wir besuchen unseren Sohn, der mit seiner Familie in Budapest lebt.

Meine Eltern und Großeltern stammen aus Budapest und so hat sich mein Sohn dort niedergelassen und wohnt mit seiner Familie im Haus meiner Eltern.

Er mag die Mentalität der Budapester, ist die Stadt doch noch mehr geprägt durch die Zeit des Kaiserreiches Österreich-Ungarn wie unser Bratislava.

Wir sind gern bei ihnen. Mit den Enkeln gehen wir viel auf der Burg, an der Donau und im Stadtwäldchen spazieren. Die Reise ist nicht lang von Bratislava aus und für uns als Rentner kein Problem sie zu besuchen.«

Peter war erstaunt, denn er dachte an seine Probleme, die Reise genehmigt zu bekommen. Auch daran, dass die Eltern nicht in die BRD zum Besuch der Verwandten fahren konnten. Sie waren ja noch keine Rentner.

Nachdem nun auch noch die Mauer in Berlin errichtet

wurde, konnte man nicht mehr wie früher mit der S-Bahn in Westberlin die Fahrt unterbrechen.

Diese Chance für viele, vor allem die Ostberliner und die aus dem Umland, Westberlin zu besuchen, schwarz zu tauschen und damit einzukaufen, war nun auch weggefallen.

»Gut, dass ich mir voriges Jahr noch die Jeans auf der Durchreise gekauft habe«, schossen ihm die Gedanken durch den Kopf.

»Wäre schön, wenn das auch bei uns so wäre. Aber es ist nicht so und nicht zu ändern«, antwortete er seufzend zu seiner Gesprächspartnerin gewandt und sah wieder zur Uhr.

»Ich hätte nie gedacht, dass die gemeinsame Geschichte von Ungarn und der CSSR vor dem 1. Weltkrieg noch heute so präsent ist und die Nachbarschaft der Länder beeinflusst. Wo haben sie Deutsch gelernt, dass sie es so perfekt sprechen?«

»Das liegt noch in der Familie. Meine Großeltern sprachen Deutsch, denn mein Großvater arbeitete in einer k. u. k.-Behörde in Budapest, aber musste lange Zeit in einem Vorort in Wien Dienst tun.

Es ist wie heute, Staatsbedienstete wurden ab und zu versetzt, was oft zu einer Beförderung im Amt half.

Das heutige Dreiländereck war vor 1918 im Zentrum der Donaumonarchie, wie die kaiserliche und königliche Monarchie (k. u. k.) Österreich-Ungarn auch genannt wurde.

Man wuchs deshalb in vielen Familien mehrsprachig auf und es gibt noch heute enge familiäre Verbindungen in den drei benachbarten Ländern.

So wie an der innerdeutschen Grenze. Bei uns gibt es inzwischen bessere Besuchsmöglichkeiten als früher.«

»Das ist ja sehr interessant. Ich liebe Geschichte. Es war mir nicht bewusst, dass nach den ungarischen Ereignissen 1956 sich alles so entwickelt hat«, antwortete Peter.

»Schade, dass es bei uns nicht so ist. Meine Eltern dürfen ihre Verwandten im Westen, nein, ich meine BRD, nicht besuchen. Doch lassen wir das.«

Er dachte in diesem Moment daran, dass man nicht unbedachte Äußerungen machen sollte. Man weiß ja nie, wem man vor sich hat.

Doch die Dame sah vertrauenswürdig aus.

Trotzdem vermied er die Bezeichnung »Aufstand«, bekannt aus dem Sprachgebrauch in westlichen Radio-Nachrichten oder »Konterrevolution« für 1956, wie es zu Hause im Geschichtsunterricht gelehrt wurde.

Ihr Mann hielt sich aus dem Gespräch heraus und las in einem Buch. Peter beunruhigte es, weil er nicht wusste, wie der Mann dazu stand und ob er dem Gespräch folgen konnte.

Die Unterhaltung wurde jäh unterbrochen, denn der Zug näherte sich Komárno, der Grenzstation zu Ungarn.

Eine gewisse Unruhe durch hin und her eilende Reisende ergriff den Waggon. Auf den Gang hörte man lautes Rufen. Hastig liefen die Passagiere zu ihrem Sitzplatz.

Inzwischen erschienen die ersten Uniformierten auf dem Gang und verwiesen die Leute in ihre Abteile.

Man näherte sich der ungarischen Grenze. Die Pass- und Zoll-Kontrolle verlief ohne Probleme. Das Ehepaar unterhielt sich kurz mit den Grenzern. Sie sprachen beide Sprachen.

Glückliche und gebildete Menschen in Peters Augen. Warum hat er nicht die Kraft, sich die Vokabeln einzuprägen und den Mut zum Sprechen? Die ganze Schulzeit belastete ihn das. Eines blieb – die Hoffnung, dass, wie seine Oma immer sagte, irgendwann der Knoten platzt.

Die ungarischen und tschechoslowakischen Zollbediensteten und Grenzsoldaten mussten weiter, beendeten das Gespräch mit dem Ehepaar.

Schnell noch die Gesichtskontrolle bei Peter und schon kam der Stempel in die Dokumente. Das war es. Eine Last fiel von Peter ab. Sein Risiko wurde belohnt. Er atmete auf ungarischer Seite tief durch.

Andererseits lächerlich, wegen der Kleinigkeiten, sich vor Sanktionen zu fürchten, aber Realität.

Peter schaute ehrfürchtig zu seinem Gepäck und murmelte in sich hinein: »Lohn der Angst« und freute sich über sein zusätzliches Taschengeld.

Die Dunkelheit verhinderte, dass Peter die Donau sehen konnte. Der Zug wird wohl mindestens mit sechs Stunden Verspätung oder mehr in Budapest eintreffen.

Schon wieder verharrte der Zug scheinbar auf einem Nebengleis.

Wieder wurde es Peter unwohl, aber nicht wegen des Hungers. Die reichliche Verpflegung seiner Mutter war aufgebraucht.

Die Verspätung lag ihm schwer im Magen. Nach Fahrplan hätte er schon bei der Gastfamilie in Veszprém sein können. Nun hoffte er auf die Ausdauer von Maria und ihren Eltern, die ihn am Bahnhof erwarten wollten.

Endlich rollte der sogenannte Express in den Budapester Bahnhof mit etwa sieben Stunden Verspätung ein. Das nette Ehepaar verabschiedete sich.

»Schöne und interessante Ferien für sie.«

Der Mann ergänzte: »Weiterhin eine gute Reise.«

Siehe da, er sprach genauso perfekt Deutsch. Peter dankte, nahm seinen Koffer, schulterte den Campingbeutel und schob sich mit den anderen Passagieren dem Waggonausgang zu. Er hatte es eilig.

Wie mit Maria verabredet, lief Peter zu einer Bank am Ende des Bahnsteiges, setzte sich und wartete auf Maria und ihre Eltern.

Die Unruhe wurde immer stärker. Er stand oft auf und sah sich immer wieder um. Der Bahnsteig leerte sich.

Nur noch wenige Menschen verharrten wie Peter auf dem Bahnsteig und warteten bestimmt auch auf Abholer. Hilflos sah er sich bald allein auf dem Bahnsteig.

Nach zwanzig Minuten erhob er sich ratlos. Weit und breit niemand zu sehen. Der Bahnhof relativ leer, denn es war nach 22 Uhr.

Peter raffte sich auf, nahm sein Gepäck und ging zur Halle mit den Geschäften und Schaltern.

Dort lief er zunächst unruhig und unentschlossen hin und her, immer nach einem etwa 17-jährigen Mädchen mit Eltern Ausschau haltend. Erfolglos.

Er setzte sich auf eine Bank. Langsam wurde ihm klar, dass die Zugverspätung die Verabredung platzen ließ.

Vielleicht gab es auch keine klaren Informationen für die wartenden Abholer. Es half alles nichts, jetzt galt es schnellstens zu handeln.

Ihm drohte, dass er wie ein Penner auf der Bank und im Bahnhof übernachten musste. Dies musste vermieden werden. Doch wie? Peter holte tief Luft, schaute sich um und überlegte, was zu tun ist.

Zog Bilanz in dieser für ihn prekären Situation. Die Fahrkarte galt nur bis Budapest. Geld war nur wenig vorhanden. Ungarisch konnte er nicht sprechen und verstehen. Ein ernüchterndes Ergebnis, das wenig hoffnungsvoll stimmte. Es blieb nichts anderes übrig: Ein Plan B musste her. Eine Lösung galt es umgehend zu finden.

Er erhob sich von der Bank, ging zu dem Fahrplan und sah zu seiner Freude, dass in etwa einer Stunde ein Zug nach Veszprém fahren und nach etwa zwei Stunden Fahrt die Stadt erreichen sollte.

Eine erste Hoffnung und Möglichkeit taten sich auf. Trotzdem schaute Peter sich immer wieder um, ob vielleicht doch noch Maria zu sehen war.

Plötzlich kam ihm eine neue Idee in den Sinn, als er eine Ansage aus dem Lautsprecher hörte.

Sofort lief er Richtung Ausgang und suchte einen Schalter auf, hinter dem im Raum zwei Eisenbahner saßen. Zunächst fragte er, so wie er es auf einem Zettel vermerkt hat:

»Beszél németül?« (Sprechen sie Deutsch?).

Die beiden sahen ihn verständnislos an, schienen ihn nicht zu verstehen. Vielleicht war die Aussprache falsch.

Deshalb schob er ihnen seinen Zettel zu. Ein Lächeln streifte über ihr Gesicht.

Den Kopf hin und her wiegend, die Stirn in Falten legend, sagte der Ältere: »Nur wenig. Was ist?«

»Ich suche eine Familie, die mich abholen wollte. Doch der Zug hatte große Verspätung. Kann man dies im Lautsprecher durchsagen?« Die beiden berieten sich.

»Moment. Ich hole einen Kollegen.«

Der jüngere Mann verschwand und kam nach kurzer Zeit mit einem älteren Beamten zurück.

»Was wünschen sie?«, fragte der in einwandfreiem Deutsch. Peter erzählte nochmals seine Geschichte und brachte sein Anliegen vor.

»Wie ist der Name der Familie?«

»Szabó«, antwortete Peter und wiederholte es nochmals deutlich. »Herr Dr. Szabó aus Veszprém.«

Die Männer berieten sich und der Beamte mittleren Alters verließ den Raum.

»Einen Moment bitte«, sagte der Ältere. »Gleich wird der Hinweis durchgegeben.«

»Danke sehr. Köszönöm.«

Letzteres gehörte zu den wenigen Worten, die er sich eingeprägt hatte. Und schon kam eine Durchsage. Die beiden Männer hoben die Hand und der Ältere sagte:

»Das ist die Mitteilung. Warte dort an der Bank. Wir wünschen dir viel Glück, dass die Familie dich findet. Und einen schönen Urlaub am Balaton. Wir haben jetzt Dienstschluss.«

»Köszönöm«, sagte Peter nochmals und lief zu der unweit des Schalters befindlichen Bank.

Er setzte sich und wartete. Die Zeit verging, doch niemand war zu sehen. Er wurde immer unruhiger. Irre Gedanken schossen durch den Kopf. Wie soll es nun weitergehen?

Schneller als gedacht, wurde er mit der Konstellation konfrontiert, dass eine gute Vorbereitung innerhalb kurzer Zeit nichts mehr wert war. Eine Erfahrung für das Leben.

Auf dieses Abenteuer, in das er durch die Zugverspätung geraten ist, hätte er gern verzichtet. Nur er konnte jetzt Entscheidungen treffen, um das Ziel seiner langersehnten Reise zu erreichen.

Eine Telefonnummer von Marias Eltern hatte er nicht. Nochmals spielte er gedanklich die Möglichkeiten durch, die ihm verblieben sind.

Doch es gab nur die zwei Varianten. Entweder auf einer harten Bank auf dem Budapester Bahnhof übernachten oder eine Fahrkarte mit dem Taschengeld kaufen.

Also auf gut Glück in eine unbekannte Stadt in einem fremden Land fahren. Peter entschied sich für die zweite Variante, auch wenn es ihm graute, nach Mitternacht durch vielleicht dunkle Straßen einer unbekannten Stadt eine Adresse zu suchen.

Wenn schon Abenteuer, dann richtig. Bisher hat er, egal wo er gewesen ist, immer alles gefunden.

Doch hier befand er sich im Ausland, einem Land dessen Sprache er nicht beherrschte.

Und es war Nacht!

Was solls – Bange machen gilt nicht.

4. Kapitel

Peter war kein Mensch langer Überlegungen. Von Geburt aus schüchtern und zurückhaltend, aber wenn es darauf ankam, handelte er.

Er sprach mehrere Personen an, um den Weg zum zuständigen Fahrkartenschalter zu erfahren. Ohne Erfolg, entweder keine Zeit oder man verstand ihn nicht.

Nur wenige Reisende befanden sich noch im Bahnhof.

Er setzte sich, nahm das Wörterbuch und schrieb auf einen Zettel: Wo ist die Fahrkartenausgabe? Hol van a jegykiadás? Dazu die Frage auch in Englisch.

Die Zeit drängte. Er entdeckte einen Mann in Uniform, offensichtlich einen Bahnangestellten, sprach ihn mit »Jó napot« an, das hieß »Guten Tag«. Ein Begriff, den er sich eingeprägt hatte. Peter zeigte ihm den Zettel.

»Da ist der Fahrkartenverkauf«, antwortete dieser freundlich lächelnd und wies mit seinem Arm in die Richtung der Schalter.

Dort irrte Peter auch schon herum, aber fand offensichtlich nicht die richtigen Worte beim Fragen bzw. man verstand ihn nicht.

»Kommen sie mit mir«, sprach der Mann in gebrochenem Deutsch weiter. »Mein Deutsch ist schlecht. Doch ich will es lernen.«

Erfreut stellte Peter fest, es stand der Joker vor ihm, den er suchte. Der Optimist in ihm gewann langsam wieder die Überhand.

Vor Freude hätte er einen Luftsprung machen können. Doch das Gepäck wäre hinderlich dabei und so emotionell oder impulsiv, das ist nicht seine Art.

Mit Händen und Füßen, Englisch, Russisch und Deutsch, verständigten sie sich. Der junge Mann, wie

Peter richtig vermutete, ein Eisenbahner, hieß János und erzählte:

»Ich will als Zugschaffner in internationalen Zügen arbeiten, deshalb muss ich Fremdsprachen lernen. Ich nehme jede Gelegenheit wahr, um meine Sprachkenntnisse zu vervollständigen.«

Die Begegnung sollte sich als Glücksfall für Peter erweisen. János dolmetschte am Schalter.

Probleme gab es mit dem Bezahlen. Der Nachtzug war zuschlagpflichtig. Das Geld trug Peter im Brustbeutel.

Es wurde ihm schwindlig, als die letzten Forint-Scheine den Besitzer wechselten und er nur noch einen Forint-Schein und ein paar Münzen zurückerhielt.

Die Verzweiflung machte ihn mutig, ließ János den Schalterangestellten fragen, ob dieser vielleicht an einer Schachtel Zigaretten interessiert sei.

Die beiden diskutierten und es wechselte eine Schachtel F6 den Besitzer. Dafür landete wieder ein großer Forint-Schein im Brustbeutel.

Die Fahrkarte war bezahlt, ein kleiner Betrag blieb übrig, was will man mehr.

János, auch Nichtraucher, freute sich mit Peter, weil es seiner Meinung nach ein gutes Geschäft gewesen sei.

Peter fühlte sich erleichtert, der Entscheidungsdruck fiel von ihm ab.

Die Ankunft wird zwar weit nach Mitternacht sein, aber in wenigen Stunden kommt er in Veszprém an.

Er bedankte sich bei dem freundlichen János für die Hilfe und folgte seinem Hinweis, umgehend zum Bahnsteig zu gehen.

Langsam kroch die Müdigkeit in seinen Körper. Schlafen im Zug mag er nicht und so hatte er seit Abfahrt zu Hause kein Auge geschlossen. Der Schlafentzug forderte nun seinen Tribut. Ein ständiges Gähnen ging ihm auf die Nerven.

Schon von Weitem sah er, dass der Zug am Bahnsteig bereitstand. Er sollte in etwa 15 Minuten abfahren. Der Zug, noch weitgehend unbesetzt, unterschied sich kaum von den Schnellzügen zu Hause.

Alles Großraumwaggons, die viel Platz boten. Peter nahm gleich links nach dem Eingang am Fenster in Fahrtrichtung Platz, obwohl es nachts kaum etwas zu sehen gab.

Doch so konnte er von seinem Platz aus den gesamten Waggon überblicken. Sah, wie nach und nach einige der Plätze von übermüdeten Menschen belegt wurden.

Ein älterer, etwas fülliger, mit einem zerknitterten Trenchcoat bekleideter älterer Herr wählte ihm gegenüber einen Platz. Ein kleines Bärtchen am Kinn zierte sein Gesicht.

Sein erster Anlauf, den Koffer in die Gepäckablage zu heben, schlug fehl. Mit lautem Krachen und von einem Fluch begleitet, setzte der Koffer auf den Boden auf.

Den Schweiß von der Stirn wischend, tief durchatmend und sich den Rücken haltend, richtete er verzweifelt den Blick abwechselnd zur Gepäckablage und zum Koffer. Der Mann tat Peter leid.

Er stand auf, nahm den Koffer und wuchtete diesen mit letzter Kraft auf die Ablage. Der Mann schaute dankbar zu, schnaufte und stöhnte. Die Anstrengung hinterließ bei ihm Spuren. Er schien kurzatmig zu sein.

Der Mann hatte wohl die Schwere des Koffers und die zu überwindende Höhe unterschätzt.

Er bedankte sich überschwänglich für Peters Hilfe, setzte sich, atmete tief durch und entledigte sich seines alten Trenchcoats und des Hutes. Die Schweißperlen standen ihm nach wie vor auf der Stirn. Das runde Gesicht war gerötet. Nur wenige Haare schmückten seinen Kopf, zusammengeklebt durch den Schweißausbruch.

Mit einem Taschentuch wischte er sich erneut den Schweiß von Kopf und Gesicht. Kleine, unruhige Augen musterten den jungen Mitreisenden.

Peter wunderte sich, dass der Mann ihn sofort als Deutschen erkannte und auch ihn in gutem Deutsch ansprach.

»Nochmals danke für die Hilfe. Ich habe mir einige Bücher eingepackt und deren Gewicht wohl unterschätzt. Wohin wollen sie so spät?«, fragte er Peter.

Dieser erzählte kurz seine Odyssee vom verspäteten Balt-Orient-Express und dem damit geplatzten Treffen mit der gastgebenden Familie.

Der Mann wiegte seinen Kopf hin und her.

»Da haben sie aber großes Pech gehabt. So viel kann eigentlich gar nicht daneben gehen. Ich freue mich, dass der János so selbstlos geholfen hat. Da haben sie einen ersten positiven Eindruck von uns Ungarn erhalten.«

Sein Gegenüber widmete sich nun seiner großen etwas speckigen und abgeschabten Aktentasche. Eigentlich von der Größe her eher ein Handkoffer.

Doch die Tasche, aus braunen Leder, die bestimmt ein Buch über ihre Vergangenheit schreiben könnte, hatte einen Griff wie von einer Aktentasche.

»Sie interessiert meine Tasche? Diese ist uralt. Habe diese von meinem Vater, der als Professor in einem Gymnasium arbeitete, als Erbstück erhalten. Diese ist eine wichtige Erinnerung an ihn. Sie begleitet mich seitdem auf jeder Reise oder zur Arbeit.«

Er schaute Peter kurz an.

»Nein, bei euch heißt es Lehrer«, korrigierte er sich.

Nun suchte und wühlte er weiter in der Tasche, die scheinbar nicht als Reisetasche gedacht war.

»Mein Vater lehrte in Österreich, in einer Kleinstadt nahe der ungarischen Grenze, zuletzt an einer höheren Schule. Er heiratete eine Ungarin.

Die Familie kaufte sich später in Budapest ein Haus und er erhielt an der Universität eine gute Stelle.

Dort, ich glaube, das ist heute noch so, nannten sich die Lehrer Professor.

Das Wort hat einen guten Klang und drückte eine hohe Position in der Gesellschaft aus.

Meine Mutter wurde von den Leuten mit Frau Professor angeredet. Das hat ihr sehr gut gefallen.«

Dabei lachte er schelmisch. Peters Gegenüber entnahm der Tasche ein mit farbigen Blumenornamenten besticktes Leinentuch und breitete es neben sich aus.

»Interessiert sie das überhaupt? Ich bin ein großer Schwätzer, nicht wahr?«

»Nein, nein«, beeilte sich Peter zu antworten. »Ja, das ist sehr interessant. Die Oma meiner Briefpartnerin hat auch österreichische Wurzeln.

Bestimmt liegt alles noch in der historischen Entwicklung, als es noch Österreich-Ungarn gab.«

Auf dem Tuch befanden sich inzwischen ein großes Stück Brot, ein Stück Salami, Schinkenscheiben, Käse in Würfel geschnitten, Paprikaschoten und mehrere Tomaten. Ein richtiges Picknick im Nachtzug bereitete er vor.

»Ich merke, auch sie mögen die Geschichte. Ja, so ist es gewesen.

Deshalb sind die Lebensgewohnheiten der Menschen beider Länder ähnlich: traditionsbewusst, gemütlich, charmant und gesellig.

Und Zeit haben wir auch, lassen uns nicht gern von

Termin zu Termin jagen wie die Deutschen.«

Nun entnahm er der Tasche eine kleine Korbflasche Wein und einen Becher.

Wer so einen Opa hat, der ist ein Glückspilz, dachte Peter. Damit wollte er seinem Opa nicht wehtun. Der wohnte bei Leipzig und hatte in der Kindheit viel mit ihm unternommen.

Ihm verdankt er seine Naturliebe, die Fähigkeit, die Schönheiten der Landschaften zu sehen, die Tiere und Pflanzen zu beobachten und sich an deren Anblick zu erfreuen.

Peter beobachtete interessiert seinen geschäftigen Nachbarn, der wirklich an alles gedacht hat.

»Ich sehe, sie staunen über mein Nachtmahl. Ich bin gut vorbereitet für die Fahrt«, begann der Mann wieder die Unterhaltung.

»Ich fahre sehr oft am Wochenende mit diesem Zug. Er ist nur spärlich besetzt, sodass ausreichend Platz vorhanden ist. Bei euch sagt man zu diesen letzten Zügen des Tages humorvoll ›Lumpensammler‹. Sie sehen, auch für ein gutes Nachtmahl ist er gut.«

Er schaute Peter an und schien sich ein Bild von dem Jungen ihm gegenüber machen zu wollen.

Interessiert sah er zu Peters Gepäck hinauf und ließ merklich seinen Blick an dem merkwürdigen Campingbeutel verweilen.

Peter indes stellte fest, altersmäßig könnte der Mitreisende sein Opa sein. Nur dieser würde nie auf die Idee kommen, im Zug das Essen so aufwendig aufzutafeln.

»Sie wundern sich«, erzählte der Mann weiter, »dass ich es mir hier so bequem mache und das Abendessen zubereite? Das gehört bei mir zur Reise dazu.

Hier habe ich Zeit in Ruhe zum Essen und gehe nach

der Ankunft nachts nicht hungrig zu Bett. Die wenigen Reisenden stören mich nicht. Und ich sie hoffentlich auch nicht.«

Er schmunzelte und goss sich den Becher voll Wein. «Egészségedre! oder Prosit, wie man in Deutschland wohl sagt.«

Verschmitzt sah er zu Peter hinüber, der sprachlos ihm gegenübersaß und nicht wusste, wie er sich verhalten sollte.

»Zum Wohl und guten Appetit«, brachte er mit Mühe heraus. »Ich bin das erste Mal in Ungarn.«

Plötzlich stellte sein Gegenüber, ohne einen Schluck genommen zu haben, den Becher ab.

Er riss förmlich die Arme nach oben, ließ anschließend die Hände auf die Oberschenkel klatschen und meinte, sich zunächst räuspernd, zu Peter:

«Was bin ich für ein Mensch. Wein trinkt man doch nicht allein. Sie trinken doch einen Schluck mit?«

Ohne eine Antwort abzuwarten, holte er aus seiner Tasche ein kleines Glas heraus.

Wischte dieses mit dem Zipfel des «Tischtuchs« aus und füllte das Glas mit Wein. Dieser schimmerte wie Gold, verströmte einen angenehmen Duft zu Peters Nase.

»Ich heiße Ferenc und arbeite als Professor an der Universität in Budapest. Ich führe diese Arbeit jedoch nur noch wenige Stunden in der Woche aus.

Eigentlich bin ich schon länger in Pension. Wir haben ein kleines Sommerhaus am Balaton vor Jahren von einem Onkel geerbt. Dort verbringe ich mit meiner Frau einen großen Teil des Jahres.«

Wieder musterte er Peter.

»Komm, sage Ferenc zu mir und benutze das du als

Anrede. Da redet es sich besser. Nochmals: Egészségedre!«

Ferenc hob seinen Becher und Peter sein Glas, dann tranken sie sich zu. Peter wurde es noch unwohler nach dem du.

Wie sollte er darauf reagieren? Er wählte die Devise: Abwarten und Wein trinken und weiter höflich beim sie bleiben.

Sein Gegenüber war doch viel älter, vergleichbar mit seinem Biologie-Lehrer auf der Oberschule.

Ferenc beobachtete ihn mit seinen kleinen forschenden Augen, leicht den Kopf schräg haltend, weiter.

Was mag er von mir denken, fragte sich Peter. Wenn ich jetzt nicht antworte, ist es unhöflich und ich tue dem netten Mann weh.

»Ich heiße Peter, wohne bei Halle am Harz, also in der DDR und besuche eine Familie in Veszprém.

Seit vielen Jahren stehe ich mit deren Tochter Maria im Briefwechsel.

Nun haben mich die Eltern zum Besuch eingeladen. Prost oder wie sagten sie: Egészségedre!« Genüsslich tranken sie das Glas leer.

»Ein guter Tropfen. Die Flasche ist von meinem Freund, der einen Weinberg bearbeitet und diesen köstlichen Tropfen keltert«, erklärte Ferenc.

»Wie sagte schon Goethe: ›Das Leben ist viel zu kurz, um schlechten Wein zu trinken.‹ Wie recht er hatte.

Hatten wir nicht vereinbart, du zu sagen?« Prüfend sah er zu Peter, denn das sie war ihm nicht verborgen geblieben.

»Meine Frau und ich helfen ihm gelegentlich und als Dank erhalten wir einige Flaschen für den Weinkeller. Am Balaton wächst ein sehr guter Wein.«

Wieder sah Ferenc Peter an und sagte, keinen Widerspruch zulassend: »Ich hatte doch gesagt, dass ab jetzt du gesagt wird.« Peters Gesichtsfarbe rötete sich. Noch nicht vom Wein, sondern von der Ermahnung.

Sein neuerliches sie war unhöflich. Das durfte ihn nicht wieder passieren.

»Marias Familie hat auch einen Weinberg in Badacsony. Die Bearbeitung scheint eine schwere Arbeit zu sein. Maria hat viel dazu geschrieben.

Doch ihnen hilft ein Winzer aus der Nachbarschaft. Das Trinken ist der angenehmere Teil und in Gesellschaft die Basis guter Unterhaltung.«

»Da hast du recht, Peter«, antwortete Ferenc. »Manche Nacht haben wir mit Freunden auf dem Weinberg gesessen, diskutiert und philosophiert. Ich liebe diese Abende.

Vor allem, wenn es warme Sommerabende sind und man von der Terrasse hinunter auf den See blicken kann.

Oft bringen dann die Glühwürmchen, die durch die Nacht tanzen, eine besondere romantische Note in die gesellige Runde. Es wird dir gefallen bei uns am ungarischen Meer.«

Während des Gespräches nahm Ferenc das Brot und schnitt mit einem großen scharfen Messer geschickt eine dicke Scheibe ab.

Nicht wie Peter es von zu Hause kannte, gleichmäßig dick, Schnitte genannt. Nein, Ferenc setzte bei dem runden halben Brot, eher ein Weißbrot, recht breit an und ließ die Scheibe ganz schmal auslaufen.

»Willst du auch eine Scheibe? Hast bestimmt Hunger nach der langen Fahrt. Bekommst auch ein Stück Salami und Schinken dazu.

Probiere den Käse, der ist lecker. Das reicht alles für

uns beide. Außerdem sollte man den leeren Magen nicht dem Wein allein überlassen.«

Dabei zwinkerte er Peter zu. Dieser druckste herum. Schinken mag er nicht und Salami ist auch nicht sein Ding. Käse schon.

Seine Oma sagte schon immer, dass er mäklig und deshalb ein Hänfling ist. Einerseits wollte er Ferenc nicht vor den Kopf stoßen.

Andererseits fühlte er sich hungrig. Sein Magen war leer und verlangte nach Essen.

»Nur ein Stück Brot mit einer kleinen Scheibe Salami und Käse würde ich nehmen. Ich habe auf der Fahrt einiges essen können, denn meine Mutter hat mir viel eingepackt. Es war fast wie Ostern, so viel gekochte Eier habe ich gegessen.«

Ferenc lachte über den Vergleich und reichte Peter das Brot mit ein paar dicken Scheiben Salami dazu.

»Hier nimm, du kannst es vertragen. Das ist Paprika-Salami. Die ist vorzüglich gewürzt und gut bekömmlich.«

Peter nahm das Brot dankend an. Er spürte inzwischen den Hunger mächtiger. Die Aussicht auf Essen schien das Hungergefühl zu verstärken.

»Brot, Wurst, Käse und Schinken gehören einfach zum Wein«, meinte Ferenc.

»Du wirst es bei deinem Aufenthalt in Ungarn lernen. Dazu immer Paprikaschoten, Tomaten und auch Obst. Bei uns sagt man zu den Tomaten Paradicsom. Gemüse und Obst sind gesund und regen die Verdauung an.«

Der Zug begann aus dem Bahnhof zu rollen. Man aß gemeinsam. Peter erzählte von der Fahrt und der verpassten Abholung.

Über sein Zuhause, seine Eltern und das Leben im

Internat, dass er nach dem Abitur verlassen hatte.

Auch das er nun in einem Wohnheim eines Betriebes lebt, wo er einen Berufsabschluss als Chemielaborant erreichen will. Aufmerksam hörte Ferenc zu. Ab und zu unterbrach er ihn beim Erzählen und fragte nach.

Es schien, dass auch Ferenc sein Vergnügen an dieser Begegnung und Unterhaltung hatte.

»Ich habe viel mit solchen Jungen wie du in der Universität zu tun. Ich unterrichte Deutsch und Geschichte, aber führe mit den Studenten auch manche Exkursion durch. Vor einem Jahr besuchten wir Leipzig. Eine sehr schöne Stadt und es gab viele nette Begegnungen mit den dortigen Studenten.«

Ferenc sah Peter lächelnd an. Dieser mühte sich intensiv kauend, die Salami und das Brot zu essen. Dazu etwas Käse, den er gern aß.

»Der Hunger treibt es rein«, bemerkte Ferenc lachend. »Bist du Vegetarier? Die Wurst ist doch ein Genuss?«

»Nein. Ich kenne diese Art Wurst nicht. Bei uns gibt es ein Sprichwort: ›Was der Bauer nicht kennt, das isst er nicht.‹ Ich bin so ein Bauer«, erwiderte lächelnd Peter.

»Ich werde mich daran gewöhnen. Die Wurst ist sehr fett, was ich eigentlich nicht so mag.«

»Schnell solltest du dich daran gewöhnen, denn sonst wirst du verhungern.

Reisen in andere Kulturen und Länder sind immer mit einigen Überraschungen verbunden. Anpassen an die Gewohnheiten des Gastlandes ist die wichtigste Eigenschaft, die man mitbringen sollte.

Wenn ich dich richtig einschätze, wirst du dich bei manchem ungarischen Gericht überwinden müssen.«

»Meine Oma sagt immer, ich bin mäklig, weil ich nicht gern Fleisch und Geflügel esse. Ich habe mir vorgenommen, alles zu probieren.

Die zwei Wochen werden ich wohl überstehen. Zumindest an das Brot, die Paprikasalami, das Gemüse und den Wein werde ich mich gewöhnen können.«

»Na, da wird es ein perfekter Urlaub. Ich möchte dir noch ein wenig über unsere Geschichte erzählen.

Viele Familien haben Wurzeln in Österreich, der CSSR und Rumänien. Die wechselnden Staatengebilde in den letzten Jahrhunderten sind die Ursache.

Meine Großmutter stammt aus der Gegend um Wien und heiratete meinen Großvater, der aus Pressburg, dem heutigen Bratislava, kam. Dessen Eltern kamen wiederum aus der Wiener Gegend.

Dies ergab sich früher so, denn Ungarn und Österreich bildeten gemeinsam die Donaumonarchie der Habsburger bis 1918, einen Vielvölkerstaat.

Unser Territorium hat eine sehr unbeständige Geschichte mit sehr oft wechselnden Grenzen.

Die Menschen litten immer unter dem Streit zwischen den Osmanen und Habsburgern.

Die Entwicklung des Staates Ungarn ist äußerst interessant. Ich möchte meinen Studenten vermitteln, dass ihre Heimat ein liebenswertes Land mit einer großen Geschichte ist. Auch wenn oft von anderen Herrschern zum Nachteil der Ungarn entschieden wurde.

Leider ist die Menschheitsgeschichte, wie sie gelehrt wird, nur eine Aneinanderreihung von Kriegen zu Lasten der Bevölkerung.

Die Kulturgeschichte erfährt oft eine zu geringe Wertschätzung. Doch lassen wir dieses Kapitel ruhen.

Ich bin also ein Ungar mit österreichischen Genen, wie

viele Ungarn. Deutsch habe ich von meinem Vater und den Großeltern gelernt.«

Ferenc imponierte Peter. Er erinnerte ihn immer mehr an seinen Biologie-Lehrer, den Martin Teubel, auch Zwiebelchen genannt, mit wenigen Haaren auf dem Kopf, dafür sehr korpulent, ähnlich wie Ferenc.

Lehrer Teubel war nur wenige Jahre jünger als Ferenc. Die Schüler verehrten ihn wegen seiner Gemütlichkeit, seines Verständnisses für die pubertären Schüler und seiner unkonventionellen, naturnahen Lehrweise.

Er ließ es sich nicht nehmen, Peter und einigen Mitschülern am Vorabend vor den Abitur-Klausuren seinen selbst gekelterten Obstwein zu servieren.

Sein Credo: Damit wird die Anspannung geringer und die Schüler können besser ihr Wissen, falls es ausreichend durch intensives Lernen von den grauen Zellen gespeichert wurde, zum Zeitpunkt der Prüfungen abrufen.

So ähnlich schätzte Peter Ferenc im Umgang mit seinen Studenten ein. Wieder begann Ferenc zu erzählen.

»Unsere Sprache macht uns auch einzigartig in Europa. Wir sind auch als Volk der Pessimisten, Unzufriedenen und mit einer hohen Selbstmordrate bekannt.

Doch das ist nur eine halbe Wahrheit. Wir Ungarn sind durch unsere Habsburger Geschichte ein weltoffenes, temperamentvolles Volk.

Das hat meinen Namensvetter Ferenc Kölcsey dazu bewogen, Verse zu schreiben, die heute jeder Ungar als Nationalhymne kennt. Im ersten Vers der Nationalhymne heißt es in etwa so:

›Herr, segne den Ungarn
mit Frohsinn und Überfluss.
Beschütze ihn mit deiner Hand,

wenn er sich mit dem Feind schlägt.
Denen die schon lange vom Schicksal
nicht verschont,
bring ihnen eine bessere Zeit.
Denn dieses Volk hat schon gebüßt
für Vergangenes und Kommendes.‹

Der Inhalt drückt das aus, was das Land erleiden musste. Es stand fast immer unter fremder Herrschaft – bis heute.«

Nun sang Ferenc die ersten Zeilen laut.

»Jeder Ungar kennt den Text; nicht wie bei euch. Wir singen die Nationalhymne auch zum Schluss des Gottesdienstes.«

Dabei sah er Peter an und lachte. Dieser wunderte sich, denn inzwischen drehten sich einige der Fahrgäste nach den beiden um. Einer hob den Arm und stimmte lautstark ein.

Ein lustiger und intelligenter Mensch ist dieser Ferenc, stellte Peter wieder fest. Die Fahrt wurde zur Geschichtsstunde.

»Viele Familien sind mehrsprachig und auch die Kinder werden so erzogen. Mit der Mehrsprachigkeit ist auch das Verständnis für die unterschiedlichen kulturellen Wurzeln, die oft sehr weit zurückliegen, geblieben«, plauderte Ferenc weiter.

»Du hast bei den bisherigen Kontakten auf dem Bahnhof feststellen können, dass man sich bemüht die fremden Sprachen anzuwenden, aber auch das vorhandene Wissen zu verbessern.

Deutsch spielt hier eine sehr große Rolle, bedingt auch durch die jüngere Geschichte. Nach 1956 flüchteten etwa 180000 Menschen nach Österreich und von dort in viele Länder der Welt. Ein großer Teil ging nach Deutschland.

Die familiären und freundschaftlichen Verbindungen blieben erhalten.

Man pflegt diese mit Hingabe, denn bei den Ungarn hat die Familie einen hohen Wert. Dies unabhängig von den gerade Herrschenden.

Du weißt, auch jetzt bestimmen andere über uns Ungarn, aber auch über euer Land.

Wir haben beide Aufstände für mehr Selbstständigkeit und Demokratie hinter uns – ihr 1953, wir 1956. Leider ohne größere sichtbare Erfolge.

Doch irgendwann werden die Verhältnisse sich wieder ändern. Werden die Menschen der Länder selbst über ihren Weg entscheiden können.«

Peter staunte über die offenen Worte, die dem, was er zu Hause gelesen und gehört hatte, völlig entgegenstanden. Dort sprach man von einer Konterrevolution.

»Ja, die Zukunft wird hoffentlich vieles zum Guten der Menschen wenden. Ich bin sehr gespannt, das Leben der Menschen in Ungarn kennenzulernen – den ›Gulaschkommunismus‹, wie man ab und zu hört.

Der Begriff soll ausdrücken, dass es sich angenehmer und freier bei euch leben lässt, einige wirtschaftliche Zwänge entfallen sind.

Beispielhaft sind dafür Berichte der Urlauber über die Märkte am Balaton. Diese Informationen stammen aber mehr aus westlichen Rundfunksendungen.

Ich bin glücklich, dass nachvielen Versuchen ich die Reise nach Ungarn antreten konnte. Man hat mich auch nach Belgien und Holland eingeladen.

Doch an so etwas darf man bei uns keinen Gedanken verschwenden. Schon die Nachfrage bei den Behörden kann unangenehme Folgen mit sich bringen.

Mein Vater und ich haben nur einmal versucht einen

Antrag zu stellen. Da gab es nur die Warnung, dies nicht noch einmal zu tun. Man muss sich eben mit diesen Umständen abfinden.«

Weiter wollte er sich nicht auf eine politische Diskussion einlassen. Man weiß ja nie, wer einem gegenübersitzt.

Das Gespräch ließ ihn bisher die Vorsicht vergessen, sich nicht zu angreifbaren politischen Aussagen hinreißen zu lassen. Ferenc scheint jedoch ein kluger Kopf und vertrauenswürdiger Mensch zu sein.

Aber es gibt auch zwielichtige Personen, Spitzel, die man nicht erkennt, die solche Unterhaltungen provozieren.

Schon das zweite Mal auf dieser Reise erlaubte sich Peter dieses Urteil, setzte sich über seinen selbst auferlegten Argwohn hinweg.

Peter ist ein politisch interessierter Mensch, beschäftigt sich viel mit Problemen der aktuellen Politik.

Er hat sich jedoch angewöhnt, keinesfalls sich politisch gegen die Staatsmeinung zu äußern oder diese anzuzweifeln. Ein solcher Standpunkt ist überlebenswichtig, wie sein Vater immer wieder sagt.

Dieser hatte ihn quasi so zu einer geteilten Persönlichkeit erzogen, was politische Äußerungen betraf.

Das gehörte eigentlich zum täglichen Alltag vieler DDR-Bürger. Ferenc wiegte seinen Kopf, schaute Peter an und sagte:

»Gerade das, die Bevormundung, was man zu tun und zu lassen hat, wollten die Ungarn 1956 nicht mehr.

Wollten ihren eigenen Weg gehen, wollten reisen. Ohne Besatzung sein. Meine Studenten demonstrierten auch. Ich konnte sie verstehen.

Eine schwere Zeit liegt hinter uns. Doch lassen wir

das. Trinken wir noch ein Glas auf eine bessere Zukunft.« Da Ferenc die Gläser schon gefüllt hatte, konnte Peter es nicht ablehnen.

»Egészségedre! – auf deine Gesundheit und nochmals besten Dank, Ferenc. Du bist wie ein Vater zu mir.«

Ferenc wurde unruhig. Der Zug wird in wenigen Minuten seinen Umsteigebahnhof erreichen.

»Auch für mich warst du, Peter, eine angenehme Begegnung und das Gespräch eine willkommene und äußerst interessante Abwechslung auf der sonst langweiligen Reise.«

Nach vier Glas Wein lehnte Peter nun ein weiteres ab, denn der Zeiger der Uhr hatte die Mitternachtsstunde weit überschritten.

Peter spürte schon erste Anzeichen des Alkohols im Blut. Die Ungewissheit, wie sich der weitere Ablauf ergeben würde, machte ihm zunehmend zu schaffen. Ferenc sprach ihm Mut zu und wünschte ihm eine gute Reise.

Schnell packte Ferenc alles in seine Tasche, denn sein Zwischenziel war erreicht. In Székesverhérvár musste er aussteigen.

Der Anschlusszug würde warten. Als Peter das Gepäck von Ferenc bereitstellte, fragte ihn dieser nochmals:

»Was sind denn das für Aufnäher auf dem Rucksack?«

»Ach, diese kann man bei uns in den Orten als Andenken kaufen. Diese hier auf dem Campingbeutel, so nennt man dieses Gepäckstück, sind Ziele meiner Radtouren und mit vielen Erinnerungen verbunden.«

Doch die Zeit für Unterhaltungen mit dem netten Mann war vorbei. Der Zug fuhr bereits in den Bahnhof ein.

»Nochmals meinen besten Dank für die Verpflegung, den guten Wein und die interessante Unterhaltung.

Komm gut nach Hause. Deine Frau wird schon schlafen.

Es ist ein gutes Omen für meinen Aufenthalt, einen so sympathischen und netten Menschen wie dich, Ferenc, kennengelernt zu haben.

Ich wünsche dir eine gute Zeit und bleib gesund. Der Wein wird dabei helfen.«

»Wie recht du hast. Wein ist gespeicherte Sonne, ein Geschenk Gottes. Er enthält viele Mineralien, die der Körper braucht. Für uns Ungarn ist er ein unverzichtbares Lebensmittel. Kein alkoholsüchtig machendes Getränk, wie manche Gesundheitsfanatiker es uns erzählen.«

Dabei lachte er wieder. Peter hatte inzwischen den großen Koffer von Ferenc auf den Bahnsteig gestellt.

Ein letztes Mal schüttelten sie sich die Hände. Ferenc umarmte Peter sogar, küsste ihn auf die Wangen, was dieser nicht kannte und darüber sehr überrascht war.

»Adios, Peter, verbringe eine schöne Zeit in unserem wunderbaren Land. Gut das du zunächst den Balaton, unser Meer, kennenlernst.

Eine wundervolle Landschaft, die du lieben lernen wirst. Aber auch die Menschen und das Land wirst du lieben. Alles Gute für dich, mein lieber Freund Peter.«

Ferenc eilte zum Waggonausgang. Peter wartete schon mit seiner Tasche und reichte diese ihm auf den Bahnsteig.

Nur wenige Reisende stiegen aus und eilten davon.

Ferenc winkte Peter mit seinem Hut in der Hand noch lange zu, während der Zug den Bahnhof verließ. Das Fenster geöffnet, winkte Peter zurück.

Peter musste sich erst einmal sammeln. Beeindruckend die Unterhaltung, aber auch die väterliche Sorge von Ferenc, dass er gut bei den Gasteltern ankommen wird. Das Essen und der Wein haben ihm gutgetan.

Nur noch zwei Passagiere saßen mit ihm im Waggon. Er stellte schon das Gepäck bereit, obwohl ihm noch genügend Zeit blieb.

Grübelnd lehnte er sich auf der Sitzbank in die Ecke. Jetzt nahte das Reiseziel und damit stand er vor dem größten Problem.

Wie sollte er in der großen Stadt nachts das Haus von Marias Eltern finden? Zumindest wusste er von Ferenc, dass der Bahnhof etwas außerhalb lag und ein Bus auf den letzten Zug aus Budapest wartete.

Ferenc hatte ihm einige Fragen auf Papier notiert, die er Reisenden, Passanten oder dem Busfahrer vorlegen konnte.

Einen liebenswerten und äußerst hilfsbereiten Menschen war er begegnet. Leider vergaß er, ihn nach der Adresse zu fragen. Gern hätte er auch mit ihm korrespondiert.

Die Zeit verging sehr schnell und es hieß Aussteigen. Mit Mühe gelang es Peter, eine ältere Frau anzusprechen.

Alle Fahrgäste hatten es verständlicherweise um diese Nachtzeit eilig. Ganz nah ist er seinem Ziel nun gekommen, doch wo wird das Wohnhaus sein? Wird er es finden?

Die Dame, die er ansprach, schien sein Anliegen ein wenig zu verstehen. Die Straße kannte sie nicht.

Sie rief eine weitere Frau hinzu, die etwas mehr Deutsch sprach. Diese erschrak, als er die Straße nannte.

Es stellte sich heraus, dass diese sich am entgegengesetzten Ende der Stadt vom Bahnhof aus gesehen befand. »Kommen sie erst einmal mit zum Bus. Dieser hält in der Nähe. Steigen sie mit mir aus. Im Dunklen, jetzt weit nach Mitternacht, wird es schwer zu finden sein. Die Straßenbeleuchtung ist spärlich, vielleicht auch ausgeschaltet.«

Peter folgte den beiden Frauen zum Bus. Trotz wenig Schlaf war er jetzt hellwach. Der Busfahrer wollte auch bei ihm das Fahrgeld kassieren.

Jetzt zeigte sich, wie gut es gewesen ist, das János ihm beim Verkauf der Zigaretten behilflich war.

Er legte alles hin, was in seinem Brustbeutel an Münzen lag. Auch seinen großen Forint-Schein. Der Busfahrer schüttelte den Kopf und sprach mit den Frauen.

Peter verstand nichts, entnahm aber den Gesten – das Kleingeld reichte nicht oder der Busfahrer konnte den großen Geldschein nicht wechseln.

Die Frauen diskutierten mit dem Busfahrer. Peter stand dabei und wartete ab. Letztlich wurde der Fahrer überzeugt, ihn mitzunehmen.

Seine Banknote erhielt er zurück. Also Wechselgeld fehlte. Da fielen Peter wieder seine Zigaretten ein.

Er holte eine Schachtel aus dem Campingbeutel und reichte diese dem Fahrer hin. Dessen Gesicht hellte sich sofort auf. Die Frauen lächelten zufrieden und erleichtert.

»Er nimmt die Zigaretten und gibt den fehlenden Betrag dazu. Alles in Ordnung. Hier ist der Fahrschein.«

Sogar ein paar Münzen gab der Busfahrer zurück. Peter fiel ein Stein vom Herzen. Er hätte sich nie vorstellen können, dass eine normale Bahnreise so abenteuerlich und aufregend werden kann.

Auch für ihn als Nichtraucher neu, dass Zigaretten ein so vorzügliches Zahlungsmittel sind.

Immer wieder traf er Menschen, die ihm halfen, die

momentanen Schwierigkeiten zu überwinden.

Diese erste angenehme Erfahrung wird er mit nach Hause nehmen. Er seufzte und der klappernde Ikarus-Bus nahm Fahrt auf.

Die Müdigkeit ließ ihn kurz die Augen schließen, um sich zu sammeln, sich auf die Suche des Hauses der Familie Szabó vorzubereiten.

Die Busfahrt zeigte, dass es eine recht lange Strecke war, da der Bus nicht die kürzeste Route fuhr.

Er hatte die Funktion, alle Fahrgäste in die Nähe ihres Wohngebietes zu befördern. Der Bus fuhr, wie es Peter schien, kreuz und quer durch die Stadt.

Plötzlich tippte die Frau Peter auf die Schulter:

»Hier aussteigen.«

Peter erhob sich und nahm sein Gepäck.

Die Dame zeigte ihm in etwa die Richtung des Weges, verabschiedete sich und lief, noch bevor sich Peter bedanken konnte, schnell in Richtung ihrer Wohnung.

Da stand er nun, mitten in einem fremden Land, in einer unbekannten Stadt, weit nach Mitternacht und lief langsam in die vorgegebene Richtung.

Das Gepäck belastete ihn zunehmend. Der fehlende Schlaf und die lange Bahnfahrt zeigten Wirkung.

Nur wenige Straßenlampen erhellten den Weg. Aus einer gut vorbereiteten Reise wurde der Beginn eines unkalkulierbaren Abenteuers.

Er nahm es mit Humor, denn so ist er mit vielen Menschen in Kontakt gekommen. Hat sehr viel erfahren – über die Geschichte und die Menschen.

Ein Picknick im Zug kannte er noch nicht, doch es stillte seinen Hunger.

Langsam trottete er die leeren, oft dunklen, nur vom Mond beleuchteten Straßen und Gassen entlang. Unter einer Straßenlaterne vergewisserte er sich am Übersichtsplan, den ihm der Busfahrer noch mit auf den Weg gegeben hatte, ob die Richtung stimmte.

Es sollte nicht mehr weit bis zu der angegebenen Adresse sein. Er hielt nochmals inne, als er das Haus von Weitem sah.

Das Haus befand sich an einer kleinen Straße. Bei uns würde man sagen, in einer Stadtrandsiedlung.

Es säumten die für Ungarn typischen Häuser mit kleinen Vorgärten die Straße. So viel konnte er im Schein der Straßenbeleuchtung erkennen. Was sollte er machen? Weit nach Mitternacht, die Kirchenuhr hatte vor längerer Zeit zwei Uhr geschlagen, sollte er die Bewohner wecken?

Es war kein Licht im Haus zu sehen, also wird Marias Familie schlafen. Er gab sich einen Ruck und steuerte auf das Haus und die Gartentür zu.

Sein Herz begann zu rasen und schlug ihm bis zum Hals. In den Ohren dröhnte es.

Eine Unruhe, vielleicht auch etwas Angst vor dem, was ihn erwartete, ergriff ihn. Er kannte dieses Gefühl nur aus den Minuten vor Prüfungen in der Schule.

Entschlossen öffnete er die leicht quietschende eiserne Gartentür und lief auf die Haustür zu. Wer würde die Tür öffnen, wie wird er wohl aufgenommen?

Ein fremder Junge, zwar erwartet, doch nicht mit einer Ankunft einige Stunden nach Mitternacht.

Peter klingelte und harrte der Dinge, die nun kommen sollten.

5. Kapitel

Es verging nur eine kurze Zeit, bis das erste Licht in einem der Zimmer im Obergeschoss des Hauses eingeschaltet wurde. Bald erhellte die Beleuchtung auch das Treppenhaus.

Die Aufregung ergriff Peter immer mehr und ließ ihn frösteln, obwohl er schwitzte. Mehr Angstschweiß, wie er sich eingestand.

Ein Schlüssel bewegte sich raschelnd und knarrend im Türschloss.

Die Hoflampe über der Tür erhellte nun den Eingangsbereich. Ganz langsam öffnete sich einen Spaltbreit die Tür.

Eine ältere Frau schaute heraus, sah Peter ungläubig an und öffnete die Tür vollständig.

Sie hob die Arme über ihren Kopf und klatschte vor Überraschung in die Hände. Das Staunen und die Überraschung im Gesicht waren nicht zu übersehen.

»Du musst Peter sein, der gestern in Budapest ankommen sollte«, sprudelte es aus ihrem Mund.

Sie ging auf Peter zu, umarmte ihn herzlich und sagte: »Ich bin Marias Oma. Sei herzlich willkommen in unserem Haus!«

Immer mehr Lichter gingen an und man hörte leise Trippelschritte auf der Treppe.

»Komm herein. Es ist spät, ach, besser früh. Du musst ja sehr müde sein. Du bist allein? Wo kommst du her?«

Hinter der Oma hatten sich inzwischen zwei verschlafene kleine Mädchen eingefunden.

Das mussten Marias Schwestern sein. Neugierig beobachteten sie den Neuankömmling, der mitten in der Nacht sie aus dem Schlaf gerissen hat. Schüchtern, sich hinter der Oma versteckend, nur mit dem Nachthemd bekleidet, mit vom Kopfkissen zerzausten Haaren, schienen sie sich ein wenig zu schämen. Doch die Neugier überwog.

Peter sah nur noch ihre Köpfe hinter der Oma hervorlugen. Die Oma sagte etwas auf Ungarisch.

Die beiden Mädchen legten den Rückwärtsgang ein, schlichen langsam einige Stufen der Treppe hinauf, dabei den fremden Jungen nicht aus den Augen verlierend.

»Ich habe den Gören nur gesagt, dass sie Platz machen sollen, damit du mit dem Gepäck das Haus betreten kannst«, erklärte die Oma Peter.

»Komm jetzt aber herein. Die Nacht ist kühl und ich friere. Ich bin nur leicht bekleidet. Entschuldige bitte meinen Aufzug. Ich habe mir schnell den alten Morgenrock übergeworfen.«

Die Oma war eine große stattliche Frau mit grauem, längerem Haar und wie Peter bemerkte, sehr herzlich, aber resolut. Er schätzte sie auf Mitte siebzig.

Sie raffte hastig den Morgenrock zusammen, der sich geöffnet hatte und den Blick auf das Nachthemd zuließ. Es schien ihr peinlich zu sein, den Gast so empfangen zu müssen.

Sie murmelte noch einiges in Ungarisch vor sich hin, drehte sich danach unvermittelt zu Peter um, dem sie ein Stück im Flur vorausgegangen war.

Peter staunte und wusste nicht, wie ihm geschah. Marias Oma sprach perfekt Deutsch.

Das hatte er nicht erwartet. Das Problem Verständigung gab es nicht mehr. Er hätte die Oma aus Freude umarmen können.

»Hoffentlich bist du mir nicht böse, dass ich dich duze. Ich denke jedoch, dass du ab sofort Mitglied unserer

Familie bist und du auch Oma oder Nagyi zu mir sagst. Einverstanden?«

Peter, überfordert von der Situation, sprachlos, noch bemüht seinen Koffer und den Campingbeutel in der Nähe der großen Garderobe im breiten Flur abzustellen, drehte sich um und antwortete leise, beinahe etwas stammelnd:

»Natürlich bin ich einverstanden. Ich bitte um Entschuldigung, aber ich bin vom Empfang überwältigt zu dieser ungewöhnlichen Zeit.

Die Anreise war sehr belastend und aufregend für mich. Dazu noch hier nachts euch aus dem Bett zu klingeln, ist eine äußerst peinliche Situation.«

»Du musst mit mir etwas lauter reden. Im Alter hat das Gehör etwas nachgelassen«, ermahnte die Oma den Jungen.

»Ja, das werde ich mir merken«, antwortete Peter.

Die Oma sah ihn lange an:

»Ich glaube, wir müssen dich gut füttern, denn du hast ja kaum etwas auf den Rippen.

Versteh mich nicht falsch, aber du bist sehr schlank. Sieh mich an, ich habe einige Kilo abzugeben.«

Sie lachte laut, als sie Peters bedeppertes Gesicht ansah. Deshalb legte sie den Arm beruhigend auf seine Schultern und fragte:

»Natürlich, das habe ich ganz vergessen zu fragen. Wo sind Maria und ihre Eltern? Sie wollten dich doch abholen. Wie hast du überhaupt unser Haus gefunden?«

Peter erschrak und wurde blass. Sollte er seine Gastfamilie auf dem Bahnhof in Budapest verfehlt haben?

Das kann doch nicht sein. Lange hat er gewartet und überall sich umgeschaut. Sogar über den Lautsprecher hat er die Familie Dr. Szabó ausrufen lassen, wurde seine

Ankunft und sein Aufenthaltsort mitgeteilt. Er schüttelte ungläubig den Kopf. Doch jetzt war er zu müde den Gedanken zu folgen.

»Es ist niemand bei meiner Ankunft zu sehen gewesen. Der Zug kam mit großer Verspätung an. Das ist eine lange Geschichte.

Dazu ist jetzt nicht die richtige Zeit. Es ist weit nach Mitternacht. Ich erzähle es morgen oder besser am Morgen.«

Die Oma nickte verständnisvoll mit dem Kopf. Der neue Tag hatte ja schon begonnen. Er spürte plötzlich ihre Hand am Arm.

»Peter, du musst doch hungrig, durstig und müde sein. Komm, gehen wir in die Stube. Ich hole dir eine Kleinigkeit aus der Küche und zeige dir dann dein Zimmer.«

Sie wollte gehen, drehte sich aber nochmals um:

»Die nächsten zwei Wochen, wie ich schon sagte, bin ich auch für dich die Nagyi – die Oma.«

»Danke, ich werde es mir merken. Wird aber anfangs nicht leicht sein – Oma, Nagyi.«

Die Oma lächelte, verschwand in der Küche und kam nach kurzer Zeit mit einem vollen Tablett zurück.

»Hier einige Scheiben unseres Weißbrotes, paar Scheiben Käse und ungarische Salami. Dazu Paprika, Weintrauben und ein wenig Geflügelsalat. Jó étvágyat!

Das bedeutet bei euch ›Guten Appetit‹. Nimm dir von dem Wein und gib etwas Sodawasser aus dem Siphon dazu. Das ist unser Getränk zu jeder Tages- und Nachtzeit.«

Die Mädchen standen immer noch neugierig in der Nähe der Tür und kicherten.

Sie steckten die Köpfe zusammen und flüsterten miteinander. So wie es bei Geschwistern üblich ist.

Interessiert verfolgten sie das Geschehen und beobachten den fremden großen Jungen, der sie nachts aus dem Bett geklingelt hatte.

Die Freundinnen werden staunen, wenn sie von diesem Ereignis berichten können.

Die Oma bemerkte die beiden erst jetzt und mit einem Redeschwall verwies sie die Kinder in ihre Zimmer zum Schlafen.

Ohne Widerrede verschwanden die beiden blitzschnell und rannten fast die Treppe hinauf. Die Oma schien für sie eine Autorität zu sein.

Peter verstand zwar nichts, doch es war unschwer erkennbar, dass sie die Geschwister bereits im Bett vermutete.

Sie setzte sich zu Peter an den Tisch und sah, dass der Appetit nicht besonders groß war.

»Du musst viel essen. Bist viel zu schlank für dein Alter. Maria muss ich auch immer zum Essen ermahnen.

Sie ist auch so dünn. Ich weiß nicht, wer sich das ausgedacht hat, dass spindeldürr schön sein soll. Wir werden dich schon füttern, dass die Hosen nicht mehr passen.« Sie lachte laut und herzlich.

»Ich habe im Zug schon etwas gegessen«, antwortete Peter, erzählte kurz von seiner Begegnung mit dem Professor und dem ausgiebigen Nachtmahl mit ihm.

»Wo sind Maria und ihre Eltern?«, fragte er die Oma.

»Ich weiß es auch nicht. Sie sind gegen 20 Uhr aus Budapest zurückgekommen. Dein Zug kam nicht und auch die genaue verspätete Ankunftszeit konnten sie nicht erfahren.

Die kleinen Mädchen wollten unbedingt bei der Ankunft dabei sein. Doch die Ungewissheit wuchs und damit war es den Eltern für sie dann doch zu spät.

Sie brachten sie also nach Hause und fuhren anschließend ohne sie mit Maria wieder nach Budapest.

Da du sie nicht getroffen hast, werden sie zu spät auf dem Bahnhof angekommen sein. Du wirst schon im Zug nach Veszprém gesessen haben.

Entweder sie treffen bald ein oder, was wahrscheinlicher ist, übernachten in Budapest. Dann sind sie bestimmt zum Frühstück da. Wir werden sehen.«

Als sie bemerkte, dass Peter nichts mehr Essen oder Trinken mochte, bat sie ihn, ihr zu folgen.

»Komm, Peter, nimm dein Gepäck. Ich zeige dir dein Zimmer und das Bad, wo du duschen kannst. Morgen können wir noch genug reden.

Gute Nacht! Auf Ungarisch: Jó éjszakát! Du wirst schnell viele ungarische Wörter lernen.«

Sie schlurfte mit ihren Pantoffeln über die Flurfliesen und zog sich am Handlauf die Treppe hinauf. Die Beine schienen ihr Schmerzen zu bereiten. Sie wies ihn ein, zeigte ihm sein Zimmer und das Bad.

Dann ging sie nochmals, den Kopf immer wieder schüttelnd, die Treppe hinunter.

Die überraschenden nächtlichen Ereignisse musste sie erst einmal verarbeiten. Peter setzte sich zunächst auf den Bettrand. Erschöpft, aber glücklich. Er ist angekommen am Ziel seiner Reise.

Auch ihm kostete das ganze Geschehen der letzten Tage und Stunden viel Kraft und hatte die Nerven strapaziert. Er sehnte sich nach Ruhe.

Flugs verschwand er im Bad, wo die Nagyi alles für ihn bereitgelegt hatte und genoss die warme Dusche.

Mehr als eineinhalb Tage war er unterwegs und es gab kaum Gelegenheit sich zu waschen. In den Toiletten der

Waggons gab es schon nach Prag kein Wasser mehr.

Wunderbar fühlten sich die Wasserstrahlen auf seinem Körper an. Mit geschlossenen Augen ließ er mit Genuss die Wassertropfen an seinem Körper abperlen.

Doch die Strapazen mahnten ihn, schnell die Dusche zu verlassen, denn das Frische ausstrahlende Bett wartete auf den müden Reisenden.

Nur eine Frage plagte ihn weiter: Weshalb hat er Maria und ihre Eltern verpasst?

Es gab eigentlich nur eine Erklärung – sie warteten auf einem anderen Bahnhof. Oder, wie die Oma vermutete, man hatte sich durch die Verspätung verfehlt.

Doch zum Grübeln war Peter zu müde. Vielleicht wird er es am Tag erfahren. Ist eigentlich auch nicht wichtig, denn er ist angekommen. Die Sommertage mit Maria konnten beginnen.

Zum Frühstück wird er sie erstmals persönlich sprechen können.

Mit den Gedanken, was ihn wohl am Morgen erwarten würde, schlief er ein.

Voller Dankbarkeit für den Empfang und das Bemuttern durch Marias Oma, fiel er schnell in einen tiefen erholsamen Schlaf.

Ein zaghaftes Klopfen an der Tür weckte Peter am Morgen. Er sah sich im Zimmer um.

Verschlafen, die Augen reibend, versuchte er sich zu erinnern. Er befand sich in einem kleinen Zimmer, geschmackvoll im Stil der zwanziger Jahre eingerichtet, eben ein Gästezimmer. Er öffnete die Tür und die Oma stand auf dem Flur.

»Guten Morgen, Peter. Das Frühstück ist angerichtet. Wir wollen essen. Hast du gut geschlafen? Der Rest der

Familie ist auch eingetroffen. Es sind alle nach den gestrigen Turbulenzen noch nicht richtig munter.

Doch mit einem guten Frühstück, wenn es auch schon spät am Morgen ist, wird sich dies schnell ändern. Wir warten auf dich.«

»Guten Morgen, und danke. Ich habe wie ein Murmeltier geschlafen. Ich gehe mich waschen, ziehe mich schnell an und komme gleich hinunter. Bis gleich.«

»Gut, wir warten auf dich.«

Sie drehte sich um, fasste den Handlauf an und ging langsam, etwas behäbig, die Treppe Richtung Wohnzimmer.

Von unten aus dem Wohnzimmer hörte Peter schon ein Stimmengewirr. Marias Familie schien trotz der kurzen Schlafzeit guter Laune zu sein.

Deshalb beeilte sich Peter im Bad und suchte frische Kleidung aus dem Koffer. Er erinnerte sich an die Worte seiner Mutter: Der erste Eindruck ist der nachhaltigste und entscheidend für die Besuchszeit.

Aufgeregt und unsicher ging er die Treppe hinab. Eine schlanke, gut gekleidete Frau erhob sich vom Stuhl und begrüßte ihn.

»Ich bin die Mutter dieser Mädels. Sag Piroska zu mir. Mein Deutsch ist nicht so gut, wie das der Nagyi.«

»Auch ich begrüße dich und wünsche dir einen schönen Aufenthalt in unserer Familie und in Ungarn.

Es gibt, nehme ich an, viel über den gestrigen Tag zu erzählen. Ich, wie unsere ganze Familie, freuen uns sehr darüber, dass du diesen Besuch ermöglicht hast.

Ab jetzt fühle dich wie unser Sohn. Da habe ich Verstärkung gegen die geballte Frauenpower im Hause.

Tut uns leid, dass gestern durch die Zugverspätung einiges durcheinandergeraten ist. Vergessen wir es. Wir werden viel gemeinsam unternehmen und erleben. Nimm bitte Platz. Alle sind hungrig.«

»Ich habe doch alles gefunden, wenn auch auf abenteuerliche Weise, Herr Dr. Szabó«, antwortete Peter.

»Lass den Doktor weg. Das erinnert mich so an meine Arbeit.«

»Mache ich, Herr Szabó.«

Doch zunächst gab es noch die Begrüßung mit Maria, der langjährigen Brieffreundin.

Man musterte sich bereits zunächst möglichst unbemerkt vom anderen und setzte sich an den Tisch, wo bereits fleißig gegessen wurde. Maria trug ein leichtes Sommerkleid, das ihr sehr gutstand.

»Guten Tag, Maria. Ein sehr schönes Kleid mit hübschem Blumenmuster trägst du«, sagte Peter schüchtern. Irgendetwas musste er sagen, wenn es auch banal und kitschig klang.

»Das trage ich gern bei solch wundervollen warmen Wetter. Es ist leicht und ich schwitze nicht so schnell.«

Sie blickte Peter an.

»Ein herzlich willkommen auch von mir. Du siehst genauso aus wie auf den Fotos, die du mir geschickt hast. Nur größer bist du, als ich dachte.«

Maria, ein sehr schlankes Mädchen, fast 17 Jahre alt, wie sie sagte, gutaussehend, Freundlichkeit ausstrahlend, mit kurz geschnittenen welligem Haar, wird wohl um 1,65 m groß sein. Peter dagegen über 1,80 m.

»Stellt euch einmal nebeneinander«, schlug die Nagyi vor. »Zumindest eines eint euch, ihr werft beide keinen breiten Schatten.«

Alle lachten. Nur Maria nicht.

»Nagyi, mach nicht immer solche Scherze. Ich mag das nicht. Wenn ich so alt bin wie du, habe ich auch zugenommen. Ich will nicht korpulent sein, sondern schlank wie Mama.«

Maria schien gekränkt zu sein. Ihr Papa versuchte zu schlichten.

»Du hast eine sportliche Figur, Maria. Lass dich von Nagyi nicht ärgern. Du kennst sie und ihre Scherze.«

Marias Schwestern kicherten. Ihre Mama übersetzte die Unterhaltung, damit sie am Gespräch teilhaben konnten. Endlich saßen alle wieder am Tisch.

Erfreulich für Peter, dass auch Marias Eltern und Maria sich sehr bemühten Deutsch zu sprechen.

»Ich möchte mich ganz herzlich für den lieben Empfang bedanken. Zwar verlief nicht alles so wie geplant, doch nun bin ich überwältigt von eurer Begrüßung und Herzlichkeit.

Schon heute Nacht hat mich die Nagyi umsorgt, trotz meiner unerwarteten nächtlichen Ankunft.

Auch von meinen Eltern soll ich den Dank übermitteln und Grüße überbringen. Vor allem danken sie für euer großes Vertrauen und freuen sich, Maria im nächsten Jahr im Harz zu begrüßen.«

Peter fühlte sich unwohl. Seine Worte klangen so hohl wie von Politikern beim Staatsbesuch.

Doch ihn fiel nicht gleich etwas Gescheites ein, obwohl er sich lange auf diesen Augenblick vorbereitet hatte.

Die Oma und Marias Eltern nickten freundlich, dankten und es begann eine rege Unterhaltung. Auch Maria nahm nach und nach an dem Gespräch teil.

Sie und Peter waren in einem Alter, wo dies nicht ganz so einfach ist, ohne Schüchternheit sofort den richtigen Kontakt zu finden.

Deshalb auch, weil Peter nicht unbedingt der gesprächigste Typ war und nur mit Hemmungen seine

Russisch- und Englisch-Kenntnisse anwendete.

Zumindest eines hatte er – den guten Willen, sich mit Händen und Füßen sowie seinen vorhandenen Kenntnissen bestmöglich zu verständigen.

Maria zeigte sich ganz anders. Immer das Wörterbuch zur Hand sowie ein Blatt Papier und Kugelschreiber parat. Peter immer wieder fragend.

Dieser verstand nicht viel bei dieser Unterhaltung, denn vieles ging in einem Stimmengewirr unter. Er konzentrierte sich darauf, immer nur einem Gesprächspartner zu folgen.

Obwohl die Oma immer mahnte, dem Gast zuliebe deutsche Wörter zu verwenden, war dies oft zu viel verlangt.

Insbesondere Marias kleine Schwestern Eva und Anna wollten alles genau wissen, was man so in der fremden Sprache erzählte.

Peter war erstaunt, dass die nächst jüngere Schwester Eva schon viele deutsche Worte verstand.

Er schämte sich wieder einmal für seine fehlende Sprachbegabung. Oder war es doch ein wenig Faulheit beim Lernen und Unterschätzung der Sprache, um sich mit Menschen aus anderen Kulturkreisen zu verständigen?

Zu Hause brauchte er Fremdsprachen außer bei der Korrespondenz bisher kaum. Wann traf man jemand, der nicht deutsch sprach?

Bei seinem Besuch nach der Grundschule in Oberbayern, verstand er bei den alten Bewohnern auch nichts. Da half auch kein Wörterbuch.

Doch dieser damals für Peter grausige Dialekt ist nicht vergleichbar mit seiner jetzigen Situation. Im Briefwechsel war das Wörterbuch schnell zur Hand und er brauchte nicht zu sprechen. Die Erkenntnis, dass er die Sprachfächer hätte ernster nehmen müssen, kam zu spät. Doch seine Gastgeber bemühten sich rührig, damit die Verständigung klappte.

Der Vormittag verging rasend schnell. Marias Papa verabschiedete sich bereits vor dem Mittagessen, denn er musste ins nahe Krankenhaus zur Arbeit.

»Peter, lass dich nicht von den Damen unterkriegen. Ich komme schon lange mit ihnen gut aus. Musst nur machen, was sie sagen! Ich wünsche dir einen angenehmen Aufenthalt in unserer Familie.«

Beim Gehen drehte er sich nochmals um:

»Maria wird dir nachher unsere schöne Stadt zeigen. Sie ist eine gute und charmante Reiseführerin.«

Bei diesen Worten errötete seine Tochter und wurde ein wenig verlegen. Andererseits freute sie sich über das Lob des Vaters.

»Peter, wir dachten uns, dass wir beide nach dem Essen in die Stadt bummeln gehen und uns die Sehenswürdigkeiten ansehen.

Einiges kennst du von den Ansichtskarten und wirst von der Wirklichkeit überrascht sein.

Übermorgen fährt uns der Vater in die Nähe von Balatonfüred zu unserem Sommerhaus am Balaton, wo wir dann die Urlaubszeit verbringen werden.

Es wird dir gefallen. Von dort aus werden wir Ausflüge und Wanderungen unternehmen.«

»Alle?«, fragte Peter ungläubig und sah zur Oma hin. »Nein«, antwortete die Oma. »Ich bleibe hier. Dort ist es zu anstrengend für mich. Ich muss für Marias Vater das Essen zubereiten.

Er kommt mittags nach Hause essen. Für euch jungen Leute ist der Balaton ideal zum Zeitvertreib.«

Schade, dachte Peter für sich. Die Oma ist eine patente und fürsorgliche Frau, die ich von der ersten Minute ins Herz geschlossen habe.

Sie bereiteten sich auf den Stadtspaziergang vor. Maria nahm neben dem Wörterbuch noch einen kleinen Stadtführer mit.

»Veszprém ist eine sehr alte Stadt, eine der ältesten von Ungarn, umgeben von Hügeln und Wald. Die historische Bauwerke locken jedes Jahr viele Besucher an.«

Maria erzählte und Peter hörte interessiert zu. Es tauchten auch Namen wie Margarete und Stephan I., aber auch über die Zeit der Habsburger und der Herrschaft der Osmanen auf, von denen auch Ferenc erzählte.

So schlenderte man durch die Gassen und Straßen, am Gymnasium vorbei, wo Maria zur Schule ging.

Länger verweilte man im Burgviertel, einem sehr geschichtsträchtigen Teil der Stadt mit der Sankt-Stephans-Kirche und vielen anderen Sehenswürdigkeiten.

Das Wetter zeigte sich von seiner guten Seite und so setzte man sich zwischendurch auf die eine oder andere Bank.

Die Verständigung funktionierte besser, als Peter gedacht hatte. Aber nur dank Marias Deutschkenntnissen. Oft musste man lachen, wenn es zunächst ein Missverständnis gab. Die Befangenheit bei Peter verflog. Maria erzählte ungezwungen und vertraut, so als ob man sich schon lange kannte.

Die Stadt war sehr belebt. Die Menschen liefen relativ ruhig, doch auch geschäftig durch die Straßen. Zumindest meine Peter, nicht so hastend wie zu Hause, wo niemand Zeit hatte.

Zwei Mädchen, Schulfreundinnen, die zufällig vorbeikamen, sprachen Maria an. Peter fühlte, wie er gemustert wurde. Er tat so, als ob er es nicht bemerkte.

Maria stellte Peter vor und die Mädchen schmunzelten. Peter versuchte, die Gedanken und den Inhalt des Gespräches zu erraten. Ein aussichtsloses Bemühen.

Die Mädchen lachten und Peter fühlte, dass sie Maria neckten. So ein Besuch, und dann noch ein älterer Junge aus einem anderen Land, kommt nicht häufig in der »Provinzstadt« vor, wie Herr Szabó die Stadt nannte.

Maria erhob sich, um das Gespräch zu beenden. Es standen noch einige Anlaufpunkte auf dem Plan des Stadtrundganges. Peter beeindruckten die alten Gemäuer, die Dreifaltigkeitssäule, die Gisela-Kapelle u. a.

»Ich nehme an, dass wir die wichtigsten Sehenswürdigkeiten gesehen haben. Morgen sehen wir uns weiter um. Ich schlage vor, dass wir nach Hause gehen. Man wird auf uns warten.«

»Ja«, antwortete Peter, »es ist bestimmt noch ein Stück zu laufen. Vielen Dank. Du hast mir viel von deiner Stadt erzählt und gezeigt.

Dein Vater hat recht. Du bist eine gute Stadtführerin. Ich hoffe, vieles davon zu behalten, damit ich ausgiebig zu Hause berichten kann.«

»Peter, übermorgen nach dem Frühstück wird uns Papa ins Sommerhaus an den Balaton bringen. Du musst also schon wieder die Sachen packen.

Doch du wirst sehen, es lohnt sich. Ein idealer Ort für einen Badeurlaub.

Du hast geschrieben, dass du eine Wasserratte bist. Bei dem tollen Wetter, was so bleiben soll, werden dir Schwimmhäute an den Füßen wachsen.« Maria lachte.

»Das glaube ich dir. Einige Freunde verbrachten mit dem Jugendtourist-Reisebüro schon hier ihren Urlaub

auf Campingplätzen und waren begeistert von eurer großen ›Badewanne‹.«

»Das glaube ich. Unweit von Balatonfüred und anderen Orten sind viele Westdeutsche und Österreicher in
den Hotels zur Kur oder machen Urlaub. Das Klima ist
vorzüglich hier, sagt mein Papa.«

Zu Hause angekommen, der Tisch war schon zum
Abendbrot gedeckt, mussten sie der Mutter und Oma
erst einmal erzählen, wie der Nachmittag verlaufen ist.

Marias Schwestern, auf dem Schoß der Mutter und
Oma, hörten aufmerksam zu. Nichts durfte ihnen entgehen.

Die Oma übersetzte ab und zu, wenn man Deutsch
sprach. Für die beiden Mädchen hatte nach wie vor alles
den Anstrich eines Abenteuers.

Sie wollten nichts verpassen, denn ihre Schwester
hatte ihnen nur wenig erzählt. Maria mochte die Neugier
der Schwestern nicht.

Für Maria selbst, wie es auch Peter in den letzten Wochen spürte, hatte diese Begegnung viele Fragen und
Ängste aufgeworfen.

Es treffen unterschiedliche Charaktere, fremde Menschen aufeinander. Es ist der erste persönliche Kontakt.

Doch bisher lief alles bestens. Man verstand sich, die
Eltern unterstützten sie und gemeinsam hatten sie einen
Ausflugsplan vorbereitet. Der erste Tag verlief perfekt.

Nach dem Abendessen gingen sie mit der Oma durch
das Haus. Solch wunderschöne antike Möbel hatte Peter
bisher nur in Museen und der Besichtigung von Schlös-
sern gesehen.

Ein großer wuchtiger Schreibtisch aus der Gründerzeit, den der Vater nutzte, ein imposantes Bücherregal,
gefüllt mit Büchern gaben dem Zimmer ein antikes Flair.

Viele der Bücher davon sehr alt und einige auch in Deutsch, verliehen dem Zimmer eine besondere Ausstrahlung.

Es schien im Haus dadurch noch etwas die Atmosphäre des Lebens einer gut situierten alten gutbürgerlichen Familie aus der Zeit der Habsburger zu herrschen. So wie es in Büchern beschrieben wird.

Ein Arbeitszimmer, das eine besondere Atmosphäre ausstrahlte, wie es Peter nur aus Filmen kannte.

»Vieles davon stammt von unseren Großeltern«, sagte Piroska, die Mutter von Maria.

»Aber manches haben wir auch gekauft, um die Zimmer in einem einheitlichen Stil zu gestalten.«

In dem großen Wohnzimmerschrank, auch aus Massivholz, im Zimmer nebenan, sah man sehr dekoratives Porzellan. Peter konnte sein Staunen nicht verbergen.

»Meine Oma liest gern und liebt schönes Porzellan. Vieles davon sind Geschenke von Hochzeiten und Jubiläen unserer Familie«, erklärte Maria. Sie ergänzte:

»Aber auch ich stöbere gern einmal in den Büchern, denn viele sind schon Jahrzehnte alt. Es gibt viel Interessantes und Wissenswertes zu entdecken.«

»Ein großer Teil der Bücher gehört meinen Mann und ist Fachliteratur für seinen Arztberuf. Er sitzt auch gern in diesem Zimmer, liest, bereitet sich auf Vorträge vor und genießt die Ruhe.

Hier führt er auch Gespräche mit Patienten oder Kollegen«, erzählte Marias Mama, die hinzugetreten ist.

»Seine Tätigkeit im Krankenhaus ist sehr anstrengend und da muss er nach einem schweren Arbeitstag entspannen. Hier findet er diese Ruhe. Da dürfen ihn die Kinder nicht stören.«

Sie nahm zwei altertümliche Fotoalben aus dem Regal

und zeigte diese Peter. Peter erkannte an einem k. und k. Wappen, dass diese noch in der Zeit der Monarchie entstanden sind.

»Das ist unser Familienschatz. Es sind die alten Fotos, die von unseren Urgroßeltern und Eltern stammen.

Man kann darauf so vieles zur Lebens- und Arbeitsweise, zur Mode entdecken.

Sie erzählen die Geschichte unserer Familie von Beginn der Fotografie an. Ich liebe diese.«

»Ich habe schon über die tollen Fotos an den Wänden im Flur und Wohnzimmer gestaunt«, erwiderte Peter.

»Mich begeistert, wie man sich früher herausputzte, um auf den Fotos besonders gut auszusehen. Ein Besuch beim Fotografen ist früher ein ganz besonderes Ereignis gewesen.

Man ließ sich Ablichten für die Ewigkeit. An uns sieht man es: Nach acht Jahrzehnten bestaunen wir die Aufnahmen.«

»Ja, Peter. Die Zeiten und die Menschen ändern sich. Auch in der Familie verändert sich vieles.

Doch für uns ist es wichtig, darauf zu achten, dass man niemand der Familie aus den Augen verliert. Ich vergleiche die Familie immer mit einem Baum.

Dieser bildet immer neue Zweige heraus, die nach vielen Richtungen wachsen. Doch die Wurzeln halten alles zusammen, sind Basis des Wachstums.

Die Wurzeln sind die Vorfahren. Auch ich bin nun schon solch eine alte knöcherne Wurzel«, erzählte Piroska lachend.

»Nein, du bist mit deinem Mann ein starker Ast mit jungen Trieben – eure Töchter«, schmeichelte Peter.

»Wichtig ist, die Familie und deren Erfahrungsschatz zu behüten, auf die nächsten Generationen zu übertragen und zu bewahren. Maria hat diesen Familiensinn. Wir wissen, dass die Fotos und andere Erinnerungen bei ihr in guten Händen bleiben.«

Maria errötete leicht und nickte.

»Ich liebe diese Fotos. Schaue mir gern auch die Hochzeitsfotos der Eltern und Großeltern an.

Festlich gekleidet, hier Vaters Mutter mit einem Hochzeitskleid, entlehnt der regionalen traditionellen Tracht in Kalocsa.«

»Sieh dich vor Peter, Marias Gedanken widmen sich den Hochzeiten«, neckte die Oma Maria erneut.

Wenig amüsiert warf diese der Oma einen strafenden Blick zu.

»Du sollst nicht solche ulkige Scherze machen«, rief sie ihr empört zu.

»Ist doch nur Spaß. Omas Humor musst du doch inzwischen kennen. Sie ist halt so und will dich foppen«, versuchte die Mutter die Wogen wieder zu glätten.

Die Oma blieb dabei ganz ungerührt. Warum sollte sie sich auch Gedanken machen, hat ja nichts Unrechtes gesagt.

»Hier«, dabei holte die Nagyi ein altes Stück Papier, mehr ein gerolltes Pergament, aus dem Regal, »hat mein Vater für unsere Familie einen Stammbaum gemalt.

Leider ist er zu früh verstorben, sodass er nur wenige Vorfahren ermitteln konnte. Es sind aber immerhin acht Generationen mit uns zusammengekommen.«

»Nagyi, warum vervollständigst du ihn nicht?«, warf Maria ein.

»Ach, da braucht man viel Zeit und Ausdauer, muss alte Schriften lesen können, in Archiven suchen.

Vielleicht eine Aufgabe später für dich. Ich schaue mir lieber die alten Fotos an und erinnere mich an die

Personen«, entgegnete ihre Oma. »Viele davon kenne ich noch.«

»Ich finde dies ganz toll. Ich habe mich damit noch wenig beschäftigt. Wenn ich wieder zu Hause bin, werde ich von meinen Großeltern mir auch die Fotos zeigen lassen«, meinte Peter.

»In deren Wohnzimmer hängt auch ein großes Bild vom Opa, wo er als Grenadier im Wachbataillon des Kaisers Wilhelm abgebildet ist.

Darauf ist er heute noch stolz.«

Man unterhielt sich intensiv über die Entwicklung der Familien, die die Geschichte des Landes mitprägten bzw. verkörperten.

Auch hier gab es die Verbindung zu Österreich und die Region um Bratislava.

Früher hieß die Stadt auf Deutsch Pressburg. Alles der k. und k. Monarchie geschuldet.

Oma und Piroska wussten die Anekdoten und Erzählungen zu den Fotos. Fasziniert hörte Peter zu.

Maria warf auch manche Erinnerung ein, die sie mit den Großeltern erlebte.

Peter beeindruckte der Familiensinn, die Achtung der Leistungen der Eltern und Großeltern, was in den Erzählungen nicht zu überhören war.

Aber auch das Selbstbewusstsein, das Leben nach eigenen Vorstellungen zu gestalten und diesen Schatz weiter zu geben.

Zu schnell verging die Zeit, sodass die Oma mahnte, zu Bett zu gehen.

Sie versprach, am nächsten Tag mit Maria und Peter noch andere Erinnerungen anzusehen und ihre Geschichten dazu zu erzählen.

Dies tat sie auch und holte manches Buch aus dem

Schrank, das überraschenderweise auch Bezug zu Marias Vorfahren hatte.

Die Eltern und Großeltern der Nagyi gehörten bestimmt zum wohlhabenden Bürgertum.

Die Männer arbeiteten als höhere Beamte und eine der Frauen lehrte an einer Mädchenschule.

In den Erzählungen der Nagyi fand Peter vieles von dem wieder, was Ferenc von seiner Familie erzählte.

Beide Familien waren verwurzelt in der früheren Verwaltung der Monarchie.

Und man ist stolz auf diese Vergangenheit.

Es ist ein Hauch Teilhabe an dem Glanz, die das Habsburger Kaiserreich ausstrahlte.

6. Kapitel

»Morgenstund hat Gold im Mund« heißt ein Sprichwort. Schon gegen 8 Uhr saß die Familie am Tag des Umzugs ins Sommerhaus am Frühstückstisch.

Durch die Fenster fielen die Sonnenstrahlen auf den üppig gedeckten Tisch.

Ein sonniger Tag, wie es nach Aussagen von Marias Papa eigentlich im Sommer die Regel ist, wartete auf die Ausflügler zum Balaton.

Peter, kein Liebhaber von Bohnenkaffee, schloss sich den kleinen Mädels und Maria an und trank Milch.

»Das hat man selten«, sprach Marias Papa zu Peter. »Ich trinke viele Tassen starken Kaffee am Tag. Das erhält meine Aufmerksamkeit und lässt mich nicht müde werden«, erklärte er schmunzelnd.

»Außerdem«, er lachte, »meine Patienten und Mitarbeiter brauchen einen gut gelaunten Arzt. Da trägt der Kaffee dazu bei.« Und ergänzte:

»Peter, dann nimm doch wenigstens etwas von unserem Lebenselixier, dem Wein. Das ist kein Alkohol, nein, das sind im Glas eingefangene Sonnenstrahlen.

Der Wein enthält alle wichtigen Mineralien, die der Körper braucht. Ein Geschenk Gottes für uns Erdenbürger. Die Mönche in den Klöstern wussten dies auch zu schätzen.«

Diese Aussage von der »Sonne im Glas« und dem »Gottesgeschenk« kannte er schon von Ferenc.

Wenn es ein Mediziner bestätigt, muss es wohl stimmen, dachte Peter.

Damit goss Herr Szabó Peter etwas Wein in das Glas und fügte aus dem Siphon gekühltes Sodawasser hinzu. Für Peter ein Getränk, dass ihm als Kaffeeersatz zusagte.

»Der Wein ist für uns kein Alkohol, sondern im weitesten Sinn Medizin.

Dieser ist das Trinkwasser der Winzer und Bewohner der Weinanbaugegenden.

Damit will ich sagen, dass der Wein hier ein Grundnahrungsmittel ist und zum Tagesablauf gehört.

In anderen Regionen ist es der Tee, die Milch oder der Kaffee. Man trinkt ihn aber nicht in Mengen. Du siehst bei uns ist immer Wasser oder Soda dabei.«

»Danke«, antwortete Peter, »an diese Gepflogenheiten muss ich mich erst gewöhnen. Im Internat tranken wir nur zu Geburtstagen und ähnlichen Anlässen Wein. Aber ohne Wasser. Und manchmal zu viel.«

Herr Szabó grinste. »An solche Momente kann ich mich aus meiner Studienzeit zuhauf erinnern. Wie heißt ein Sprichwort? ›Übermut tut selten gut‹.

Doch auch diese Erfahrungen gehören zum Erwachsenwerden. Aber zurück zum Wein und Sodawasser.

Der Wein wird mit dem Sodawasser bekömmlicher und erfrischt. Das Getränk erhöht das seelische Wohlbefinden, stabilisiert den Kreislauf und ist leistungsfördernd. Natürlich nur in Maßen genossen.«

»Nur das Maß darf nicht zu groß sein, so wie in Bayern das Maß Bier«, erwiderte Peter lachend.

»Und der Wein sorgt für gute Stimmung«, ergänzte die Oma, »erhöht die Lebensfreude und lässt die Zukunft optimistischer aussehen.

In Deutschland sagt man, dass wir, wie auch die Österreicher, den Tag gelassener und gemütlicher angehen. Wir meiden Hektik, auch wenn die Pünktlichkeit mal ein wenig darunter leiden sollte.« Nun lachten alle.

»Den Eindruck habe ich auch«, antwortete Peter. »Meinen Mitreisenden Ferenc brachte auch nichts aus der Ruhe. Ihm war nach dem Einsteigen in den Waggon am wichtigsten genüsslich zu essen.

Auch strahlte er eine mir kaum bekannte Gemütlichkeit und Gelassenheit aus, die scheinbar nicht zu erschüttern war.«

»Da musst du unseren Papa erst einmal erleben, den bringt nichts aus der Ruhe«, merkte Maria an.

»Höchstens dann, wenn ein Patient schnell seine Hilfe braucht. Dann rennt er sogar mit seinem Arztkoffer zum Auto.«

Alle lachten.

»Ganz so ist es auch nicht. Auf der Arbeit oder wenn es um die Patienten geht, dann bin ich immer pflichtbewusst. Da ist Hektik kein guter Ratgeber, doch man muss schnell bei Problemen beim Patienten sein. Absolut wichtig für mich ist, ich muss zunächst Zuversicht verbreiten«, erwidert Marias Papa.

»Die Ruhe verliere ich, wenn etwas nicht vorhanden ist oder nicht das Richtige getan wird, um dem Kranken zu helfen. Da darf es keine Nachlässigkeiten geben.

Schlamperei hasse ich auf Arbeit, da es dort im Ernstfall um Leben oder Tod geht.

Doch im Privaten kommt es nicht auf die Minute an. Da muss immer Zeit für eine Unterhaltung sein, aber auch um Privates gemeinsam in aller Ruhe zu erledigen.

Da darf auch einmal etwas herumliegen; muss nicht im Sinne der Frauen der Platz ordentlich verlassen sein.

Lasst uns nun das Frühstück beenden. Ich stelle das Auto bereit und dann beginnen wir das Gepäck einzuladen. Piroska hat schon einiges zusammengestellt.

Hoffentlich passt alles in den Kofferraum. Dieser ist leider etwas klein geraten in unserem Skoda.«

Alle erhoben sich und Peter ging schnell die Treppe

hinauf zu seinem Zimmer, wo er schon alles eingepackt und schnell verfügbar bereitgestellt hatte.

Im Nu kam er zurück, befand sich im Garten und suchte das Auto. Er ging zum Gartentor, wo auf der Straße Marias Papa ungeduldig wartete.

»Konnte ich mir denken, dass du der Erste bist. Und sieh an, Maria kommt auch schon voll bepackt mit der Mama um die Ecke. Oh je, das wird wieder eine Fuhre.«

Herr Szabó holte tief Luft und schüttelte den Kopf. Peter reichte ihm die Taschen und anderen Gepäckstücke zu.

»Wie soll das alles in den Kofferraum passen? Ihr seht, er ist schon voll.«

Wieder wiegte er den Kopf hin und her und suchte nach Lücken. Der Schweiß stand ihm auf der Stirn. Das Auto stand in der prallen Sonne und das Einpacken tat ein Übriges.

»Schluss jetzt. Nehmt weg, was heute nicht unbedingt gebraucht wird. Ich werde euch morgen sowieso aufsuchen und da werde ich alles andere mitbringen«, sagte er zu seiner Frau.

Den Zwang der Situation folgend nahmen Oma und Maria der Mama einige Beutel weg, sortierten um.

Bald schlug krachend die Kofferraumklappe zu. Es bedurfte dreier Versuche, ehe nichts klemmte und die Klappe richtig schloss.

Peter half schnell den Frauen, die für den nächsten Tag aussortierten Taschen und Beutel ins Haus zu tragen.

»Nun aber eingestiegen«, rief die Oma, »es ist bald Nachmittag. Immer diese unseligen Diskussionen.«

Sie hatte recht. Das Hin und Her beim Einpacken kostete viel Zeit, aber auch beim Frühstück hatte man sich verplaudert. Beim Gepäck wollte jeder seine Wünsche erfüllt haben, doch das sehr geringe Volumen des Kofferraumes setzte die Grenzen.

Die Sonne brannte inzwischen unbarmherzig auf die Ausflügler, sodass bei Herrn Szabó der Schweiß immer stärker über die Stirn perlte.

Es gab auf der Straße keinen Schatten und im Auto erschien die Temperatur unerträglich. Kein Luftzug trotz geöffneter Türen schaffte Linderung.

Herr Szabó saß schon im Auto und wartete, dass alle einsteigen. Nun wurde es wieder eng.

Peter, Maria und ihre beiden Schwestern quetschten sich auf die hintere Sitzbank. Gut, dass alle sehr schlank waren. Die Kleinen maulten wegen der Enge.

»Aufgepasst, es geht los. Auf ins Ferienglück!« rief der Papa zu der hinteren Reihe.

»Es ist nur eine kurze Fahrt, 15 km. Da werdet ihr es doch aushalten.

Anna, du brauchst nicht zu meckern. Hast doch auf Marias Schoß einen Super-Platz. Lasst kurz die Fenster auf, damit der Fahrtwind die stickige heiße Luft aus dem Auto treibt.«

Mit einem Ruck begann der Skoda zu fahren. Die kleinen Geschwister unterhielten sich mit der Mama.

Peter verstand leider nichts. Inzwischen zeigte Maria ihm auf einer Landkarte, wo man sich gerade befand.

Die Landschaft war nicht aufregend. Der Vater fuhr ruhig, um nicht langsam zu sagen.

Dies hatte den Vorteil, dass die Fondspassagiere eine angenehme Sitzposition behielten. Nur Eva beschwerte sich, weil Anna sie mit den Füßen anstupste.

»Gleich sind wir da. Noch zwei Kurven und die nächste Straße nach rechts. Peter, ganz vorn siehst du die

Bahnlinie. Dahinter befindet sich der Balaton und der Badestrand«, rief Piroska nach hinten.

Peter versuchte etwas zu sehen, aber die Enge auf der Sitzbank hinderte ihn. Doch schon bog das Auto auf einen unbefestigten Weg ab.

Nach kurzer Fahrt hielt der Vater neben einer kleinen Wiese inmitten einer Siedlung mit kleinen Häusern umgeben von Gärten und Hecken.

Alle freuten sich, der Enge des Autos zu entfliehen. Zügig wurde das Gepäck ausgeladen. Jeder fasste mit an, um dies zum etwa 15 m entfernten Eingang des Grundstückes zu tragen.

»Peter, hier werden sich die vier Damen in den nächsten Tagen um dich kümmern. Lass dich nicht unterkriegen.

Erhole dich gut und habt viel Spaß. Schönes Wetter für die nächsten Tage ist vorausgesagt.

Lass dir von Maria sagen, was und wann wir etwas unternehmen wollen, damit du ein wenig die Umgebung des Balatons und unser Land kennenlernst.

Manches hängt von meinem Krankenhausdienst ab. Doch zunächst erkundet den Ort, die Umgebung und geht zum Badestrand. Das Wasser ist warm wie in der Badewanne.«

Er lachte und freute sich diebisch.

»Hoffentlich kannst du schwimmen. Der See ist tief. Manche haben schon Seeungeheuer gesehen. Ich komme morgen mit dem restlichen Gepäck, damit ihr hier gut überleben könnt.«

Lachend verabschiedete er sich.

»Jetzt muss ich aber schnell weg. Die Arbeit ruft. Servus oder wie wir Lateiner sagen: Salve!«

Winkte kurz, drückte die beiden kleinen Mädchen, die

unbedingt dem Vater noch einen Abschiedskuss geben wollten.

»Die Seeungeheuer sehen vor allem die, die nach durchzechter Nacht versehentlich im See landen, was schon öfter vorgekommen ist«, relativierte Piroska die Aussage ihres Mannes.

»Manch ausgelassene Feier auf dem Weinberg oder in der Csárda endet mit Orientierungsstörungen und Übermut.

Der Balaton sieht dann schon mal das unrühmliche Ende der Feiernden. Manch einer legt sich auch erst einmal am Strand zur Ruhe.

Da kommt in den Albträumen das Seeungeheuer oder ein gefräßiger Drache zu ihnen.«

Doch Herr Szabó hörte diese ergänzende Erklärung nicht, denn er saß schon wieder im Auto und fuhr kurz hupend davon.

Peter nahm zunächst sein Gepäck und anschließend half er die Taschen und Beutel auf das Grundstück zu tragen. Er sah sich um.

Ein flaches, langes Gebäude, offensichtlich durch Anbauten rechtwinklig geworden, duckte sich zwischen Obstbäumen.

Die Gemüsebeete und Blumenrabatten trennte eine kleine befestigte Fläche mit alten Steinplatten, wie ein kleiner Hof, vom Haus.

Davor eine große alte Bank mit Tisch, die bestimmt schon viele Generationen zum Verweilen eingeladen hat.

Eine Teakholz-Sitzgruppe mit grauer Patina im Schatten eines anderen großen Baumes schien die Sitzecke zu sein.

Der Baum interessierte Peter sofort, denn die grünen Früchte daran kannte er nicht. Er griff nach einer kleinen eiförmigen Frucht und bemerkte eine samtige, fast etwas behaarte Oberfläche.

»Was ist das für ein Baum?«, fragte er Marias Mama. Sie trug gerade eine Tasche in den Bungalow.

»Das ist ein Mandelbaum«, antwortete sie, sich dabei zu Peter umdrehend und übergab die Tasche ihrer Tochter.

»Dieser blüht im Frühjahr, noch bevor die Blätter ausgetrieben sind, wunderschön. Wir mögen das zarte Rosa und den Duft der Blüten.

Wir sitzen deshalb gern hier, die Frühlingswärme genießend, meist zu Kaffee und Kuchen, aber auch abends bei einem Glas Wein.«

»Aha«, staunte Peter. »So einen Baum habe ich noch nicht gesehen. Vor Weihnachten gibt es ab und zu für die Weihnachtsstollen die Mandeln bei uns zu kaufen. Toll, hätte nicht gedacht, dass diese bei euch im Garten wachsen.«

»Du wirst noch viele Pflanzen sehen, die du nicht aus eurem Garten kennst. Am Balaton ist ein besonders mildes Klima mit wenig Frost im Winter.«

»Pass auf Peter«, ergänzte sie und sah den Jungen an. »Ich hatte doch gesagt, sag Piroska und du zu mir.

Das erleichtert den Umgang und du gehörst ja jetzt einige Zeit zur Familie. Bist quasi jetzt unser Sohn. Einverstanden?«

Peter fiel es schwer, sofort auf das du umzuschalten. Zu Hause ist man zur Anrede sie gegenüber unbekannten, vor allem älteren Menschen, erzogen worden.

Darin sah man ein gewisses Maß an Achtung gegenüber diesen Personen. Nun musste Piroska ihn wieder ermahnen. Er erinnerte sich an das Problem mit Ferenc und sah sie überrascht an.

»Gern. Doch ich werde wohl einige Zeit benötigen, um dem nachzukommen. Habe da meine Erfahrungen mit meinem Zugbegleiter Ferenc gemacht. Ich werde mir Mühe geben, Piroska.«

»Na, geht doch«, antwortete diese.

Sie trugen weiter das Gepäck in den Bungalow, wo Piroska damit beschäftigt war, die Nahrungsmittel in den Küchenschränken zu verstauen. Es dauerte seine Zeit, ehe alles an Ort und Stelle war.

Peter sah sich inzwischen im Garten um. Er wollte den Frauen nicht im Wege sein.

Marias Schwestern begleiteten ihn. Den Garten dominierten Kirsch-, Aprikosen-, Pfirsich, Apfel- und Pflaumenbäume.

Die Gemüse- und Kräuterbeete boten alles, was man in der Küche zur Essenszubereitung benötigte.

Er bückte sich zu den Paprikapflanzen. Es hingen schon verschiedenfarbige Schoten daran. Piroska gesellte sich dazu.

»Meine Eltern haben einen Schrebergarten, aber Paprika haben sie nicht. Es ist schön, wenn man frisches Obst und Gemüse hat.

Auf der Autofahrt hierher habe ich gesehen, dass vor manchen Häusern auch Obst und Gemüse angeboten wird. Es scheint eine sehr fruchtbare Gegend zu sein.«

Piroska wunderte sich über sein Interesse.

»Früher habe ich im Garten viel geholfen, auch eigene Beete gehabt«, erzählte Peter weiter.

»Ich bin sehr an der Natur interessiert und besuche auch oft die botanischen Gärten und Parks.«

»Da wird sich mein Mann freuen. Er ist vor allem ein Rosen- und Blumenfreund und mag es auch, sich ab und zu an der Pflege der Weinstöcke zu betätigen.«

Langsam gingen sie in das Haus, denn Peter sollte sein neues Quartier beziehen.

Ein kleines, sauberes Zimmer mit Bett, die Bettwäsche mit Blumenmuster, einem einfachen Schrank und einer Garderobe sollte nun für die nächste Zeit ihn beherbergen.

Einige Bilder vom Balaton und Familienfotos schmückten die freie Wand. Das Fenster ließ einen freien Blick über das Grundstück zu.

Schon rief Piroska zum Essen. Die Oma hatte einen großen Topf echt ungarischer Suppe mitgegeben, der inmitten des Tisches stand.

Der Duft, vielleicht auch der Hunger, hat die Mädchen schon Platz nehmen lassen.

Peter riskierte auch einen Blick zum und in den Topf. Nun spürte auch er ein Hungergefühl. Er setzte sich und Piroska füllte die Teller.

Die Suppe sah aus wie eine Gemüsesuppe mit Kartoffeln und vielen Fleischstückchen.

»Wie nennt man diese Suppe?«, fragte er und kostete zunächst einen Löffel voll. Nicht nur, dass die Suppe heiß war, nein, die stark gewürzte Suppe nahm Peter den Atem. Alle sahen ihn an.

»Ist wohl etwas stark gewürzt für dich?«, fragte Piroska.

»Nein«, beeilte sich Peter zu antworten und atmete für alle erkennbar tief durch. Er bekam den Mund kaum zu.

Marias Schwestern feixten und sagten etwas zur Mutter. Maria reichte Peter ein Glas Wein, gespritzt mit viel gekühlten Sodawasser.

»Trink erst einmal etwas. Dies lindert die Schärfe der Gewürze. Das ist Gulyás. Vielleicht in Deutsch Gulaschsuppe. Doch unsere Suppe ist mit vielen Gewürzen verfeinert, enthält verschiedene Sorten Paprika – gedünstet oder als Gewürz.

Dabei natürlich auch einige Peperoni, die die Schärfe geben, die du bestimmt nicht gewöhnt bist.

Der Ursprung des Rezeptes ist bei den ungarischen Hirten zu finden, die die Suppe am offenen Feuer, meist im Kupferkessel, zubereiteten. Wir sind es von Kind an gewöhnt.«

»Hier, trink schnell das Glas Wasser und nimm etwas Brot dazu. Du wirst sehen, nach ein paar Löffeln hast du dich an die Schärfe der Suppe gewöhnt«, ergänzte Piroska.

Langsam und nur wenig auf dem Löffel aß Peter weiter und folgte dem Rat, etwas Weißbrot, das sich in einem Brotkorb auf der Mitte des Tisches befand, dazu zu essen.

Immer wieder atmete er tief ein. Es brannte nach wie vor in Mund und Hals. Nahm ihm zeitweise den Atem. Es sollte nicht die letzte Erfahrung mit für ihn ungewöhnlichem Essen sein. Wie sagte seine Oma immer, er ist mäklig.

Diese Eigenschaft bereitete ihn jetzt in einem fremden Land mit anderen Essgewohnheiten schon die ersten Probleme. Er zeigte gute Miene und überwand sich.

»Andere Länder, andere Sitten«, murmelte er in sich hinein.

Inzwischen hatte er auch erfahren, dass Hammelfleisch in der Suppe war. Und dies hat er bisher nie gegessen.

Seinen Widerwillen versuchte er zu unterdrücken. Er aß viel Brot, nach und nach leerte sich der Teller. Peter spürte, alle Blicke gehörten ihm. Da musste er durch.

Höflich, aber bestimmt lehnte er einen Nachschlag ab,

wenn er sich auch langsam an die Schärfe gewöhnt hatte. Doch der Hammel war nicht sein Ding.

Als Nachtisch gab es Obst und ganz leckere Törtchen. Nun konnte Peter doch noch richtig satt werden.

Man unterhielt sich noch etwas und Piroska meinte, dass sie bei dem schönen Wetter zum Strand, zum Baden und Ballspielen gehen sollten. Gesagt, getan.

Sie packten die Sachen in die Strandtaschen, nahmen etwas Obst, Brot und Getränke mit und schon befanden sie sich auf dem Weg zum See.

Zurück blieben zwei schmollende kleine Mädchen. Ihre Mama hatte ihnen nicht erlaubt mitzugehen.

Zuvor hatten sie und auch Maria sich über Peters Schmuckstück, die kurze vor fünf Jahren aus Bayern mitgebrachte Lederhose amüsiert.

Er trug sie gern, wenn sie auch, wie seine Mutter behauptete, »speckig« aussah.

Seiner Meinung nach musste eine Lederhose Tragespuren aufweisen. Der Hose sollte man ansehen, dass sie schon weit herumgekommen ist.

Schon von Weitem hörte man das Pfeifen des Zuges.

»Es ist nicht weit. Wir sind gleich am Bahnhof und nach Überquerung der Gleise sind wir schon am Strand.«

Ein schmaler Weg führte zum Strandbad. Eine große Liegewiese, teils unter hohen Bäumen, war schon recht gut besucht. Nur wenige Meter vom Wasser entfernt, unter hohen schattenspendenden Bäumen, bereiteten sie die Decke aus.

Peter wollte die Segelboote und die Wasservögel auf dem See sowie das Treiben am Strand beobachten.

Die Badesachen hatte man schon an, sodass Peter schnell die Wärme des Wassers testen wollte.

»Hier ist die Wassertemperatur angeschrieben«, sagte Maria und wies auf ein Schild. »Wasser 26 °C und Luft 31 °C. Du wirst nicht frieren.«

»Oh, das ist ja wirklich eine Badewannentemperatur, wie dein Papa sagte«, antwortete Peter, als sie den Strand erreichten.

»Das Wasser sieht aber trüb aus. Bei uns haben die Seen und Teiche klares Wasser, dafür ist es aber auch kalt.«

Peter stapfte am Strand entlang. Das Wasser reichte gerade zum Knöchel. Der Boden zeigte sich eher etwas schlammig durch das Schilf und die Wasserpflanzen.

»Peter, komm, wir gehen zu dem schmalen Bootssteg. Man kann an dieser Stelle gut baden, da es dort nur wenige Wasserpflanzen und kein Schilf gibt.«

Gemeinsam spazierten sie zu einem Steg, der etwa fünfzig Meter in den See führte.

Maria setzte sich auf die Kante und ließ ihre Beine im warmen Wasser baumeln. Peter drängte es ins Wasser.

Wie zu Hause gewohnt, stieß er sich plötzlich am Ende des Stegs und unverhofft für Maria zum Kopfsprung ins Wasser ab.

Maria erschrak, wollte ihn warnen, doch zu spät. Das Wasser spritzte schon auf.

Mit Schlick bedeckt, Brust und Oberschenkel mit einigen leichten blutenden Schürfwunden gezeichnet, tauchte oder besser rappelte Peter sich langsam auf.

Er war wie benommen. Schüttelte seinen Kopf, kreiste mit den Schultern. Fasste mit der Hand sich ans Genick, so als ob er prüfen wollte, ob noch alles intakt ist.

»Ist alles in Ordnung?«, fragte Maria besorgt. »Am Balaton darf man nicht unbedacht ins Wasser springen. Der See ist sehr flach. Durch die Trübung sieht man oft nicht, wie der Untergrund beschaffen ist.«

Da stand er nun, der Unglücksrabe, sich mit den Händen den Kopf haltend. Von oben bis unten mit Schlamm beschmiert, Wasserpflanzen an den Schultern herunterhängend, leichte Blutspuren an verschiedenen Stellen des Körpers, im maximal 40 cm tiefen Wasser.

Immer wieder den Kopf schüttelnd, sich den Rücken, das Genick und den Kopf abtastend.

»Wir sind fünfzig Meter vom Strand entfernt und es ist doch ein Bootssteg. Dein Vater hat gesagt, man muss schwimmen können, da der See tief ist.

Wie soll ich wissen, dass es hier nicht viel tiefer ist, als vorn am Strandanfang.«

Dabei versuchte er sich ein wenig zu reinigen, denn mittlerweile fanden sich die ersten Zuschauer ein.

»Bin ich froh, dass dir nicht mehr passiert ist. Nicht auszudenken, wenn du mit dem Kopf auf einen großen Stein gesprungen wärst.

Komm, wir gehen an den Strand. Dort sind Duschen, wo du dich zunächst reinigen kannst. Ist alles gut?«, fragte Maria nochmals besorgt.

»Mein Papa hat doch nur einen Scherz gemacht.«

»Ja. Der Kopf, der Rücken und der Nacken schmerzen leicht. Habe eine kleine Beule an der Stirn.

Die Schürfwunden an der Brust und den Beinen sind nur oberflächlich von ein paar Steinen und Schilfstoppeln.«

Dabei bemühte er sich zunächst den gröbsten Dreck im Wasser abzuspülen. Er schüttelte sich, ließ die Schultern kreisen. Sein gesamter Körper schmerzte.

Er biss fest die Zähne zusammen, wollte nicht klagen oder jammern. Musste die Schmerzen ertragen.

Seine Unüberlegtheit hat ihm eine schmerzhafte

Lehre erteilt. Maria sorgte sich schon genug.

»Ein Indianer kennt keine Schmerzen«, sagte er scherzend, um Maria die Sorgen zu nehmen.

»Was ist das ›Indianer‹?«, fragte Maria.

»Ist nur so ein Spruch bei uns.«

»Ich werde im Wörterbuch die Bedeutung nachschlagen.«

Sie sorgte sich um Peter. So sollten seine Ferien am See nicht beginnen.

Erst die verunglückte Abholung in Budapest, jetzt dieser unglückliche Sprung ins Wasser. Hätte übel ausgehen können.

Schon von Lähmungen in Folge solch unbedachten Verhaltens berichtete ihr Vater, wenn er mit solchen Badeunfällen im Krankenhaus konfrontiert wurde.

Maria machte sich Vorwürfe, ihn nicht vorher über die Eigenheiten des Strandes aufgeklärt zu haben. Doch sein Sprung ins Wasser kam unerwartet.

Sie gingen langsam zum Strand. Peter humpelnd. Nach dem Duschen sah man einige Schürfwunden, doch sie bluteten kaum noch.

Seine Begleiterin war nicht zu beruhigen und wollte gleich zur Mama.

Doch Peter lehnte ab. Er hatte schon andere Probleme überstanden. Die paar Kratzer sind bald verheilt, meinte er.

»Alles nicht so schlimm. Kann passieren. War doch meine Schuld. Ich hätte mich erst ins Wasser stellen sollen. Es ist passiert und nicht mehr zu ändern. In Zukunft weiß ich Bescheid. Komm, setzen wir uns ein wenig.«

Ihm schmerzten die Rippen, die Halswirbel und die Schürfwunden brannten teuflisch.

Er fühlte sich, als ob er zwanzig Stufen einer Steintreppe hinuntergerollt war. Doch zugeben würde er dies niemals. Seine Gastgeber würden sich unnötig Sorgen machen.

Die Schuld musste er bei sich suchen, seinem jugendlichen Leichtsinn und den unüberlegten Kopfsprung in ein unbekanntes Gewässer. Dies nicht zu tun, lernt man schon in der Grundschule.

Nun hieß es, Zähne zusammenbeißen. Sie gingen zur Decke und beschlossen, sich der mitgebrachten Verpflegung zu widmen. Doch Maria suchte erst einmal im Wörterbuch.

»Ah, Indián. Bei uns liebt man auch diese Geschichten und den Heldenmut der Völker. Auch die Filme nach Karl May.«

Peter staunte über Maria. Er hat in der kurzen Zeit nach seiner Ankunft bemerkt, dass sie viel wusste und sich für alles interessierte.

Im Gegensatz zu ihm, schien sie rasend schnell ihren deutschen Wortschatz zu erweitern.

Er ärgerte sich erneut über seine fehlende Sprachbegabung. Sie ließen sich Zeit, unterhielten sich, wobei das Wörterbuch gute Dienste leistete.

Die Sonne meinte es zu gut. Peter wollte baden, um sich abzukühlen. Die Blessuren schienen weniger unangenehm zu sein, als es zunächst zu vermuten war.

Die Schmerzen ließen langsam nach. Sie gingen zum Steg. Diesmal stieg Peter vorsichtig ins Wasser. Nie hätte er vermutet, dass es so weit vom Ufer so flach sein könnte. So etwas kannte er nicht.

Erst nach weiteren dreißig Metern reichte die Tiefe aus, um zu schwimmen.

Sie schwammen zwischen einigen Enten, auch zwei Schwäne beäugten die Badenden, die in ihr Hoheitsgebiet eindrangen. Einer schnappte nach Maria. Vielleicht Mutter Schwan, die ihre Kinder verteidigen wollte. Maria erschrak und schwamm schnell zurück.

Vom See sah Peter erstmalig das fantastische Panorama der bewaldeten Berge im Hinterland. Eine wunderschöne Landschaft umgab den Balaton.

Peter liebte die Natur und genoss diese Idylle im See. Weit konnte man den See überblicken, Segelboote kreuzten am Horizont. Sie schwammen zurück und gingen zum Strand.

Peter ließ es sich nicht anmerken, dass sein Körper schmerzte.

Es wurde Zeit nach Hause zu gehen, die Mama wartete bestimmt schon auf sie.

7. Kapitel

Am nächsten Tag schien der Strand belebter zu sein. Einige Jugendliche spielten Volleyball und Fußball.

Andere faulenzten, lagen auf Badetüchern auf der Wiese, manche lasen Westzeitschriften oder widmeten sich dem Badminton mit lauten Rufen.

Ein Zeichen, dass auch deutsche Urlauber den Strand bevölkerten.

Lautes Rufen verriet, dass diese sich beim Volleyball-Spielen die Zeit vertrieben.

Peter, neugierig geworden, ging auf die Gruppe zu, die am Spielfeldrand des Volleyballfeldes stand und begann eine Unterhaltung.

»Woher kommt ihr?«, fragte er einen der Jungen. »Aus Brandenburg«, antwortete dieser. »Wir sind mit Jugendtourist in Balatonfüred und haben dort ein Quartier in komfortablen Zelten.«

»Ihr scheint eine große Gruppe zu sein. Ich bin allein bei einer Familie zu Gast.«

»Oh. Da hast du Glück. Lernst das Land noch besser kennen als wir. Wir sind schon viel herumgekommen, aber alles Ausflüge mit dem Bus. Mit Familien haben wir keinen Kontakt.

Heute sind wir mit dem Zug hierher auf eigene Faust. Waren auch schon so in Balatonalmádi. Es sind noch paar Freunde aus einer Reisegruppe aus Gera dabei.

Uns gefällt es hier. Ich bin Rolf«, sagte er und reichte ihm die Hand.

»Und ich Peter. Ich sehe, Ihr kommt gut miteinander aus und habt Spaß.«

»Ja. Wir fanden uns abends bei den Veranstaltungen und in der Csárda. Wie es so ist: Man trinkt, tanzt, unterhält sich, tauscht Neuigkeiten aus, verabredet Ausflüge.«

»Habt ihr denn so viel Taschengeld eintauschen dürfen, dass ihr mit dem Zug fahren, abends Party veranstalten und in Bars gehen könnt?«, fragte Peter erstaunt und scheinbar etwas naiv.

»Du stellst Fragen«, meinte Rolf, als ihn Peter so nebenbei fragte und sah ihn ungläubig an.

»Natürlich nicht. Weiß doch jeder, dass man paar Scheine zum Schwarztausch und einige Sachen von zu Hause mitbringt, die man verkaufen kann.«

»Das weiß ich auch. Dachte aber, dass Reisebüro-Touristen mehr Taschengeld umtauschen dürfen.

Hab mich nicht damit befasst. Doch wo findet man einen Ansprechpartner zum Verkauf?«, fragte er nach.

»Auf unserem Campingplatz gehen wir zum Platzwart, der macht das schon. Entweder er nimmt es selbst wie Zigaretten und Bargeld oder vermittelt einen Aufkäufer. Kein Problem. Musst nur handeln wie auf einem Basar, sonst lachen die sich kaputt.«

Rolf merkte schnell, weshalb Peter das Thema ansprach.

»Falls du so etwas vorhast, frage den Kioskbetreiber, Bademeister oder jemand im ABC-Laden. Die wissen, dass die DDR-Leute klamm sind, weil sie nur wenig Taschengeld umtauschen dürfen. Die Leute hier sind auf dieses Geschäftsmodell eingerichtet.«

Er sah Peter prüfend an. Bestimmt auch wegen der Vorsicht, nicht an jemand geraten zu sein, der für die Schlapphüte in der DDR arbeitete.

Jeder wusste, dass genug Mitarbeiter des MfS auch in den Urlaubsländern und -orten im Einsatz sind und als Begleiter der Reisegruppen. Häufig nutzten DDR-Urlauber den Aufenthalt zu Treffen mit der Westverwandtschaft oder zur Flucht in die BRD. Dies sollte unterbunden oder zumindest erschwert werden.

»In Balatonfüred sind viele Touristen aus Westdeutschland. Da haben wir keine Chance. Dort regiert nur die harte D-Mark. Dafür bekommst du alles, wenn du genug davon hast. Weißt, was ich meine?«, fragte er grinsend.

»In vielen Bars wirst du mit Ost-Mark oder Forint gar nicht eingelassen. Nur die Mädchen haben Chancen. Da wird man schon mal sauer.«

Rolf war bestimmt drei Jahre oder mehr älter als Peter und kannte sich aus.

Er erzählte, dass er schon mehrfach am Balaton den Urlaub verbrachte. Das ungezwungene Miteinander gefiel ihm, wie er immer wieder betonte.

»Rolf, jetzt bist du dran. Muss erst etwas trinken gehen. Komm, spiel weiter«, rief einer vom Spielfeld.

»Mach's gut«, verabschiedete sich Peters Gesprächspartner. »Hab eine gute Zeit. Wir fahren in zwei Tagen leider nach Hause.«

Damit lief er aufs Spielfeld und musste gleich den Aufschlag erledigen. Und dieser brachte einen Punkt.

Peter wandte sich von der Gruppe ab, ging zurück zu Maria, bei der sich inzwischen Bekannte eingefunden hatten. Sie waren in ein Gespräch vertieft.

»Ich will nicht stören«, sagte er zu Maria, als die Bekannten sofort das Gespräch beendeten und sich verabschiedeten.

»Das ist Peter, von dem ich euch erzählte«, sagte sie noch. Doch die Mädchen winkten nur noch und liefen zu ihrem Liegeplatz.

»Bin ich ein Gespenst aus der Geisterbahn, weil Deine Gesprächspartnerinnen gleich flüchten.« Er lachte.

»Natürlich nicht«, erwiderte sie auch schmunzelnd. »Das sind zwei Mädchen aus der Nachbarschaft. Wir treffen uns ab und zu, wenn wir im Sommerhaus sind. Sie wollten schon vorher gehen, denn sie müssen im ABC-Laden für zu Hause einkaufen. Hast du Bekannte getroffen?«

»Nein. Es waren Mitglieder einer Reisegruppe aus der DDR, die auf dem Campingplatz in Balatonfüred Urlaub verbringen.«

Er setzte sich neben Maria und überlegte, ob er sie wegen des Verkaufs der Zigaretten und eines Geldumtauschs einweihen sollte.

Er verschob die Entscheidung und nahm sich vor, zunächst erst einmal selbst auf die Suche zu gehen. Es wird schon eine Gelegenheit sich finden.

Sie packten bald die Sachen zusammen, denn inzwischen war es später Nachmittag. Piroska begrüßte sie.

»Heute ohne Blessuren, Peter? Gefällt es dir trotz der fehlenden Wassertiefe am Balaton?

Der Vorteil ist, der See hat angenehm warmes Wasser. Papa hat vorhin die beste ungarische Suppe der Oma gebracht.

Er und Oma lassen grüßen, aber das Krankenhaus braucht ihn, da ein Kollege wegen Krankheit ausgefallen ist. Wir sollen uns die Spezialität schmecken lassen.«

Maria und Peter gingen zum Umziehen zunächst ins Haus.

Anna und Eva umschwärmten Maria und redeten auf sie ein. Doch Maria hatte wieder einmal keine Zeit für sie.

»Heute nach dem Abendessen spielen wir gemeinsam ein Kartenspiel. Deckt mit der Mama inzwischen den Tisch und sucht einige Aprikosen als Nachtisch.«

Damit verschwand Maria im Haus. Sie trafen sich erst zum Essen wieder.

Es empfing sie ein gedeckter Tisch mit einer großen Suppenterrine, einem Brotkorb mit Weißbrot, viel Obst und Paprika.

Dazu natürlich Wein vom eigenen Weinberg in einer Karaffe und ein Siphon mit Sodawasser und die von Maria angeforderten Aprikosen.

Peter kam etwas später. Schnell hat er noch Postkarten für die Eltern und Großeltern geschrieben.

»Peter, wir hoffen, dass du die Suppe auch essen kannst. Diese Hühnersuppe kocht die Oma am besten.

Sie heißt ›Circa Húsleves‹ und soll sogar bei Gelenkproblemen helfen. Natürlich kennt ihr jungen Leute so etwas noch nicht.«

Piroska schaute Peter forschend an. Schon das Wort Hühnersuppe ließ bei Peter einen Schauer über den Rücken laufen.

Doch er wollte tapfer sein, zwar kein Fleisch, aber die Suppe mit viel Brot essen.

Er stocherte mit dem Löffel auf dem Teller herum und wollte es nicht glauben. Ekel erfasste ihn.

Angstschweiß lief ihm die Stirn herab. Der Magen rebellierte, noch bevor er etwas gegessen hatte. Er fühlte, wie er kreidebleich und es ihm übel wurde.

»Ist dir nicht gut«, fragte Piroska besorgt, da es nicht unbemerkt blieb, wie das Gesicht kreideweiß wurde.

»Mir wird übel, Piroska. Ich kann das nicht sehen und gleich gar nicht essen. Es tut mir leid. Ich muss aufstehen. Entschuldigt bitte.«

Er erhob sich schnell und ging zum Abseits stehenden Korbstuhl neben dem Mandelbaum und setzte sich.

Peter atmete schwer. Der Magen wehrte sich gegen

diese Suppe schon vom Sehen her. »Eine Delikatesse. Die beste Suppe in Ungarn!« sprach er zu sich.

Er schüttelte sich und trank ein Glas Wasser nach dem anderen. Maria kam besorgt zu ihm.

»Was hast du? Ich weiß, Huhn isst du nicht gern. Du brauchst doch nicht das Fleisch zu essen.«

»Fleisch?«, fragte Peter ungläubig und gereizt zurück. »Das war kein Fleisch, was ich nach dem ersten Löffel Suppe gesehen habe.

Zuerst lag ein Hühnerbein darauf, dann ein Hühnerkopf und wie ich gesehen habe, bei Eva der Hals des Huhnes.

So etwas kann man doch nicht essen. Auch wenn es nur der Brühe dient. Nur mit Mühe konnte ich ein Übergeben verhindern.

Solange noch die Suppe auf dem Tisch steht, kann ich nicht zurückkommen. Verzeiht mir. Aber in dieser Hinsicht bin ich überempfindlich.

Dieser Anblick, ein mich aus der Suppe mit großen Augen ansehender Hühnerkopf, wird mich Zeit meines Lebens verfolgen. Ich mag Hühner – aber nicht auf dem Teller. Tut mir leid. Sehr leid.«

Peter schüttelte sich. Maria ging zum Tisch und erklärte Peters Zustand.

Ob man dessen Ansichten verstand? Der Gast schien ein seltsames Wesen zu sein, wenn es um das Essen geht.

Maria brachte ihm Brot, Käse, Salami, Tomaten und Paprika auf einem Teller.

Sie sorgte sich, denn sie merkte, dass der Anblick der Suppe wirklich ein Schock für Peter gewesen sein muss.

Er tat ihr leid. Apathisch, tief betrübt und kreidebleich saß er da, den Schrecken seines Lebens irgendwie verarbeitend. So ist es, wenn man etwas Besonderes aus der heimischen ungarischen Küche anbieten will.

Piroska nahm es gelassen. Auch sie aß manches nicht. Sie musste sich an diese Suppe nach der Heirat auch erst gewöhnen. Sie konnte sich in seinen Zustand versetzen.

Doch Peter übertraf an Essgewohnheiten alles, was sie bisher erlebt hatte. Alle versuchten das Erlebnis zu vergessen, ihren Gast nicht daran zu erinnern, für den es ein Kulturschock gewesen sein musste.

Für Peter selbst verursachte es in den nächsten Tagen Albträume und Erinnerungen an ein Kindheitserlebnis.

Er erinnerte sich daran, dass er als Kind zusehen musste, wie der Opa einen Hahn in den Nachkriegsjahren schlachtete.

Dieser hieb mit dem Beil dem Hahn den Kopf ab. Der Hahn entglitt seinen Händen und lief ohne Kopf, stark blutend, noch einige Schritte über den Hof.

Der kleine Peter verkroch sich hinter Omas Rock und weinte bitterlich, schrie aus voller Lunge.

Deshalb weigerte er sich später beharrlich, an irgendeiner Schlachtzeremonie von Tieren teilzunehmen.

Seitdem aß er kein Hühnerfleisch und wird es bis zum Ende seines Lebens nicht tun.

Ganz leise erzählte er dieses Erlebnis Piroska und Maria. Er sah betroffen aus.

Schämte sich, dass seine Mäkelei, wie es seine Oma bezeichnete, in seiner Gastgeberfamilie solch einen schlechten Eindruck hinterließ. Piroska tröste ihn:

»Wenn ich das höre, habe ich Verständnis für deine Abneigung zum Essen von Geflügel. Es gibt auch bei uns Vegetarier, die kein Fleisch essen.

Da kannst du glücklich sein, dass du wenigstens Schweinefleisch und Wurst in kleinen Mengen isst.

Wir werden alles in nächster Zeit beim Essen beachten. Du brauchst dich nicht zu schämen. Wir verstehen jetzt deine Vorbehalte.«

Sie legte den Arm um Peters Schulter und sagte:

»Iss noch etwas Obst. Wir trinken noch ein Glas Wein mit Sodawasser und spielen mit den Kindern ein wenig. Sie warten schon lange darauf.

Anschließend kannst du mit Maria noch Federball spielen. Machen wir es so?« Peter nickte.

Nach wie vor schuldbewusst, für eine solche beklemmende Situation verantwortlich zu sein. Mit dem Spielen lenkten sich alle ab.

Insbesondere die kleinen Mädchen mit ihrer Begeisterung, ihrem Lachen und Eifer ließen bald den Vorfall vergessen.

Am übernächsten Tag brachte Peter nochmals Aufregung in die Familie.

Herr Szabó kam am Morgen nach dem Frühstück unverhofft und holte Maria und Peter zu einem kleinen Ausflug ab.

Er musste etwas aus Badacsony abholen und mit dem angestellten Gärtner eine anstehende Arbeit besprechen.

Maria und Peter stiegen unten am See aus und sie vereinbarten die Abholzeit.

Während Marias Vater seine Aufgaben oben auf dem Weinberg erledigte, bummelten sie am Strand, liefen durch den Ort und warfen einen Blick in die kleine Kirche.

Wieder am Strand angekommen, setzten sie sich auf einen Bootssteg, unterhielten sich und beobachten den See.

Einige Vögel sangen noch ein verspätetes Morgenlied.

»Schau, dort im Schilf trällert ein Rohrsänger. Ich beobachte ihn gern, wenn er sich an einem schwankenden

Schilfhalm festklammert. Abends sitze ich gern mit den Freundinnen am See. Hier kann man die Natur beobachten und sich gleichzeitig über alles Mögliche unterhalten. Meist nehmen wir uns ein paar Obstsnacks mit.«

Im Laufe der Zeit hatten Maria und Peter festgestellt, dass sie einige gemeinsame Interessen hatten – das Lesen, die Natur und das Wandern.

»Ja, das mag ich auch gern. In der Natur fühle ich mich am wohlsten. Schön, dass es dir auch so geht. Der Tanzsaal sieht mich nicht.«

»Ich sitze abends zum Sonnenuntergang oft am Strand und träume von meinen Wünschen für die Zukunft. Ich würde gern in Budapest studieren, vielleicht auch im Ausland, Wien oder München.

Doch letztere beiden Universitäten muss ich als nicht praktikabel streichen. Wie du weißt, lerne ich gern Sprachen.

Das ist eine gute Voraussetzung, einmal im Ausland zu arbeiten, vielleicht im Außenhandel oder als Dolmetscherin.

Ich träume von interessanten Begegnungen mit Menschen, die mir von ihrer Heimat berichten, aber auch von Empfängen und Kongressen, wo ich viele Menschen aus vielen Ländern treffe.«

Bei dem Wort Außenhandel dachte er sofort an die Begegnung im Zug und die doch damit verbundenen Vorteile. Maria brachte mit ihrem Ehrgeiz und Sprachkenntnissen die besten Voraussetzungen für eine solche Tätigkeit mit.

»Da hast du dir viel vorgenommen. Doch du wirst es erreichen. Bist fleißig und strebsam, was ich von mir nicht unbedingt sagen kann. Vor allem hast du den Willen, dich den Gewohnheiten anderer Kulturen anzupassen wie dem Essen. Ich nehme an, dass es hier in Ungarn bestimmt bald bessere Reisemöglichkeiten als bei uns gibt.

Es wird Garantiert der eine oder andere Traum für dich bald in Erfüllung gehen. Ich wünsche es dir von ganzem Herzen.«

Dann erzählte er ihr von seinen Begegnungen im Zug. Sie wurden von dem Hupen von Herrn Szabós Auto, der sie abholen wollte, unterbrochen.

Schnell liefen sie zur Straße, stiegen ins Auto und schon befanden sie sich auf dem Heimweg.

Wie immer parkte der Papa auf der Wiese, die eigentlich schon hätte gemäht werden müssen. Er hatte sich verspätet. Man erwartete ihn im Krankenhaus.

Deshalb musste er sich sputen. Es blieb nur wenig Zeit, mit seiner Frau das Nötigste abzusprechen, bevor er schnell weiter nach Veszprém fuhr.

Man hatte also Zeit. Es war früher Nachmittag und Maria schlug vor, auf den Berg zu einem Aussichtsturm zu wandern.

Sie packten sich einiges zum Picknick ein und Peters Campingbeutel kam seit Langem wieder zum Einsatz.

Es sollte wieder ein warmer Abend werden.

Doch Peter kam verstört aus seiner Kammer. Seine Brieftasche fand er nicht. Diese trug er wegen des Ausweises immer bei sich.

Er wusste nur noch, dass er sie nach Badacsony mitgenommen hatte, weil sie auf dem Rückweg eigentlich in Balatonfüred zum Bummel aussteigen wollten.

Ob er wollte oder nicht, er musste Maria von dem Problem erzählen.

Sie überlegten beide und kamen zu dem Schluss, dass er die Brieftasche nach dem Einsteigen in Badacsony im

Auto noch besaß. Er hatte Maria ein Foto gezeigt.

Es ging nicht um Wertgegenstände, sondern um die Reiseunterlagen und den Personalausweis.

Seine Anspannung steigerte sich fast zur Panik. Wieder schwitzte Peter, diesmal vor Angst wegen der aus dem Verlust resultierenden gravierenden Folgen.

Viele Ideen und Befürchtungen schossen durch seinen Kopf. Maria suchte mit ihm nochmals im Haus und sie versuchten, die Zeit nach dem Aussteigen aus dem Auto zu rekonstruieren. Man kam zu keinem Ergebnis.

Da fiel Peter ein, dass er die Brieftasche meist in der Gesäßtasche der Hose verwahrte. Demnach konnte sie beim Aussteigen verloren gegangen sein.

Oder sie lag im Auto. Er teilte seine Vermutung Maria mit. Sie versuchte, ihn zu beruhigen.

»Komm, gehen wir dorthin, wo wir ausgestiegen sind. Suchen dann gezielt auf der Wiese.«

Schnell war man sich einig, wo der Ausstiegsort gewesen ist. Erinnerten sich daran, dass Herr Szabó auch teils auf der Wiese parkte.

Die Spur im hohen Gras sah man noch. Dieses Gras erschwerte das Suchen.

Nach etwa zwanzig Minuten der erlösende Ruf von Maria, dass sie die Brieftasche gefunden hat. Peter stürzte zu ihr hin.

Er ist selten emotional, aber in diesem Moment nahm er sie kurz in den Arm und bedankte sich mit einem Wortschwall.

Maria wusste zunächst nicht, wie ihr geschah, doch dann verstand sie die überschwängliche Freude.

Viel Ärger wurde mit dem Fund von Peter und bestimmt auch von ihnen als Gastgeber abgewendet.

Zumindest eine Reise nach Budapest zur Botschaft mit

dem damit verbundenen Ärger wäre fällig gewesen.

»Komm, machen wir uns fertig. Vergessen wir das Geschehene. Gehen wir auf den Berg zum Aussichtsturm.

Ein wunderschöner Ausblick, den du nie wieder vergessen wirst, wird der Lohn des Aufstiegs sein.

Du nimmst deinen Campingbeutel und als Strafe für den kurzzeitigen Verlust deiner Brieftasche bist du der Tragesel.«

»Das erdulde ich gern. Ich bin ein Wandersmann und immer für so etwas zu haben. Dafür wirst du oben das Picknick servieren. Ich hoffe, einige Sonnenstrahlen für die Gläser sind auch dabei.«

Er lachte, denn er wusste, dass Maria Wein nicht gern trank. Sie antwortete nicht. Sagte nur lächelnd mit einem schelmischen Seitenblick:

»Nein, ich habe dir Hähnchenschenkel eingepackt.«

Auch Peter reagierte nicht auf die Anspielung seiner ungewöhnlichen Essgewohnheiten.

Maria schulterte die zusammengerollte Decke und trug diese auf dem Rücken. Ihre Familie praktiziert gern ein Picknick und sie mochte diese Art von Rast in der Natur auch.

Doch Marias Papa lief nicht gern und so fuhr man die Picknickplätze mit dem Auto an.

Dieser Aufenthalt in der Natur ist sehr entspannend und gut für die Psyche, wie ihr Papa meint. Als Arzt muss er es ja wissen.

Maria geht oft mit ihren Freundinnen zum Picknick diesen Weg und erwarten den Abend auf dem Berg hoch oben mit dem Blick zum Balaton.

Oft bringt ihre Freundin Julischka die kleine Gitarre mit und sie singen Lieder. Schöner kann ein Tag nicht enden. Heute wollte sie nun Peter diesen romantischen

Ort zeigen. Das Wetter war gut und der Himmel fast wolkenlos.

Zunächst lief man durch den Ort. Peter sah sich die oft hübsch hergerichteten Häuser an, beobachtete die Bewohner bei der Pflege ihrer Gärten.

Es begeisterte ihn, die oft unbekannten Pflanzen und Blumen zu sehen. Viele Stauden wuchsen doppelt so hoch, wie er es von zu Hause kannte. Das milde Klima sorgt für beste Wuchsbedingungen.

Bald erreichten sie den Dorfrand, durchquerten Weinlagen und folgten danach einem Waldweg.

Die Steigung nahm zu. Ihr bisher forscher Schritt passte sich der Steigung an und wurde langsamer.

Bei Peter machte sich nun die Last auf dem Rücken bemerkbar. Erste Schweißtropfen traten auf die Stirn, obwohl die Bäume und Büsche des Waldes Schatten boten und er normalerweise nicht so schnell schwitzt.

Schwülwarme Luft und fehlender Wind erschwerten das Gehen und verursachten Kurzatmigkeit.

Bezaubernde Blüten der Wildpflanzen am Wegrand zogen Peters Blicke auf sich. Ein vielstimmiger Gesang der Vögel begleitete sie. Was wollten sie mehr?

Der Weg, die Landschaft mit dem See, oftmals durch Lücken im Wald zu sehen, und der üppige Baumbewuchs lösten bei Peter ein Gefühl der Zufriedenheit, der Ruhe und der Harmonie aus. Er spürte eine Balance von Gelassenheit und Seelenfrieden, Wohlbehagen und Ausgeglichenheit.

»Maria, ich glaube, dies ist ein Weg im kleinen Paradies, der das Missgeschick mit der Brieftasche vergessen lässt.

Es gibt nichts Schöneres, als in der Natur die Kraft zu schöpfen, die ein Mensch braucht, um die täglichen

Belastungen und Anforderungen zu meistern.«

»Da hast du recht. So fühle ich es auch.«

»Es ist angenehm mit dir zu wandern, sich zu unterhalten und deine Heimat kennenzulernen. Ich fühle mich sehr wohl und aufgenommen in eurer Familie.«

Maria strahlte: »Oh, danke. Das höre ich gern. Unsere Familie und auch ich mögen deine Art. Nur deine Essensvorbehalte bereiten uns ab und zu Sorgen.«

Sie sah Peter lächelnd von der Seite an. Sie liefen weiter und Peter erinnerte sich an die Worte seines Biologielehrers:

»Man muss hören, riechen, fühlen und schauen – alle seine Sinne einsetzen, um sich mit der Natur zu verbinden, um mit ihr eins zu werden.«

So tat er es jetzt. Nachdem er Maria dies erzählte, meinte sie:

»Wahre Worte sind das. Das muss ich nächstens meinem Papa erzählen. Der wird begeistert sein. Er mag solche Sprüche.«

Gerade nach der Aufregung vor Beginn des Ausfluges ein willkommener Ausgleich für sein Gemüt.

Hoch über dem Dorf erreichten sie eine große Lichtung im Wald mit einer üppig bewachsenen Kräuterwiese.

»Dies ist unser Ziel, Peter. Komm, lass uns dort vorn an den freien Tisch setzen. Da hat man eine vorzügliche Aussicht.«

Es hatten sich auf dem Picknickplatz schon andere Ausflügler, vorwiegend junge Leute wie sie eingefunden.

Eine kleine Gruppe von Mädchen und Jungen um Mitte zwanzig saßen auf der Wiese im Kreis, unterhielten sich angeregt, teils laut diskutierend, ab und zu schallend lachend, unweit von ihrem Platz. Maria legte die Decke auf den harten Sitz der Bank und begann den Camping-beutel auszupacken.

Zunächst kamen der Siphon, Wein und eine große Flasche Wasser sowie zwei Gläser auf den Tisch.

Ein anstrengender Aufstieg lag hinter ihnen und der Wasserhaushalt des Körpers musste aufgefüllt werden.

Sie tranken einige Glas Wasser, das sie aufgrund des sehr warmen Wetters als kühl empfanden.

Peter erzählte Maria von seinen Empfindungen, die er beim Aufstieg fühlte.

Begeistert sah er hinunter auf den Balaton, dessen Wasserfläche durch das Licht der bald untergehenden Sonne silbrig schimmerte.

Nur wenige Segelboote glitten über den See. Maria erzählte von den kleinen Feiern mit den Freundinnen hier auf der Lichtung.

Durch die verschiedenen Tischgruppen hat man einen idealen Picknickplatz geschaffen.

»Diesen Platz kennen vorwiegend die Einheimischen. Man will hier nachmittags und abends sich unterhalten oder man trifft sich mit Familien, damit die Kinder gemeinsam ungestört spielen können. Ich bin gern hier.«

»Das glaube ich dir aufs Wort. Es ist ein Platz, um die Seele baumeln zu lassen, man kann fast sagen, zur inneren Einkehr.

Letzteres jedoch nur, wenn man allein oder zu zweit ist. Schweigen und die Landschaft genießen, ein wenig Unterhaltung darf auch sein.«

»Das hast du schön gesagt. Gehe ich mit meiner Freundin Zusanna, dann haben wir oft ein Buch dabei und lesen.

Ist es während der Schule am Wochenende, dann bereite ich mich hier auch auf die Schule vor, z. B. Vokabeln lernen.« Dabei sah sie ihren Begleiter spitzbübisch an und lächelte. Er reagierte prompt darauf.

»Aha, deshalb bist du so gut in Fremdsprachen. Muss ich auch einmal versuchen. Es klappt doch schon«, sprach er lachend.

»Mein Deutsch ist schon gut, wenn auch mit sächsischem Akzent.« Da musste auch Maria lachen.

Maria zauberte aus dem Campingbeutel eine Thermoskanne und duftenden Kuchen.

»Meine Mama hat Baumstriezel, eine ungarische Spezialität, heute Vormittag gebacken. In der Thermoskanne ist Tee, den du bestimmt trinkst.«

»Der Kuchen riecht gut. Der Duft ist schon betörend. Den müssen wir sofort probieren.«

Peter goss den Tee in die Tassen und Maria teilte den Kuchen.

»Wir nehmen die Kuchenstücke in die Hand. Ich habe Servietten mitgebracht. Dann guten Appetit. Jó étvágyat.«

»Jó étvágyat, Maria« wiederholte Peter.

Peter sah man an, dass der Baumstriezel seinen Geschmack traf.

»Sehr lecker«, sagte er immer wieder und langte kräftig zu. »Der Kuchen ist deiner Mama sehr gut gelungen.«

Die Zeit verging. Langsam versank die Sonne hinter dem Wald. Der Himmel und das Wasser des ungarischen Meeres wechselten in kurzen Abständen die Farbe.

Peter konnte sich nicht sattsehen, wollte keinen Augenblick dieses Lichtspiels der Natur verpassen. Ein faszinierender Ausblick bot sich dem Naturfreund Peter.

Plötzlich hörten sie Csárdás-Klänge über den Platz wehen. Ein vielstimmiger Gesang drang an ihr Ohr, herüber geweht von einem leichten Wind, der inzwischen aufgekommen ist. Die Jugendlichen begannen zu tanzen.

Die lustige Jugendgruppe hatte einen Geiger und eine Akkordeonspielerin in ihren Reihen. Nur noch wenige Wanderer befanden sich auf dem Platz. Eine wunderbare Stimmung überzog das Plateau.

»Komm, wir gehen hin und reihen uns ein«, sagte Maria und packte schon die Sachen wieder in den Campingbeutel.

Peter wollte nicht. Er war ein Tanzmuffel und verstehen würde er sowieso nichts.

Doch Maria nahm ihn aufmuntern lächelnd an die Hand und zog ihn mit sich.

»Komm, überwinde dich. Mir zuliebe. Ich mag diese Tänze. Bitte, tu mir den Gefallen!«

Er konnte ihrer netten Aufforderung nicht widerstehen und fügte sich.

Sie verständigte sich kurz mit einem Mädchen und sagte: »Wir können uns einreihen.«

Damit zog sie Peter zum Tanzkreis und erklärte:

»Du siehst, sie tanzen im Kreis und halten sich an den Händen. Du brauchst nur die Beinbewegungen nachzuahmen. Ist ganz leicht und wiederholt sich permanent.«

Peter konnte sich nicht wehren. Ein Mädchen unterstützte Maria, redete auf ihn ein und sie zogen ihn in den Kreis. Es half kein Sträuben.

Er fühlte sich wie ein Bär, den man am Nasenring zum Tanz führte.

Doch die gute Laune war ansteckend und bald fand auch er den Rhythmus. Mehr Gemütlichkeit und gut gelaunte Leute konnte man nicht finden.

Nach einer halben Stunde gab es eine Pause für die Musiker. Die Tänzer unterhielten sich in Gruppen.

Maria erklärte den Leuten, dass Peter erst ein paar Tage in Ungarn ist. Sofort stand er im Mittelpunkt und wurde mit Fragen überschüttet.

Viele mühten sich ihre Deutsch-Kenntnisse anzuwenden und mit ihm ins Gespräch zu kommen.

Er fühlte sich wohl. Insbesondere Fragen zu seinem Erfahrungen im Internat musste er beantworten. Verständlich, auch die jungen Leute wohnten in einem Studentenheim.

Bei der Gruppe mit acht Personen handelte es sich um Studenten. Auf einem Weingut, unweit des Balatons, absolvierten sie wenige Monate vor den Abschlussprüfungen ein Praktikum.

Es blieb nicht aus, dass er auch das eine oder andere Glas Wein mittrinken musste. Maria hielt sich zurück, dolmetschte gerne die Gespräche.

Diese Herzlichkeit und das Bemühen Peter einzubeziehen, übertraf seine Vorstellungen der ungarischen Gastfreundschaft.

Die Musiker beendeten die Pause und wieder versammelten sich alle zum Kreistanz.

Peters Tanzpartnerinnen zogen ihn sofort in den Ring. Inzwischen fand er Gefallen an dem Treiben.

Da es langsam dunkelte, mussten sie sich verabschieden.

Ein letztes mehrfaches Winken, ein vielstimmiges Servus und Adios verabschiedete sie.

Sie nahmen den Campingbeutel, die Decke und schon liefen sie zum Waldweg.

Der Mond begleitete sie und leuchtete den Weg aus. Insekten und sogar viele Glühwürmchen tanzten um sie herum. Sie fühlten sich wie Hänsel und Gretel.

»Ich liebe die Glühwürmchen an den warmen Sommerabenden. Ich könnte stehenbleiben und ihrem Tanz zusehen«, hörte er Maria sagen.

»Ich mag sie auch, aber zuhause habe ich diese ›fliegenden Laternen‹ bisher eher selten gesehen. Bei uns gibt es wenige dieser warmen Sommerabende.«

Der Rückweg schien kürzer. Doch das Gefühl täuschte. Bergab lief es sich leichter und die zunehmende Dunkelheit trieb sie vor sich her.

Piroska empfing sie mit sorgenvollem Blick, denn sie hatte sie eher erwartet.

»Das Abendbrot wartet auf euch. Ich habe mir schon Sorgen gemacht.«

»Wir haben eine fröhliche Truppe getroffen«, erwiderte Maria.

»Darüber werden wir beim Essen erzählen. Einen schönen Ausflug haben wir erlebt. Peter freute sich, dass er tanzen konnte«, ergänzte sie mit einem neckischen Seitenblick zu Peter.

Dieser ließ sich nichts anmerken, sondern ging ins Zimmer, um sich auf das Abendessen vorzubereiten.

8. Kapitel

Die Tage vergingen wie im Fluge. Ein besseres Wetter hätte sich Peter für seinen Urlaub nicht wünschen können. Fast den ganzen Tag verbrachte sie am Strand.

Sie nahmen sich das Federballspiel mit oder beteiligten sich am Volleyball.

Peter nahm sich immer einige der BRD-Magazine wie »Stern«, »Bravo« und »Der Spiegel« mit, die Piroska ihm zu Hause bereitgelegt hatte. Diese Gelegenheit ließ er sich nicht entgehen.

Maria bemühte sich immer wieder, Peter etwas Ungarisch beizubringen. Der Spaß war auf Marias Seite, denn sie musste lachen. Bei Peter zeigten sich Fortschritte, zumindest was das Lesen von Schildern betraf.

Die Aussprache ist zugegeben schwierig, aber mit Peter hatte sie einen Problemschüler.

Mit der Zeit stellte sie fest, dass bei den Gesprächen in der Familie er immer mehr Inhalte verstand.

Auch beim Lesen der Schilder sah sie bei ihm Fortschritte. Es lohnten sich also die Übungen.

Nach wie vor belasteten Peter die Hemmungen zu sprechen und die damit verbundene Angst ausgelacht zu werden. Dazu gab es aber keinen Grund. Maria gab nicht auf, denn sie lernte aus den Übungen selbst sehr viel und ihre Deutschkenntnisse verbesserten sich zusehends.

Sogar die kleinen Schwestern lernten begeistert mit. Meist spielend, wenn sie mit Peter scherzten.

Peter unterstützte dies, indem er immer auf ihre Fragen einging. Seine Antwort kam umgehend, wenn Anna oder Eva fragten »Was ist das?« Sie saßen am Frühstückstisch, als Piroska verkündete:

»Papa arbeitet heute nur ein paar Stunden. Er holt uns

gegen Mittag ab. Wir fahren heute zum Picknick auf den Weinberg in Badacsony.«

Sie hatte den Satz noch nicht beendet, da jubelten Eva und Anna schon.

»Machen wir wieder Lagerfeuer? Toll, da gibt es wieder Stockbrot, Mais und Schinken.« Sie sprangen vom Stuhl und umarmten die Mama.

»Zuerst kommt die Arbeit. Doch zunächst Frühstücken wir weiter«, antwortete Piroska.

Das Frühstück kannte Peter zuhause anders: Milch oder Malzkaffee, Brot, Brötchen, Butter, Kunsthonig, Zuckerrübensirup und Marmelade. Alles Süßigkeiten, an die man gewöhnt war. Das wars.

Doch hier standen neben der Butter und Marmelade, Bienenhonig, Salami, Schinken, Käse, Obst, Eier, Paprikaschoten und Tomaten auf dem Tisch.

Dazu neben Kaffee und Milch auch selbst gekelterter Wein sowie Wasser aus dem Siphon.

Peter wollte bei seiner Gewohnheit bleiben, doch Piroska achtete von Anfang an darauf, dass er von allen möglichst probierte.

Die Paprikaschoten hatte er noch nie gegessen, aber er fügte sich den wiederholten Aufforderungen. Wollte er doch Anna und Eva nicht ein schlechtes Beispiel sein.

Diese mäkelten auch manchmal wie er. Ihnen ging es jedoch darum, einige Leckereien zusätzlich, oder besser, anstatt zu erhalten.

In der kurzen Zeit gewöhnte er sich an das vielfältige Angebot mit viel Obst, sogar an die Paprikaschoten, die Salami und den Wein mit Sodawasser am Morgen.

Zugegeben, der Weinanteil war sehr gering, doch gab er dem Getränk einen angenehmen erfrischenden Geschmack. Nur den Schinken mochte er nicht so, denn dieser war für ihn zu fett und die Scheiben zu dick.

»So, nun können wir das Frühstück beenden. Ich nehme an, jeder hat auf Vorrat gegessen, denn Mittagessen wird es heute später geben bzw. wird durch das Picknick ersetzt.

Jetzt bereiten wir den Ausflug vor. Anna und Eva ihr pflückt noch ein paar Paprika, Tomaten und Aprikosen. Auch Zwiebeln benötigen wir. Nehmt auch einige von den Kleineren. Vergesst die Gurken nicht.«

Die Mama hatte den Satz noch nicht vollendet und schon flitzten sie los. Eva holte noch schnell einen Korb, damit alles einen Platz findet.

»Nicht so stürmisch«, rief ihnen die Mama nach. »Es ist genügend Zeit. Passt auf, dass ihr nicht hinfallt.«

Doch da passierte es schon. Anna hatte einen Randstein übersehen und befand sich liegend im Gemüsebeet.

Weinend, das Knie haltend, humpelte sie zur Mama. Das Knie leicht abgeschürft, etwas Blut sah man auch.

»Ist nicht so schlimm. Maria, reinige es ein wenig und klebe ein Pflaster darauf. Später stellen wir Anna unserem Hausarzt vor. Der wird der kleinen Dame bestimmt helfen.«

Alles lachte, denn der Hausarzt war der Vater.

»Hoffentlich ist es nicht so schlimm, dass du nicht mit zum Weinberg kannst.«

Die Mama sah fragend Anna an, deren Knie nun ein Pflaster zierte.

»Nein, alles nicht so schlimm. Hier sieh, ich kann schon wieder springen«, und schon hüpfte sie zu Eva, die gerade die Tomaten pflückte.

Nun wandte sich Piroska an Maria und Peter.

»Ihr geht in den ABC-Supermarkt und kauft ein. Ich habe alles auf einem Zettel notiert. Maria, du kennst dich ja aus. Für Peter ist es bestimmt interessant zu sehen, was bei uns im Supermarkt angeboten wird.«

Sie nahmen die bereitgestellten Taschen und liefen los. Peter staunte über die Vielfalt des Angebotes. Maria scherzte und brachte Peter dazu, eine Büchse Tierfutter als Fleischkonserve in den Einkaufskorb zu legen.

Beide schütteten sich vor Lachen aus, als Maria ihm den Inhalt erklärte.

»Sollen wir das dir zu Mittag servieren?«, fragte Maria schelmisch. Sie hänselte ihn, weil er kein Geflügel und Hammel aß.

Nach den ersten unangenehmen Erfahrungen beäugte er zunächst immer alles skeptisch, was auf den Tisch und Teller kam. Was sollte Peter tun?

Er lachte mit und brachte die Dose wieder zum Regal. Sie suchten alles zusammen, der Einkaufswagen wurde immer voller.

»Ich denke, es soll nur für den Ausflug sein?«, fragte Peter Maria.

»Mama hat auch gleich einiges für die nächsten Tage aufgeschrieben. Ich habe doch einen starken Mann als Begleiter, der beim Tragen hilft.«

Maria sah Peter verschmitzt an und wartete auf eine Reaktion. Doch dieser reagierte nicht, folgte ihr zur Kasse und gemeinsam verstauten sie die Artikel in den Taschen und Beuteln.

»Ist viel zusammengekommen. Maria gib mir die schweren Taschen. Ist doch ein Stück Weg bis zum Sommerhaus.«

Am Bahnübergang mussten sie auf einen Zug warten. Eine Gelegenheit sich auszuruhen, sich zu entlasten.

»Habt ihr den Kukorica auch nicht vergessen? Mama hatte ihn vergessen aufzuschreiben«, riefen Anna und

Eva fast im Chor ihnen entgegen. »Natürlich, ich weiß doch, dass ihr den gern esst«, antwortete Maria.

»Was ist Kukorica?«, fragte Peter.

»Mais«, antwortete Maria. »Dieser wird entweder als Kolben gegart oder an einen Stock gesteckt, und im Lagerfeuer erhitzt oder geröstet.

Schmeckt besonders den Kindern. Heute erhältst du die Gelegenheit, um zu probieren.«

»Das weiß ich noch nicht, aber versuchen werde ich den Kukorica auf jeden Fall«, entgegnete Peter.

Inzwischen kam Marias Mama und sie sortierten den Einkauf.

»Peter, hilf den Mädchen bitte beim Aprikosenpflücken. Sie klettern sonst zu weit auf den Baum hinauf. Du bist groß und kommst gut an die Früchte. Nimm nur die reifen Früchte.«

Er nickte und wortlos ging Peter davon, denn es schien Eile geboten. Trotz des Frühsommers hingen schon viele reife Aprikosen am Baum. Schnell füllte sich ein kleiner Beutel.

Die Mädchen zeigten ihm, wonach er greifen sollte. Sie aßen ab und zu eine Frucht und gaben Peter mit Gesten zu verstehen, dass er es ihnen gleichtun sollte. Die Aprikosen waren ein Genuss.

Bisher hat er kaum Aprikosen gegessen, da es diese zu Hause nur selten zu kaufen gab.

Im Garten hatten die Eltern nur einen aus dem Kern gezogenen Pfirsichbaum.

Dieser trug nur Früchte, wenn der Winter mild gewesen ist und keine Spätfröste die Blüten zerstörten.

Die Ernte der kleinen Früchte, die eine sehr feste Schale besaßen, begann erst Ende September, kurz vor den ersten Frösten. Diese konnten meist nur zum

Einkochen genutzt werden. Peter ließ sich nicht noch einmal bitten, sondern aß mehrere der leckeren Früchte.

Inzwischen hatten die Mädchen ihre Ernte auch bei Mama und Maria abgeliefert, die diese sofort Eintüteten.

»Ich danke für eure Hilfe. Alles ist an Ort und Stelle. Kommt, wir tragen schon einiges zur Wiese, wo Papa mit dem Auto halten wird.«

Anna nahm ihre Puppe mit und Eva die Tüte mit den Aprikosen. Man brauchte nicht lange zu warten und schon hörten sie ein lautes mehrmaliges Hupen. Maria wartete am Weg.

»Habt ihr auch nichts vergessen? Ist etwas später geworden. Es musste noch ein Notfall versorgt werden.«

»Das sind wir doch gewöhnt«, antwortete Piroska. »Alles steht bereit und kann eingeladen werden.«

»Das ist meine Aufgabe. Ihr macht mir das nicht richtig und es passt dann nicht alles hinein.«

Zu Peter gewandt:

»Der Skoda MB 1000 ist kein Familienauto für viel Gepäck. Nur paar Taschen passen hinein, das wars. Deshalb nehmen wir viele kleine Beutel und Taschen. Da fülle ich jede Ecke aus.«

Die Geschwister kletterten ins Auto und es begann die Fahrt Richtung Tihany und Badacsony.

Herr Szabó fuhr gemächlich und unterhielt sich intensiv mit seiner Frau.

Peter verstand nichts, einerseits da man sich ungarisch unterhielt, andererseits durch die Lautstärke im Fahrzeug.

Maria erklärte, dass ihr Papa vorgeschlagen hat, in Tihany anzuhalten, um die berühmte Abtei zu besichtigen.

Die Straße führte durch Weinlagen und landwirtschaftlich genutzte Felder. Wunderschön dazwischen einige blaue Lavendelfelder.

Marias Papa bog ab und folgte einer engen Straße, vorbei an niedrigen Häusern, den Berg hinauf. Unweit der Abteikirche hielt er an.

»Typisch Papa«, sagte Maria, »keinen Schritt zu viel laufen.« Sie stiegen aus dem Auto. Die Mädchen und Piroska blieben zurück.

Man ging die wenigen Schritte bis zum Eingangstor der Klosterkirche. Peters Begleiter bekreuzigten sich.

»Das Kloster Tihany ist eines der wichtigsten historischen Bauten in Ungarn«, flüsterte Maria Peter leise zu.

»Gegründet um 1055 und Mitte des 18. Jahrhunderts errichtete man die barocke Klosterkirche St. Maria und Anianus.

Die Schnitzereien im Gebäude sollen die schönsten in Ungarn sein.«

Marias Papa wies auf den Altar und die Orgel.

»Ich liebe diese Kirche und wir sind gern zu Konzerten hier.

Für uns ist es immer wieder ein überwältigendes Klangerlebnis. Wir gehen oft in diese Kirche.«

Sie beendeten den Rundgang und Herr Szabó schritt zum Auto. Maria rief ihrem Papa etwas zu.

»Ich sagte ihm, dass wir noch zum Aussichtspunkt mit Blick zum Balaton gehen.

Danach laufen wir ein Stück zur Straße, denn du sollst ja wenigstens die gesamte Kirche mit den zwei Türmen gesehen haben. Den Anblick wirst du zeitlebens nicht vergessen.«

Ein wirklich beeindruckendes Bauwerk, stellte Peter für sich fest. Majestätisch stand die Kirche auf dem Berg, die Türme dem Landesinneren zugewandt. Neben der

Kirche verlief ein schmaler Fußweg an einem steil zum Seeufer abfallenden Berg, der den Blick bis zur anderen Seite, dem Südufer des Sees, zuließ.

Ein Ausflugsschiff und Segelboote kreuzten über dem See. Im Hafen von Tihany hatte gerade die Fähre angelegt. Eine wunderschöne Aussicht bot sich dem Auge des Betrachters.

»Maria, danke, dass du diese Aussicht mir geboten hast. Ich werde Tihany nie vergessen.«

»Komm, wir müssen zum Auto. Die Eltern sind bestimmt schon ungeduldig.«

Schnellen Schrittes, einen letzten Blick auf die Klosterkirche und den Ort, und schon saßen sie wieder im Auto.

»Wie hat es dir gefallen?«, fragte Marias Papa, an Peter in der hinteren Sitzreihe gewandt.

»Das ist Geschichte zum Anfassen und ein Kulturtempel in einem. Angenehm in einem so geschichtsträchtigen Gebäude ein Konzert zu hören oder an einem Gottesdienst teilzunehmen.«

»Oder dort zu heiraten«, ergänzte Piroska. »Erst vor wenigen Wochen erlebte ich eine solche Zeremonie. Unvergesslich. Da muss der Bund fürs Leben halten.«

»Einen Garantieschein gibt es aber auch da nicht. Du kennst ja selbst Beispiele. Der katholische Glaube schützt nicht vor einer falschen Partnerwahl.«

»Du sollst nicht immer so reden. Wenn die Verbindung nicht hält, hat doch die Kirche keine Schuld«, antwortete Piroska ärgerlich.

»Lassen wir das Thema so im Raum stehen. Habt ihr auch alles eingepackt? Maria und Peter, sobald wir angekommen sind, bereitet ihr das Lagerfeuer vor.

Zunächst schneidet von der Hecke einige Äste ab.

Schnitzt diese an, damit wir Stockbrot und anderes machen können. Anna und Eva können es kaum erwarten.«

»Geht in Ordnung«, antwortete Maria, »doch zuvor helfen wir beim Auspacken. Haben doch viel Zeit. Sind schon in Badacsony.«

Das Auto bog in eine Seitenstraße und dann auf einen sehr schmalen unbefestigten Schotterweg, der einen Berg hinaufführte.

Die Passagiere wurden durchgeschüttelt. Wegspringende Steine knallten an die Autobodenplatte. Alle waren froh, als das Auto hielt und sie aussteigen konnten.

Für vier schlanke Personen, auch wenn zwei Kinder dabei sind, ist die Sitzbank doch zu klein.

Der Weinberg lag inmitten vieler kleiner Weinlagen, teilweise auch mit Obstbäumen bepflanzt.

Die Grundstücke waren eingegrenzt durch Hecken und uralte Holzzäune. Das Wochenendhaus aus Natursteinen erbaut, mit einem Spitzdach und einer Terrasse vermittelte einen gepflegten Eindruck.

Es stand oberhalb der Weinstöcke und von der Terrasse blickte man bis zur anderen Seite des Balaton.

Die Beutel und Taschen stellten sie auf der Terrasse ab. Inzwischen räumten Maria und Peter die Gartenmöbel aus dem Haus.

»Geht erst einmal Stöcke schneiden«, sagte Piroska zu den beiden. »Wir kümmern uns um die anderen Sachen.«

Kopfschüttelnd lief Dr. Szabó auf dem Weg zwischen den Weinstöcken durch den Garten und war fassungslos. Die Hitze hinterließ auf der Rabatte ihre Spuren.

»Piroska, sieh dir das an – unfassbar. Alle Rosenblüten hängen die Köpfe, viele sind eingetrocknet. Man könnte weinen.« Maria übersetzte es Peter.

Dieser fragte sofort, wo eine Gießkanne ist und der Wasseranschluss. Maria zeigte es ihm und er begann sofort mit dem Wässern der Rosenstöcke.

Seine Eltern hatten auch viele Rosen im Garten und er selbst liebte auch die Königin der Blumen. Er unterschied sich von vielen Jungen seiner Altersgruppe, weil die Gartenarbeit eines seiner Hobbys ist.

Deshalb konnte er den Schmerz von Marias Vater verstehen.

Peter sah sich danach auf dem Weinberg mit Marias Papa um. Dieser erklärte ihm den Weinanbau und welche Sorten bei ihm angepflanzt wurden.

Zeigte ihm aber auch den fantastischen Ausblick auf den See und das Südufer mit dem Ort Fonyód.

An den Weinstöcken hingen schon viele Trauben mit kleinen Beeren. Falls das zukünftige Wetter passt, wird es eine gute Ernte geben, meinte Herr Szabó.

»Peter, komm, wir gehen in mein Allerheiligstes – in den Keller. Hier siehst du alles, was man zur Kelterei benötigt. Die meiste Arbeit macht für mich ein Nachbar. Er ist Winzer und kennt sich aus.

Die Weinlese ist eine wunderschöne Zeit. Eine gelungene Kombination zwischen Arbeit und Geselligkeit. Es helfen alle mit – die Familie und Freunde, auch die Kinder sind mit Eifer dabei. Und hier ist das Ergebnis.«

Er wies mit der Hand auf ein Regal mit abgefüllten Weinflaschen verschiedener Jahre. Dann auf die Glasballons, in denen der Wein sich noch in Gärung befand.

»Peter komm setz dich. Lass uns etwas ›Sonne im Glas‹ aus einer Flasche eines guten Jahrgangs trinken.«

Damit ging Herr Szabó zum Regal, entnahm eine Flasche, entkorkte sie und füllte die beiden Gläser.

Indem er sein Glas hob, sagte er zu Peter gewandt

»Egészségedre«. Peter erwiderte den Wunsch und beide nahmen einen Schluck.

»Ein guter Tropfen, wenn ich dies mit meinen wenigen Kenntnissen zur Qualität sagen kann.«

«Ja, Peter, ich mag diesen Jahrgang. Lass uns ein wenig reden. Wenn die Frauen dabei sind, kommt man nicht dazu. Sie sind jetzt beschäftigt. Da wird man unsere Abwesenheit kaum bemerken.

Mein Deutsch ist nicht so gut. Oma ist unsere Lehrerin und hält uns an, diese Sprache nicht zu vergessen. Diese ist richtig betrachtet, auch eine Muttersprache ihrer Familie und von Piroska.

Ich bin Ungar. Alle meine Vorfahren lebten immer auf ungarischem Territorium.

Meine Eltern waren arme Leute, Kleinbauern, die sich irgendwie durchs Leben schlugen. Sie sparten an jeder Ecke, um mir das Studium zu ermöglichen.

Ich bin ihnen sehr dankbar dafür. Nur deshalb geht es uns durch meine Tätigkeit im Krankenhaus sehr gut.«

Da ist es wieder. Die Verbundenheit mit dem Land und seiner Geschichte, die Peter schon mit seinen Bekanntschaften im Zug erfahren hat.

»Ich bin Arzt und gehe meinen Auftrag nach, alle Menschen zu heilen, die zu mir und ins Krankenhaus kommen.

Nebenbei muss ich für Freunde, Bekannte und Nachbarschaft auch Hausarzt sein. Ich liebe diesen Beruf, zumal ich auch oft schwerkranke Kinder betreue.

Traurig und hilflos bin ich, wenn ich nicht helfen kann, weil die derzeitige medizinische Forschung noch keine Heilmethode zur Verfügung hat.

Die wichtigste Medizin ist an die Heilung zu glauben, mit dem Arzt für die Wiederherstellung der eigenen

Gesundheit zu kämpfen. Fehlt dem Patienten der Wille zur Gesundung, dann helfen auch keine Pillen.

So einfach ist manchmal die Erklärung für Fehlschläge, aber auch für Heilerfolge.

Doch gerade die Schwerstkranken sind vielfach Kämpfernaturen, mobilisieren so ihre Selbstheilungskräfte. Diese Patienten mag ich und motiviere sie immer wieder neu.

Doch lassen wir das. Ich wollte nur damit sagen, dass das Wochenendhaus hier auf dem Weinberg, die Arbeit mit den Weinstöcken und das Keltern der Trauben für mich ein wichtiger Ausgleich sind.

Ich brauche die Natur, um Abstand von den dienstlichen Problemen zu gewinnen.

Auch Niederlagen zu überwinden, wenn ich den Patienten nicht heilen konnte. Und der Familie tut es auch gut.«

»Das glaube ich aufs Wort. Dazu die unregelmäßige Arbeitszeit, die nicht mit einer normalen Tätigkeit zu vergleichen ist. Ich habe es in den letzten Tagen ja selbst gesehen und erlebt.«

»Ja, leider bleibt oft zu wenig Zeit für die Familie. Deshalb versuche ich, jede freie Stunde zu nutzen, um mit den Kindern und der Frau etwas zu unternehmen. Was arbeitet dein Vater? Maria sagt im Bergbau?«

»Ja, mein Vater hat vor neun Jahren eine Arbeit unter Tage als Elektriker begonnen. Doch das Schicksal gab ihm nicht viel Zeit sich zu bewähren. Zwei Jahre später erlitt er einen schweren Starkstromunfall. Mehrere Jahre kämpfte er mit den Ärzten um sein Leben.

Auch er überlebte nur aufgrund seines enormen Willens zum Leben. Leider musste die rechte Hand amputiert werden. Sehr schlimm für einen Rechtshänder. Sein

Leben musste er neu ordnen, beginnend mit dem Schreiben lernen.

Danach erlernte er den Beruf eines Industriekaufmannes und arbeitet nun als Angestellter. Eine schwere Zeit für unsere kleine Familie.

Doch alles hat sich durch den leidenschaftlichen Einsatz meiner Mutter wieder geordnet. Zwei Jahre gab es für sie vorwiegend die Arbeit im Betrieb und die Besuche des Mannes im Krankenhaus.

Daran erkennt man, dass die Liebe zweier Menschen Unvorstellbares zu leisten vermag.«

»Dem kann ich aus eigenem Erleben im Krankenhaus nur zustimmen. Oh, da habt ihr ja auch schwere Jahre hinter euch.

Aber deine Geschichte ist der Beweis für meine Worte, dass der Patient den Willen zur Gesundung mitbringen muss. Schlimm ist es, wenn man wirklich unheilbar erkrankt und jede ärztliche Kunst machtlos ist. Davor fürchte ich mich auch als Arzt und als Mensch.«

Ein kurzes Schweigen, oder war es Nachdenken über dieses schwierige Thema, über das man gesprochen hat?

»In letzter Zeit habe ich mich oft mit meinem Leben beschäftigt.

Was war gut, was ist nicht optimal gelaufen und wo hätte ich eine andere Richtung auf meinem Lebensweg wählen müssen. Bin ich ein guter Vater, Arzt und Ehemann? Ich befinde mich aus bestimmten Gründen in einer nachdenklichen Zeit meines Lebens.

Ich habe die Fünfzig überschritten und wollte für mich eine Zwischenbilanz ziehen. Was wird das Leben mir noch bringen? Habe ich noch viel oder wenig Zeit?

Alles Fragen, die man leider für sich nicht beantworten kann oder will. Solche Phasen macht jeder Mensch durch, sind eine Eigenheit des Menschen. Auch Du wirst diese irgendwann durchleben.

Aus meinem Leben möchte ich dir eine Lehre mit auf den Weg geben: Glaube an dich und deine Ziele, ignoriere Zweifel und Rückschläge, jedoch lerne daraus!

Tust du das, dann wirst du mehr erreichen als du dir jemals vorstellen konntest.

Stelle dich allen neuen Aufgaben, wäge ab, was wichtig für dich und später für die Familie ist. Nur wenn es beiden dient, verfolge den Weg weiter.

Und noch etwas: Gesundheit ist der größte Luxus den ein Mensch besitzen kann. Ich weiß dies aus eigener Erfahrung.«

Herr Szabó machte eine kleine Pause, schien in sich gekehrt, sehr nachdenklich.

Doch gleich schüttelte er diese Last, die ihn scheinbar bedrückte, ab. Mit Peter saß ihm ein aufmerksamer Zuhörer gegenüber.

»Ich glaube, wir verstehen uns, haben ähnliche Ansichten und Erfahrungen, obwohl du noch sehr jung bist. Doch die Krankheit deines Vaters ist nicht spurlos an dir vorüber gegangen.

Derzeit befinde ich mich in einer kleinen sentimentalen Phase. Ich brauche dieses in mich hineinhören. Schöpfe Kraft daraus für meine Entscheidungen.

Doch kommen wir lieber zu den Träumen, die jeder für sich verwirklichen will. Ich freue mich, dass wir dir helfen konnten, einen lange gehegten Traum zu erfüllen.

Wie gefällt es dir bei uns und am ungarischen Meer? Klappt die Verständigung mit den Damen?«

»Alles ist perfekt. Jeder gibt sich große Mühe mit mir. Maria lässt ja nichts unversucht, mir meine Fragen zu beantworten und zu erklären, was ich nicht lesen und verstehen kann. Auf meine erste Badeerfahrung hätte ich verzichten können.«

»Davon habe ich gehört«, unterbrach ihn Marias Papa.

»Bist zu ungestüm und unvorsichtig gewesen, hast nicht auf Marias Warnung gehört. So was kann böse ausgehen.

Querschnittslähmungen sind oft die Folge. Du hattest Glück und einen aufmerksamen Schutzengel.«

»Aus Fehlern lernt man meist. Die paar Kratzer sind inzwischen abgeheilt.

Ich muss mit den Wasserpflanzen am Körper wie eine Vogelscheuche ausgesehen haben. Ich habe es als Dummheit und Leichtsinn abgehakt.« Peter lächelte gequält.

»Ich fühle mich wohl und eingebunden in eure Familie. Sogar mit Anna und Eva verständige ich mich irgendwie, wenn es auch oft zu Verwechslungen und dadurch zu viel Spaß mit Lachanfällen der Geschwister kommt. Die beiden Mädels freuen sich, wenn man sich mit ihnen beschäftigt.«

Von weitem hörten sie das Rufen von Piroska. Die Damen, wie Herr Szabó bemerkte, schienen sie inzwischen zu vermissen.

»Komm, trinken wir aus und gehen hinaus in die Sonne. Die Frauen werden alles vorbereitet haben. Wir wären auch nur im Wege gewesen.

Meist ist es immer das Gleiche: Man will helfen, aber kann es den Damen nicht recht machen.«

Und mit einem schelmischen Lachen ergänzte er zu Peter gewandt: »Da halte ich mich lieber aus der Hausarbeit heraus. Diese Erfahrung steht dir noch bevor.«

»Nehmen wir die Weinflasche und die Gläser mit. Auf

der Terrasse findet sich bestimmt Gelegenheit, noch ein Glas zu leeren. «

Peter nahm sein Glas und die angebrochene Flasche Wein. Marias Vater ging zur Hecke und suchte schnell noch ein paar Holzscheite für das Lagerfeuer.

Auf der Terrasse empfing die Männer ein gedeckter Kaffeetisch. Der Duft frisch gebrühten Kaffees kam ihnen entgegen. Sie setzten sich.

»Mir bitte viel Milch und wenig Kaffee«, sagte Peter zu Piroska.

»Ja, wir kennen inzwischen deinen Kaffeegeschmack«, entgegnete Piroska lächelnd.

»Da ist mein Mann anders. Keine Milch, Kaffee sehr stark, am besten als Espresso, und viel Zucker. Er meint, dies braucht sein Körper.«

Der Kuchen war lecker und schnell leerten sich die Teller.

»Übermorgen werden wir zu meiner Mutter nach Kalocsa fahren. Dies ist eine kleine Stadt mit tausend Jahren Geschichte. Meine Mutter wollte dich unbedingt kennenlernen.

Da erhältst du auch gleich einen Eindruck über das kleinbäuerliche Leben auf dem Lande, siehst ein wenig vom Landesinneren und die Donau.

Am Freitag fahren wir dann nach Budapest. Du wirst begeistert sein von unserer Hauptstadt.«

»Da freue ich mich. Tolle Ansichten von alten Gebäuden und der Donau habe ich auf den Ansichtskarten gesehen. Falls ich etwas zu beachten habe, sagt es mir.«

»In jedem Fall nicht dein Maskottchen, die Lederhose, anziehen«, sagte mit schelmischen Lächeln Maria.

»Das ist nun mal für mich eine äußerst praktische Sommerbekleidung in dieser Hitze. Braucht man nicht zu waschen und zu bügeln, also äußerst pflegeleicht. Wusste doch nicht, dass dies hier nicht so der Renner ist. Werde meine Sonntagssachen anziehen«, antwortete er schmunzelnd.

»Maria, ärgere Peter nicht. Du hast auch deine Marotten. Manches von dem, was du anziehst, ist auch nicht nach unserem Geschmack«, fiel die Mutter in den kleinen Disput ein.

Sie beendeten die Kaffeerunde und begannen mit den Vorbereitungen für das Lagerfeuer.

Die kleinen Mädchen brachten trockenes Holz vom letzten Hecken- und Baumschnitt zur Feuerstelle.

Peter übernahm das Aufschichten der Holzscheite und legte die trockenen Äste darauf.

Marias Vater gab Hinweise, damit alles gut aufgeschichtet wurde.

Maria übernahm das Schnitzen der Stöcke. Mit der Mama bereitete sie danach den Teig, den Schinken und die Maiskolben für die Stöcke vor. Anschließend brachte sie alles zur Feuerstätte.

Anna und Eva liefen aufgeregt zum Papa.

»Wann zündest du das Holz an? Wir haben Hunger.«

»Das kann doch nicht sein. Ihr habt gerade Kuchen gegessen.«

»Für Stockbrot und Schinken ist noch Platz im Magen«, antwortete Eva und sah flehend ihren Papa an.

»Nehmt schon die Stöcke und setzt euch. Wir stellen noch die Teller und Getränke bereit.«

Endlich zündete der Papa das Feuer an. Die beiden Mädchen sahen fasziniert und mit leuchtenden Augen den auflodernden Flammen und Funkenflug zu.

Maria befestigte inzwischen an den Stöcken den Brotteig und den Schinken. Nach und nach fanden sich alle am Feuer ein und nahmen ihren Platz ein. Sie hielten die Stöcke über das Feuer und ließen sich in den Bann der lodernden Flammen und sprühenden Funken ziehen.

Vom Schinken tropfte bald das Fett in das Feuer, sodass ein Zischen hörbar wurde und die Flammen kurz stärker aufloderten.

Annas Stockbrot und Evas Schinken waren zuerst gar. Sie legten es auf den Teller und aßen es mit sichtlichem Vergnügen.

Peter schmeckten diese Spezialitäten, entgegen seinen Befürchtungen, auch. Er bekam zunehmend Appetit und langte kräftig zu, bestückte den Stock immer wieder neu, sogar mit Schinken.

Als der erste Hunger gestillt war, stimmten die Eltern ein Lied an. Alle, außer Peter, sangen mit. Er summte jedoch die Melodie, was ihm anerkennende Worte bescherte.

Der Blick auf den See, das flackernde Feuer, die langsam einsetzende Dämmerung – eine wunderbare gemütliche Atmosphäre, stellte Peter für sich fest. Den beiden Mädchen sah man an, dass sie mit Begeisterung diesen Ausflug genossen.

»Sieh mal«, wandte sich Maria an Peter, »dort zwischen den Weinstöcken, das kleine Flackern, das sind Glühwürmchen, wie wir sie auf der Bergwanderung gesehen haben.

Diese fühlen sich an warmen Abenden zwischen den Weinstöcken wohl. Wir lieben die kleinen Irrlichter.

Durch sie wird ein lauer Sommerabend erst richtig romantisch. Ich mag diese Stimmung am Lagerfeuer, möglichst mit Gesang und guter Unterhaltung.

Wird es kühl, wird zusammengerückt und zusätzlich Holz dem Feuer zugegeben. Natürlich darf ein Glas Wein mit den eingefangenen Sonnenstrahlen, wie Papa immer wieder betont, nicht dabei fehlen. Das gehört einfach dazu.«

«Papa hatte mir einmal ein Glühwürmchen gefangen«, rief Anna dazwischen. »Oh, sah das in seiner Hand hässlich aus.«

»Mama«, meldete sich nun Eva. »Ich möchte noch einen Maiskolben braten.«

Piroska steckte diesen auf den Stock und Eva war glücklich. Die Mädchen und Maria knabberten mit Genuss die Kerne vom Maiskolben.

Maria reichte Peter ein Stück. Er wehrte ab.

»Komm, du wolltest es versuchen. Wirst sehen, der Kukorica schmeckt gut.«

Ob er wollte oder nicht, er musste probieren. Er nahm ein Stück und stellte fest, dass der Mais auch für ihn essbar war. Doch so richtig traf es nicht seinen Geschmack.

Ein sehr vergnüglicher Ausflug näherte sich dem Ende. Beeindruckt von der herrlichen Lage und Landschaft sowie der gemütlichen Stimmung am Lagerfeuer half Peter beim Aufräumen.

Es ist schon dunkel geworden. Der Mond und die Sterne strahlten vom Himmel. Peter murmelte:

»Ein schöner Abend unter fremden Sternen.« Maria hörte es. »Für dich gesehen hast du recht.«

Die Zeit drängte. Marias Papa musste zum Nachtdienst ins Krankenhaus.

Deshalb gab es nur ein kurzes Ausladen des Gepäcks am Sommerhaus, die herzliche Verabschiedung vom Papa und das Auto entschwand den Blicken der Zurückgebliebenen.

9. Kapitel

Peter wurde von den durch das Fenster strömenden Sonnenstrahlen geweckt. Die Vögel sangen ihr Lied in den Ästen der Bäume.

Ein wunderschöner Tag schien sich wieder anzukündigen. Weit über eine Woche ist er nun schon bei Maria und ihrer Familie zu Gast. Nur wenige Tage verbleiben noch.

Viel hat er erlebt, manches Unbekannte hat ihn in Probleme gebracht, doch das Verständnis von Marias Familie für ihn und die fehlenden Sprachkenntnisse ließen ihn nicht allzu alt aussehen.

Erstmalig in seinem Leben lernte er eine andere Kultur, andere Mentalitäten kennen. Eigentlich erwartete er wenig Unterschiede im Vergleich zu seinem Heimatland.

Ungarn ist ja nur tausend Kilometer von seinem Zuhause entfernt. Es gibt viele geschichtliche Gemeinsamkeiten. Selbstkritisch musste er als erste Bilanz feststellen, dass er die Unterschiede falsch einschätzte.

Ihm gefiel sehr, dass die Menschen vieles aus seiner Sicht leichter nahmen, nicht sofort ein Problem sahen.

Er erinnerte sich an das Gespräch mit Ferenc. Komisch, aber dieser hat sich bei ihm als typischer Ungar in seinen Gedanken verfestigt.

Herr Szabó schien ähnlich von der Mentalität und vom Charakter geprägt zu sein.

Peter gefiel diese Lebensart mit einem Hang zur Romantik, gepaart mit Klagen über Unzulänglichkeiten des Alltags und gleichzeitig scheinbar uneingeschränkter Freude am Leben.

Zumindest so fasste er für sich seine Erfahrungen der Beobachtungen zusammen. Mag sein, eine oberflächliche Bewertung, da er die Sprache nicht beherrschte und nur aus dem Verhalten einiger Personen schließen konnte.

Peter musste sich beeilen. Das Abgleiten seiner Gedanken ins Philosophische ließ ihn bummeln. Er hörte schon mahnend das Geschirr klappern.

Piroska und Maria deckten bestimmt schon den Frühstückstisch, der sich auf der Terrasse unter einem Teil der Krone eines Frühapfelbaumes befand.

Schnell wusch er sich und kleidete sich an. Auch wenn wieder spöttische Blicke auf seine Lederhose fallen würden, zog er sie zunächst an.

Es war schon sehr warm und dafür war sie geeignet. Man wartete schon auf ihn.

Wie immer fiel ihm die Auswahl schwer. Das Weißbrot schmeckte ihm besonders gut und deshalb zog er dies den Brötchen vor.

Wie immer griff er fleißig zu, doch eher, wie von zuhause gewohnt, zu den süßen Aufstrichen, Käse und Butter.

Peter ist die personifizierte Redewendung »Was der Bauer nicht kennt, das isst er nicht.« Dies widerspricht eigentlich vollständig seinem Drang, fremde Länder kennenzulernen.

Es ist ja auch das erste Mal, dass er in einem fremden Land als Besucher weilt, ein Ausländer ist.

Zu etlichen Essenangeboten hat er sich schon überwunden, wenn sich sein Bauchgefühl auch sträubte. Er ist Optimist, dass er irgendwann auch das eine oder andere Ressentiment ablegen kann. Alles braucht seine Zeit, entschuldigt er für sich sein Verhalten.

Das Gespräch am Tisch drehte sich heute um den Ausflug nach Kalocsa zur Oma. Anna und Eva nörgelten wieder einmal, weil sie mit der Mama zu Hause bleiben sollten.

Piroska beruhigte sie mit dem Versprechen, mit ihnen zum Strand zu gehen und der Eisdiele einen Besuch abzustatten.

Maria und Peter setzten sich, um des Friedens willen, mit den beiden Mädchen nach dem Frühstück an den Tisch und spielten mit ihnen »Mensch ärgere dich nicht.«

Es ging laut her, denn Verlieren ist nicht jedermanns Sache, auch nicht von Anna und Eva. Trotzdem freuten sich die Kleinen über diese Abwechslung.

Piroska musste jedoch die Runde unterbrechen.

»Maria und Peter, ihr müsst euch anziehen, denn der Papa wird gleichkommen.« Die Kleinen maulten.

»Das Spiel ist noch nicht fertig«, sagte Eva.

»Morgen ist auch noch ein Tag«, antwortete ihre Mama unerbittlich.

Maria und Peter hatten sich geschwind erhoben und liefen ins Haus. Peter zog die Badehose an, denn sie wollten auf der Rückfahrt am Donaustrand an einer ruhigen Stelle, einem Picknickplatz, eine Rast einlegen.

Die lange Hose und das Hemd standen ihm gut. Piroska und Maria lobten ihn, sodass er leicht errötete.

Er freute sich sehr auf die Tour, ging es doch ins Landesinnere. Hier gab es keinen Tourismus.

Sie brauchten nicht lange zu warten.

Nach der Begrüßung des Vaters wurden die Getränke und etwas fürs Picknick, was Piroska in eine Tasche verpackt hatte, eingeladen.

»Die Nagyi erwartet uns gespannt und will ein typisch ungarisches Essen vorbereiten. Es soll für unseren Gast eine Überraschung werden«, erzählte Marias Papa.

Peter wurde es im Magen schon unwohl. Er dachte an die Suppe mit den Geflügelteilen.

»Nein, nicht wieder«, murmelte er in sich hinein. Schon bei der Erinnerung an die Hühnersuppe wurde ihm übel.

»Maria, wenn es wieder dieses Gericht ist, kann ich mich nicht an den Tisch setzen. Mir wird schon bei dem Gedanken flau im Magen.«

»Warte ab. Papa hat der Nagyi gesagt, was du alles auf keinen Fall isst. Bist ja ein äußerst komplizierter Mensch, wenn es ums Essen geht.

Wenn man in andere Länder oder Regionen geht, muss man versuchen sich den Lebens- und Essgewohnheiten anzupassen.«

»Ich habe mich ja schon bei vielem überwunden, doch ein Hühnerbein, -hals oder -kopf auf dem Teller, das ist für mich Horror.

Ich kann schon nicht beim Schlachten von Tieren zusehen. Nein, dann werde ich Vegetarier und esse mit Genuss Mais.«

Maria bekam einen Lachanfall. Ihr Papa schaute irritiert nach hinten zu seinen Mitfahrern.

»Was gibt es zu lachen? Lasst mich am Spaß teilhaben.«

»Peter fürchtet sich vor dem ungarischen Nationalgericht der Nagyi. Er vermutet ein ähnliches Desaster wie bei der Hühnersuppe.«

Nun lachte auch der Papa.

»Nein, es wird keine Wiederholung geben. Wir wissen ja inzwischen, dass Peter nicht der beste Esser ist. Er ist ein Gourmet der besonderen Sorte. Es wird schon für ihn genießbar sein. Die Oma ist eine gute Köchin.«

Nachdem man die Orte am Balaton verlassen hatte,

ging die Fahrt durch landwirtschaftlich geprägte Regionen. Ab und zu sah Peter auch noch von Pferden und Rindern gezogene Fuhrwerke. Ab und zu entdeckte er sogar Eselskarren.

Ähnlich wie er es aus seiner frühen Kindheit aus seinem Heimatdorf kannte. Bei Dunaföldvár überquerten sie auf einer Brücke die Donau.

Peter kannte noch die Donau von seinem Besuch in einem kleinen Dorf bei Deggendorf in Bayern. Trotzdem staunte er über die Breite des Flusses.

»Jetzt ist der Wasserstand unter Normal. Doch im Frühjahr kommt es auch zu schweren Überschwemmungen.

Wir fahren manchmal zum Picknick an die Donau und schauen den Schiffen zu. Auch gibt es eine reiche Tierwelt, die wir gern beobachten«, erzählte Maria.

»Sogar einige Flamingos haben wir letztens gesehen. Diese kamen bestimmt vom Donaudelta, wo sie in der Mündungsregion des Flusses leben.«

»Das ist ja interessant«, antwortete Peter. »Diese Vögel habe ich immer im Zoo bewundert, wenn sie auf einem Bein in ihrem Gehege am Teich standen.

Ich beobachte sehr gern Tiere und fotografiere diese. Biologie ist eines meiner Lieblingsfächer gewesen.«

Er beobachtete weiter die Landschaft.

»Es sind nur noch wenige Kilometer nach Kalocsa. Du wirst sehen, es ist eine Kleinstadt mit langer Geschichte und sehr interessanter Tracht.

Auch Nagyi hat zur Hochzeit ein der regionalen Tracht ähnliches Brautkleid getragen. Du hast es auf dem Foto gesehen. Die Ehe hatte leider nur kurzen Bestand.

Deshalb hütet sie das Kleid wie einen Schatz. Ich habe das Kleid erst einmal vor vielen Jahren gesehen. Ihr

Mann, mein Opa, ist schon zeitig gestorben. Leider.

Sie hat meinen Papa danach allein aufgezogen. Es war eine sehr schwere Zeit für sie.«

»Meine Großeltern väterlicherseits habe ich auch nicht kennengelernt. Sie starben schon vor meiner Geburt«, antwortete Peter.

Das Auto bog scharf von der Hauptstraße ab und die beiden Passagiere mussten sich festhalten. Der Papa lachte.

»Jetzt fahre ich langsamer. Sind auch gleich da.«

Sie passierten eine breite unbefestigte Straße, die ein Grasstreifen, mit Bäumen bestanden, zu beiden Seiten säumte.

Erst danach befand sich ein Fußweg mit den anliegenden für Peter typischen ungarischen Häusern.

Die Farbgestaltung überschaubar, meist gelb, grün und rosa Pastelltöne, aber auch ab und zu ein weißes Haus.

So wie Peter erkennen konnte, einte alle Häuser, dass hinter den Gebäuden sich ein sehr großes Grundstück oder besser ein Feld mit vielen Bäumen befand.

Man stieg vor einem gelblich angestrichenen Haus aus. Das Auto parkte Herr Szabó auf dem Grünstreifen.

Marias Papa hupte zwei Mal, stieg aus dem Auto, öffnete das unverschlossene Gartentor und lief zum Haus.

Die Haustür öffnete sich und eine ältere Frau in typischer eher dörflicher Kleidung trat heraus.

Klein von Statur und etwas korpulent, bekleidet mit einem dunklen Kleid, darüber eine Art Schürze, die grauen Haare zu einem Kauz gebunden, empfing sie ihre Gäste.

Herzlich umarmend begrüßte sie zunächst ihren Sohn, den sie längere Zeit nicht gesehen hatte. Mittlerweile traten auch Maria und Peter hinzu. Maria umarmte ihre Nagyi ebenfalls und weinte fast.

Auch sie sieht die Oma selten. Dann musterte die Nagyi den unbekannten Besucher. Auch ihn umarmte sie und ein Redeschwall prasselte auf Peters Ohren.

Er verstand nichts. Einiges übersetzte Maria, doch selbst sie schien überfordert, sich alles zu merken.

Peter konnte nachvollziehen, dass bei einem Wiedersehen nach so langer Zeit großer Gesprächsbedarf bestand.

Maria erklärte ihrer Nagyi, dass Peter kein Ungarisch verstand.

Diese sah Peter an und plötzlich hob sie ihre Hand und streichelte über Peters Wange und sprach: »Guter Junge!« Maria zeigte sich sichtlich überrascht.

Sie wusste, dass ihre Oma kein Wort Deutsch sprach. Sie hatte sich wohl die Worte eingeprägt.

Peter erwiderte zu ihr gewandt:

»Danke. Nein – Köszönöm, Nagyi!« Maria freute sich über Peters Bemühen, etwas Ungarisches zu sagen.

»Komm Peter, lassen wir Oma mit Papa allein. Gehen wir kurz in die Stadt. Es sind nur fünf Minuten Weg.«

Der Weg zum Domplatz verging schnell. Sie besichtigten die Kathedrale.

»Sieh dir die Orgel an«, erzählte Maria. »Auf dieser spielte früher öfter Franz Liszt.«

Sie erzählte Peter noch einiges zur Geschichte, zu den repräsentativen Gebäuden und dann liefen sie wieder zurück.

Am Wohnhaus angekommen, gingen sie hinter das Haus zum Garten.

»Jetzt zeige ich dir das Grundstück. Es ist, wie andere auch, ein sehr altes kleinbäuerliches Haus. Bestimmt schon weit vor über hundert Jahren errichtet.

Die Bewohner dieser Häuser bauten ihr Getreide, Kartoffeln, Gemüse, Obst und Beeren weitgehend selbst im hinteren großen Garten an.

Heute stehen dort Bäume oder es wurde Gras angesät.

Meist hielt man auch einige Hühner, eine Kuh und ein Schwein. Man versorgte sich schon seit Generationen selbst mit dem, was man zum täglichen Leben benötigte.

Das Schlachtfest bedeutete einen Höhepunkt. Als Kind war ich mit meinen Eltern auch einmal dabei. Ein tolles Fest, kann ich nur sagen.

Mehrere Nachbarn kamen. Es wurde musiziert, getanzt und gesungen, aber auch manch Glas Wein oder selbstgebrannter Obstschnaps getrunken.

Der feurige Pfirsichgeist wird auch ›ungarischer Landwein‹ genannt.«

Sie lachte über das verdutzte Gesicht von Peter.

»Das deshalb, weil in vielen Bauernhöfen eine kleine Brennerei betrieben wurde und der Schnaps zu jeder Begrüßung der Gäste oder Feier gehörte. Heute ist es nicht mehr so.

Es wohnten fast nur noch ältere Leute hier. Doch zunehmend ziehen wieder junge Leute in die Häuser und gestalten vieles um. Obstanbau und der Gemüsegarten sind geblieben.

Grasflächen und zunehmend Kinderspielmöglichkeiten im Garten erhalten einen immer größeren Raum. Es kommt wieder Leben in die Straße.

Wir gehen nachher nochmals in den Garten. Oma hat nicht mehr die Kraft ihn allein zu bewirtschaften.«

Ihre Besichtigung unterbrach der Ruf von Marias Vater, doch zum Tisch zu kommen, da die Oma das Essen servieren wollte. Sie schritten in das Haus, zunächst durch einen geräumigen Flur mit einer großen bemalten Truhe und vorbei an einem massiven, mit buntem Blumendekor bemalten Schrank.

Beide Möbel strahlten Geschichte aus, bestimmt Erbstücke der Eltern oder Großeltern der Nagyi.

Die Räume empfingen die Gäste trotz der Hitze draußen angenehm temperiert.

Das Wohnzimmer gemütlich, auch mit alten Schränken, Tisch und Stühlen, vielleicht aus der Zeit um 1900. So wie Peter es auch von seinen Großeltern kannte.

An den Wänden viele alte Familienfotos. Nach den Motiven zu urteilen, vorwiegend aus ihrer Kindheit von ihren und ihres Mannes Eltern.

Ergänzt durch Fotos von der Familie des Sohnes und eines von der Kathedrale in Kalocsa.

»Darf ich mir die Bilder einmal ansehen?«, fragte Peter Maria. Sie sprach kurz mit der Nagyi und sagte:

»Gern, doch zuerst wollen wir essen. Nagyi hat ungarischen Gulasch mit Nockerln zubereitet.

Dieses Gulasch ist nach dem Rezept ihrer Mutter. Dir zuliebe nur mit Schweinefleisch.

Als Nachtisch gibt es noch etwas ganz Leckeres, Rétes, einen Strudel. Nagyi hat alles selbst gekocht und gebacken. Auch in ihrem Alter ist sie noch ein Koch- und Backwunder.« Dabei lachte sie.

Sie setzten sich an den Tisch mit den alten, rustikalen, aber gut gepolsterten Stühlen.

Das wunderschöne Porzellanservice auf einer weißen, am Rand mit Blumenmuster bestickten Tischdecke, war schon ein Augenschmaus.

So etwas kannte Peter nur aus Schlossbesichtigungen. Alles extra für Peters Besuch.

»Die Teller und Schüsseln haben ja ein farbenprächtiges graziles Dekor. Herrlich filigran sehen die Blumen und deren Blüten aus. Ich liebe gutes Porzellan.«

»Du kannst stolz sein«, antwortete Maria. »Dieses Geschirr nimmt Nagyi nur zu sehr außergewöhnlichen Anlässen aus dem Schrank.

Es ist das Porzellan, einschließlich der Figur, dass sie als Hochzeitsgeschenk von ihren und den Schwiegereltern erhalten hat. Es wurde in der ältesten ungarischen Porzellanmanufaktur in Herend hergestellt. Vieles ist Handarbeit.

Auch die Figur, die ein Hochzeitspaar darstellen soll, ist schon sehr alt. Ein befreundeter Porzellankünstler vom Ort hat ihr die Kalocsa Tracht angezogen.«

Peter staunte.

»Ich bin sprachlos. Auch meine Eltern besitzen ein schönes Service, das sie zur Hochzeit erhalten haben. Das steht auch mehr im Wohnzimmerschrank und es darf niemand anfassen außer ihnen.

Es soll ja nichts kaputtgehen. Man ist froh, dass man es durch die Kriegswirren gerettet hat.

Die Tracht der Porzellanfigur sieht prachtvoll aus. Ein richtig kleines Kunstwerk.«

Die Nagyi faltete kurz die Hände, senkte den Kopf, Stille kehrte kurzzeitig am Tisch ein. Maria und ihr Vater taten es ihr gleich. Man betete. Dann bekreuzigten sie sich.

»Die Nagyi ist sehr gläubig. Bei uns ist es nicht mehr so üblich, wie du bemerkt hast«, flüsterte Maria ihm zu.

Nach einer Tomatensuppe ließ Peter sich zunächst nur wenig vom Hauptgericht auf den Teller geben.

Er ist vorsichtig geworden, was das Essen betrifft. Schon nach den ersten Probieren lobte er die Kochkunst der Oma, da das Essen ihm sehr gut schmeckte.

»Vorzüglich«, sagte er zur Nagyi gerichtet. »Auch die Nockerln dazu. Einfach lecker.«

Ihn störte nicht die größere Schärfe der Soße durch die Gewürze und den Paprika. Schnell hatte er aufgegessen und ließ sich nochmals den Teller füllen.

»Die Nagyi freut sich, dass es dir offensichtlich schmeckt«, bemerkte Maria.

»Ich sagte es ja schon. Das kannst du ihr gern nochmals bestätigen. Einfach lecker!«, antwortete Peter.

»Die geschmorte Paprika und auch die Nockerln sind für mich zwar neu, aber passen gut zu dem Gulasch. Sag ihr, dass ich so ein vorzügliches Gulasch noch nicht gegessen habe. Danke dafür.«

»Sieh an«, ließ sich Marias Vater lachend hören, »jetzt wissen wir, womit man Peters Magen erfreuen kann.«

Maria war inzwischen in die Küche gegangen und kam mit einem großen Teller voll mit Strudel zurück. Inzwischen erhielt der Sohn einen Espresso von seiner Mutter.

»Dieses Gebäck heißt Rétes und ist ein Mohnstrudel. Er wird sehr oft als Nachspeise in Ungarn serviert. Komm, ich lege dir etwas auf den Teller. Gern kannst du dir weitere Stücke nehmen.«

Peter beäugte das Stück und kostete. Zu Hause aß er gern Mohnkuchen. Auch dieser Strudel traf seinen Geschmack, nussig und süß.

Er ließ sich nicht lange bitten und nahm noch ein Stück. Die Nagyi freute sich über seinen Appetit.

Leider verstand er kaum etwas von der Unterhaltung, wenn man ihm auch vieles übersetzte.

»Komm, Peter, lassen wir den Papa mit seiner Mutter allein und gehen in den Garten.«

»Maria, ich wollte mir doch die schönen Fotos an der Wand ansehen. Es sind viele alte Fotografien dabei, die ich so gern mag. Sieh einmal hier, das sind bestimmt deine Urgroßeltern.

Wie festlich man sich kleidete, wenn es zum Fotografen ging. Die Aufnahme ist bestimmt schon von vor 1900.«

»Ja, das kann sein. Ich muss fragen.«

Und schon verschwand sie Richtung Küche, um die Oma zu fragen.

Sie kam mit der Nagyi zurück und übersetzte.

»Du hast recht, Peter, es sind ihre Eltern und daneben die Eltern meines Opa. In der Mitte, in dem ovalen Rahmen, ist ihr Hochzeitsbild.«

»Sehr festlich. Das muss ja ein tolles Brautkleid gewesen sein. Bestimmt sehr reich bestickt, wie man auf dem leider stark vergilbten Foto noch erkennen kann.«

Maria übersetzte. Die Augen der alten Frau begannen zu leuchten.

Bestimmt wurden Erinnerungen wach. Leider ist ihr Mann viel zu früh an den Folgen einer schweren Krankheit gestorben.

»Der liebe Gott hat uns nur wenige, aber sehr glückliche gemeinsame Jahre zugestanden.

Zum Glück schenkte er uns unseren Sohn, deinen Papa, der schon viel in seinem Leben erreicht hat.

Traurig, dass sein Vater dies nicht erleben konnte. Eine schwere Zeit liegt hinter uns, aber der Herr oben im Himmel hat uns beigestanden.«

Sie zeigte auf ein Foto neben dem Hochzeitsbild.

»Dies ist eines der wenigen Fotos unserer kleinen Familie. Da war dein Papa, Maria, zehn Jahre alt.«

Die Nagyi fasste Maria und Peter an den Händen und führte diese in den Flur zu der großen bemalten Truhe.

Mit einem Schlüssel, den sie aus der Schürzentasche

zog, öffnete sie diese. Maria übersetzte alles für Peter.

»Dies ist neben meinem Sohn mein größter Schatz – die Erinnerung an den schönsten und wichtigsten Tag in meinem Leben. Es ist mein Hochzeitskleid und alles, was ich zur Trauung getragen habe.

In Kalozsa heiratete man früher oft in Tracht. Dein Opa«, sie sah Maria traurig an, »hatte keinen Trachtenanzug. Seine Eltern konnten ihm diesen nicht kaufen.

Mit seinem Ersparten und einem Zuschuss der Eltern sowie einen kleinen Kredit kaufte er sich einen schwarzen Anzug mit schneeweißem Hemd.

Damit stand ein sehr adretter Mann an meiner Seite vor dem Traualtar. Wir waren verliebt und er der beste Mann für mich. Es gab nie ein böses Wort.

Natürlich auch die eine oder andere Meinungsverschiedenheit, doch diese wurde immer mit der nötigen Achtung zum Partner ausgetragen.«

Der Blick wurde traurig und hellte sich erst wieder auf, als sie ein Paket, in ein schweres helles Leinentuch eingewickelt, aus der Truhe nahm.

Maria nahm es ihr ab. Sie bemerkte, dass es der Nagyi schwerfiel es zu tragen. Im Schlafzimmer legten sie das Paket auf das Bett.

In dem Zimmer fühlte man sich in die Zeit des Beginns des Jahrhunderts versetzt.

Das große ovale Bild über den Betten zeigte als Motiv Engel und Feen auf einer Waldwiese, die einen Reigen tanzten.

Über der Kommode hing dagegen ein Bild in einem alten goldfarbenen Rahmen, dass die Heilige Familie thematisierte, daneben ein Kruzifix.

Die Schränke und Kommode aus massivem Holz stammten bestimmt aus der Werkstatt vom ortsansässigen Möbeltischler. Peter beeindruckte diese alte Einrichtung, da sie kaum in den letzten Jahrzehnten verändert oder ergänzt wurde. Maria bemerkte sein Interesse.

»Die Nagyi hat seit dem Tod ihres Mannes nichts verändert. Deshalb fühlt man sich beim Betreten des Hauses in eine längst vergangene Zeit versetzt.«

»Ja, erstaunlich wie einfach und doch so praktisch die Menschen sich früher mit den wenigen Mitteln, die sie hatten, ihre Wohnung gestalteten.

Das Schlafzimmer meiner Großeltern schmückte auch ein ähnliches Engelsbild, nur in einem rechteckigen vergoldeten Rahmen.

Die Möbel stammen bei ihnen jedoch aus den Dreißigerjahren, als sie in das neu gebaute Haus einzogen.«

Inzwischen entnahm die Nagyi nach Entfernen der Tücher ein Paket, das sich in einem weißen bestickten Tuch befand.

Langsam nahm sie das Tuch ab und es kam ein wunderschönes mit vielen Blumen und Ornamenten besticktes Kleid mit Schürze zum Vorschein.

Der Rock, die kurzen Ärmel und der Kragen, alles mit Spitze besetzt.

Dazu eine Schürze und eine Haube. Peter staunte. So etwas hat er noch nicht gesehen.

Ähnliches kannte er höchstens von Ansichtskarten, meist vom Spreewald oder der Lausitz.

Die Nagyi nahm das Kleid vorsichtig heraus und hielt es an den Händen hoch. Fühlbar ihr Stolz auf das Kleid.

»Ja, das Alter, ich bin kleiner geworden«, sagte sie entschuldigend.

»Die harte Arbeit in der Landwirtschaft und manch Krankheit im Alter beugte den Rücken.«

»Sehr elegant das Kleid. Du musst eine hübsche Braut

gewesen sein«, schmeichelte Peter. »Maria, ich glaube, das Kleid könnte dir passen.«

Maria erschrak, errötete leicht und übersetzte alles ihrer Nagyi. Diese lachte.

»Maria hat noch etwas Zeit. Sie ist noch nicht siebzehn und will studieren. Ich würde mich freuen, Maria, wenn du es anziehst, damit Peter sieht, mit welch festlichem Hochzeitskleid ich mit meinem Mann István, deinem Opa, vor den Traualtar getreten bin.«

Marias Papa hatte inzwischen den Tisch abgeräumt und kam ungläubig hinzu.

»Was macht ihr hier? Das heiligste Kleid meiner Mutter hier auf dem Bett. Mutter es ist doch kein Hochzeitstag?«

»Ich wollte es Peter zeigen. Er freut sich so darüber, denn Maria hatte ihm ja eine Puppe mit der Volkstracht von Kalozsa geschenkt.

Jetzt erlebst du etwas Einmaliges. Deine Tochter, meine Enkelin, wird jetzt das Kleid anziehen. Peter meint, dass es ihr passen sollte.«

Ungläubig schaute er zuerst seine Mutter und dann Maria an.

»Das gibt es doch nicht. Nicht einmal deine Mutter Piroska durfte das Kleid in den fast zwanzig Jahren, wo wir verheiratet sind, anziehen. Nur zwei Mal hat deine Mutter das Kleid, glaube ich, gesehen.«

Er schüttelte seinen Kopf und schien die Welt, aber vor allem seine Mutter, nicht zu verstehen.

»Maria, hier nimm das Kleid und zieh dich im Schlafzimmer um. Peter soll sehen, was für eine schöne Braut ich war«, forderte sie nochmals die schüchtern und fassungslos neben der Nagyi stehende Enkelin auf.

Maria wusste nicht, was sie sagen sollte. Ihr Vater zog

erstaunt die Augenbrauen hoch, schüttelte immer wieder den Kopf und sah seine Mutter erstaunt an.

»Na, geh schon. Oder hast du mich nicht verstanden?«, forderte die Nagyi nochmals Maria auf. Maria merkte, diese Aussage duldete keinen Widerspruch.

»Bitte zieh das Kleid an. Ich helfe dir. Die Männer gehen in die Stube und werden staunen, wie verwandelt du ihnen bald gegenüberstehst.«

Ihr Sohn, immer noch sprachlos und überrascht, sah sie irritiert an.

»Mutter, das Kleid habe ich ja noch nicht einmal angezogen gesehen. Wie kommst du zu dieser Entscheidung?«

»Nun, ja. Bald wirst du es sehen. Maria hat etwa meine Figur von damals und jetzt habe ich entschieden, dass nach über fünfzig Jahren deine Tochter das Kleid, meinen Familienschatz, anziehen darf.

Ich möchte mich jetzt erinnern an eine wunderschöne Zeit mit deinem Vater, die ich mit ihm nach der Hochzeit erleben durfte.«

Sie blickte streng auf ihren Sohn, der sie scheinbar nicht verstehen wollte.

Doch schon ergänzte sie mit einem schelmischen Lachen:

»Du bist übrigens ein Wunschkind und unser größter Schatz.«

Ihr Sohn schaute seine Mutter ungläubig an und traute seinen Augen und Ohren nicht.

Er erkannte seine Mutter nicht wieder – so offen gegenüber Fremden. Dazu noch so entscheidungsfreudig. Sprachlos verfolgte er das Geschehen.

»Komm Peter, lassen wir die Frauen einen Moment allein.« Er schüttelte immer wieder seinen Kopf.

Nach wenigen Minuten trat Maria ins Zimmer. Das Kleid zugegeben etwas weit, aber sonst passte es.

Maria, etwas verlegen, aber das Gesicht strahlend stand das Kleid wunderbar. Sie raffte den Rock etwas hoch und lief zum großen Spiegel im Kleiderschrank.

Überrascht betrachtete sie ihr Spiegelbild. Sie sah wirklich wunderschön in dem Kleid aus. Die Männer und die Oma haben nicht übertrieben.

Lange sah sie sich an, drehte sich, fühlte sich wohl als Model. Eine Rolle, in die sie der Nagyi zuliebe schlüpfen musste. Ein weißes, mit Spitzen und gestickten Ornamenten versehenes Kleid, die Schürze reich mit farbigen Blumenmustern bestickt.

Die Haube schmückte ihren Kopf. Ihr jugendliches Lächeln verstärkte noch den Gesamteindruck.

Peter staunte. Wie Kleider einen Menschen und seine Ausstrahlung verändern können.

Dem Vater sah man die Rührung beim Anblick der Tochter an. Er schämte sich nicht, als einige Tränen über die Wange liefen.

»Maria, du siehst fantastisch mit dem bezaubernden Kleid aus. Sag deiner Nagyi, dass sie eine wunderschöne Braut gewesen war. Es ist eigentlich schade, dass dieses Kleid so lange in der Truhe lag. Es ist eine große Ehre für mich, dies zu sehen.«

Marias Vater übersetzte die Worte Peters seiner Mutter, deren Gesicht vor Freude strahlte. Aber auch er war überrascht, wie emotionell und feierlich das Kleid auf alle wirkte.

Selbst er spürte, dass er immer mehr dem Weinen näherkam – vor Glück, seine Tochter und seine Mutter so zu sehen.

»Nagyi, dass ich das noch erlebe. Wundervoll siehst

du mit dem Kleid aus, Maria. Nagyi, du willst doch nicht etwa Maria verkuppeln«, lenkte er von diesem feierlichen, ihn innerlich aufrührenden Moment ab.

Es fiel Peter auf, dass Marias Papa wieder sein Leben in Frage stellte. Oder war es nur eine Floskel, so dahingesagt? Alles nur diesem außergewöhnlichen, nicht vorhersehbarem einzigartigen Ereignis geschuldet?

Bereits auf dem Weinberg erzählte er Peter von seinen Gedanken zum Leben, dass der Mensch den Aufenthalt auf der Erde nicht selbst bestimmen kann.

Doch Peter wurde von seinen Gedanken abgelenkt, denn Herr Szabó führte seine Überlegungen zu der Anprobe des Hochzeitskleides fort.

»Maria ist noch nicht siebzehn und hat noch viel zu lernen.« Seine Tochter und Peter erröteten.

Plötzlich stürzte der Vater lachend aus dem Zimmer und alle sahen sich verdutzt an. Mit dem Fotoapparat in der Hand kam er umgehend zurück.

»Diesen historischen Moment müssen wir festhalten. Wenn wir dies Piroska erzählen, glaubt sie dies uns nicht. Die Fotos werden sie überzeugen.«

Sprach es und schon begann er zu fotografieren. Einmal Maria mit der Nagyi, dann mit Peter.

Peter fotografierte dann alle drei Generationen der Familie Szabó sowie Maria mit ihrem Vater und dann mit ihrer Oma.

»Dieser Tag ist einmalig. Er wird allen in Erinnerung bleiben. Ich kann es nicht fassen«, hörte man den Vater sagen, ehe die Nagyi sich an Maria und ihren Sohn wandte:

»Maria, ich sage das heute, weil ich den Zeitpunkt für richtig halte. Wir sind alle überwältigt von diesem Ereignis, was nicht einmal ich voraussehen konnte. Dieses

Kleid wirst du von mir erben, wie auch unsere Hochzeitsgeschenke und Fotos. Da weiß ich alles in guten Händen und das Kleid wird dir in einigen Jahren richtig passen. Halte alles in Ehren.«

Sie ließ den Glückstränen ihren Lauf, umarmte Maria und ihren Sohn.

Die Atmosphäre hatte etwas Feierliches, einmaliges, gefühlvolles, vielleicht sogar etwas Mystisches, was auch Peter spürte.

Maria und ihr Vater konnten die Tränen nicht unterdrücken.

»Das Kleid ist wunderschön. Doch du musst uns noch lange erhalten bleiben, Nagyi.« Und wieder umarmte sie ihre Großmutter.

Maria betrachtete sich immer wieder in dem großen Spiegel. Sie genoss diesen Augenblick.

Sie stellte sich vor, wie aufgeregt die Nagyi als Braut gewesen ist, als sie von der Mutter und den Freundinnen ankleidet wurde.

Peter hat nicht übertrieben, das Kleid passte gut zu ihr. Sie kam sich vor wie Kaiserin Sissi in den gleichnamigen Filmen. Die Freundinnen und die Mama werden staunen, wenn sie die Fotos sehen werden.

Und wieder umarmte sie Nagyi:

»Danke für diesen außergewöhnlichen Moment, den du uns mit deiner Erinnerung an deinen Schatz István geschenkt hast.

Danke für dein Vertrauen, dass du das Kleid und die anderen Sachen irgendwann mir schenken willst. Ich werde alles gut aufbewahren.«

Nun weinten beide, die Nagyi und Maria. Es waren Tränen der Freude und des Glücks.

»So, es wird Zeit, dass wir langsam den Aufbruch

planen«, hörte man Marias Papa mahnen.

»Maria, zieh das Kleid wieder vorsichtig aus. Die Nagyi wird dir helfen und lege es zusammen.

Das Kleid wird wohl wieder einige Jahre in der Truhe ruhen und nicht so schnell das Tageslicht erblicken.

Ich bin immer noch überwältigt von dem, was ich heute erlebte. Peter, du bist ein Glücksbringer für uns.

Du und Maria, ihr habt das Herz meiner Mutter geöffnet und ihr eine große Freude bereitet.«

Peter wurde leicht verlegen. Er mochte es nicht, wenn er gelobt wurde. Er freute sich jedoch, dass offensichtlich der gemeinsame Besuch für Nagyi, ihren Sohn und die Enkelin zu einem besonderen emotionalen Ereignis wurde.

Nachdem das Kleid wieder seinen Platz in der Truhe eingenommen hatte, rief Maria Peter zu:

»Komm, wir gehen in den Garten. Nagyi bewirtschaftet einen richtigen Bauerngarten, der alles enthält, was man so im Laufe des Jahres in der Küche benötigt.«

Sie verließen das gastfreundliche Haus, gingen in den Garten, noch beeindruckt von dem gefühlsbetonten Erlebnis.

Den Vorgarten bestimmten Staudenbeete, zwei Rosenstöcke und einige Blütensträucher. Hinter dem Haus befand sich eine gemütliche Sitzecke.

An einer Art Pergola, die die Terrasse an den Seiten und oben vor Wind und Sonne schützte, haben sich die Ranken mehrerer Weinstöcke breitgemacht.

Schon sah man die Ansätze der Weintrauben herunterhängen und nur wenige Sonnenstrahlen durchbrachen das dichte Blätterdach.

Der Duft eines Jasmins und von Lavendel, gemischt mit Düften der Kräuter aus dem nahen Küchenbeet, wie

Maria es nannte, strömte in ihre Nasen.

»Hier ist der Küchengarten mit den Kräutern, etwas Kohl, Kohlrabi, Gurken, Paprika, Tomaten und weiteren Gemüse, auf das man bei der Speisenzubereitung nicht verzichten kann. Dort, weiter hinten, befindet sich das Melonenbeet und auch eine Kürbispflanze. Die Früchte sind schon recht groß.

Dann beginnt schon die Wiese mit den Obstbäumen. Meist Äpfel, Pflaumen, Pfirsiche, Aprikosen, Mandeln und an der Grundstücksgrenze Beerensträucher, einige Weinstöcke und Himbeeren.«

»Das ist ja kein Garten, sondern eine Plantage. Das sind bestimmt zwei Hektar Land. Sieh, Rasenmäher hat deine Oma auch angestellt«, bemerkte Peter und zeigte lachend auf sechs Schafe, die gemütlich grasten.

»Nagyi kann schon länger das alles nicht mehr bewirtschaften. Deshalb beauftragte sie einen Nachbarn, sich um den Garten zu kümmern.

Er ist quasi der Gärtner. Ihm gehören die Schafe Er nutzt das Gras, darf die Bäume ernten und gibt dafür einen Teil der Oma ab.

So ist beiden geholfen. Der Nachbar ist sehr vertrauenswürdig und unterstützt auch sonst die Nagyi.«

»Das ist eine gute Sache. Sie hat eine Hilfe und ihr habt ein gutes Gefühl, dass sie Unterstützung bekommt, wenn sie diese benötigt.

Bei der Größe des Grundstücks kann man sich gut vorstellen, dass früher Landwirtschaft und Gartenbau die einzige Erwerbsgrundlage deiner Großeltern und Urgroßeltern gewesen waren.«

Peter ging plötzlich um die Ecke der Pergola.

»Maria, sieh einmal die alten Ackergeräte. Diese sind bestimmt noch aus dem vorigen Jahrhundert.

Daran kann man sehen, welch schwere Arbeit die Bearbeitung des Bodens war. Hier, dieser Pflug wurde wahrscheinlich vom Mann gezogen und hinten drückte die Frau die Schar in den Ackerboden. Oder umgekehrt. Solche Pflüge benutzte man früher, wenn ein Zugtier fehlte.

Da hat deine Nagyi recht, dass es schwere Arbeiten waren, die nicht nur den Rücken dauerhaft schadeten.«

»Für meine Großeltern war dieser Acker lange Zeit die wichtigste Erwerbsquelle und musste das Überleben der Familie sichern.

Auch als mein Opa eine Stelle bei der Behörde erhielt und damit regelmäßig Geld in die Haushaltskasse kam, konnten sie auf die Landwirtschaft nicht verzichten.

Man sparte fleißig, um den Schulbesuch und das Studium meines Vaters finanzieren zu können.

Sehr schwer war es für Nagyi, als sie später allein für den Lebensunterhalt sorgen musste.

Auch Oma erlebte zwei Kriege mit allen Leid, das diese auch in ihre Familie brachten.

Sie ist sehr stolz auf ihren Sohn, auch wenn er nur weit weg von zu Hause nach dem Studium eine Stelle erhielt.

Mein Papa fährt auch an manchen freien Tag allein zu ihr. Es ist schwer für ihn, alles unter einen Hut zu bekommen, da er am Wochenende oft Dienst hat. Wir müssen dagegen in der Woche in die Schule und können nicht mit.«

Im Gespräch vertieft gelangten sie wieder zum Haus, wo sie bereits erwartet wurden.

»Ein schönes, aber auch sehr großes Grundstück ist das. Es erfordert viel Arbeit. Meine Eltern bewirtschaften nur einen kleinen Garten zur Pacht. Der Küchengarten, wie Maria sich ausdrückte, verlangt viel Pflege«, bemerkte Peter zu den beiden Wartenden gewandt.

»Da hast du recht, Peter«, antwortete Marias Papa, »doch die Nagyi lässt es sich nicht nehmen alles allein zu bearbeiten. Sogar Einkochen tut sie die Früchte und kocht leckere Konfitüre.

Am liebsten mag ich aber den Pfirsichschnaps, den ihr Nachbar im Keller brennt. Ich lass mich deshalb gern von ihm zum Verkosten und zu einem Gespräch unter Männern einladen.«

Lachend wandte er sich an seine Mutter:

»Jetzt müssen wir uns leider von dir verabschieden. Es ist später als geplant geworden.

Dieser Besuch wird in die Familiengeschichte eingehen. Ein denkwürdiger Tag für uns alle. Danke für alles.«

»Auch ich möchte mich herzlich für das gute Essen und die große Freundlichkeit bedanken. Es ist wirklich ein bezauberndes Brautkleid, das du getragen hast.

Es war für mich ein tolles Erlebnis, dass ich das Haus und die Fotos ansehen konnte. Ich erhielt damit einen Einblick, wie früher die einfachen Menschen auf dem Land lebten.

Danke für deine Mühe. Ich wünsche dir viel Gesundheit und ein langes Leben. Auf Wiedersehen.«

Er gab ihr die Hand, doch sie wollte Peter umarmen, wie es in Ungarn beim Abschied üblich ist. Peter fühlte, er befand sich unter Freunden, war in die Familie aufgenommen.

Mit einem letzten Winken setzten sie sich ins Auto und fuhren Richtung Donau.

»Wir kennen an der Donau eine kleine Badebucht mit einem Picknick-Platz. Also paar Bänke und Tische und wer will, kann dort auch ein Feuer anzünden.

Dass man an so einem Platz gemütlich sitzen und auch

etwas braten kann, hast du ja auf unserer kleinen Bergwanderung zum Balaton-Blick erlebt.«

Marias Papa schien mit sich zufrieden, denn er stimmte ein Lied beim Fahren an.

Diesmal saß Peter auf dem Beifahrersitz, damit er mehr von der Landschaft sieht, wie Maria es beim Papa begründete.

Sie fuhren wieder durch eine ebene landwirtschaftlich geprägte Gegend und kamen bald zur Donau. Ein unbefestigter Weg führte zur Badestelle.

Sie stiegen aus, nahmen die Badesachen, den von der Oma mitgegebenen Mohnstrudel und Getränke mit hinauf zu dem rustikalen Holztisch mit den Bänken.

Da sich dieser auf dem Deich befand, kam Peter in der Hitze mit den Taschen ins Schnaufen. Er hatte als Kavalier die schwersten Taschen genommen.

Peter schaute über die Donau, die sich vor ihnen weit ausbreitete.

Lastkähne durchpflügten das Wasser des Flusses. Interessant für Peter die Herkunftsländer der Schiffseigner zu erraten. Unweit warteten Fischreiher auf Beute.

Die Bucht, nur etwa 50 m frei von Schilf, und auf dem Damm eine mit Gras bewachsene Liegefläche.

Maria begann die Taschen auszupacken. Peter und Marias Vater setzten sich an den Nachbartisch, um sie nicht dabei zu hindern.

»Komm, Peter, unterhalten wir uns ein wenig über Dinge, worüber ich sonst kaum spreche. Doch viele Gedanken beschäftigen mich dazu.«

Beide setzten sich so, dass sie gut die Schiffe auf dem Fluss beobachten konnten.

»Wie stehst du zum Leben auf unserer Erde, zu der interessanten Frage, wie diese und deren Bewohner entstanden sind. Dieses ›woher und wohin‹ ist ein interessantes Problem.

Als Arzt und Mensch werde ich täglich mit Leben und Tod, den Grenzen der medizinischen Forschung, konfrontiert. In meinem Zimmer zu Hause sitze ich oft mit meinen alten und neuen Büchern und grübele.

Manchmal bin ich verzagt und traurig, weil ich Patienten nicht helfen konnte, fühle mich schuldig, obwohl ich alle Möglichkeiten ausschöpfte, auch Rat von Experten einholte.

Leider muss auch ein Mediziner seine Grenzen anerkennen, ob er will oder nicht. Er ist kein Herrscher über Leben und Tod.

Wer bestimmt über die Zeit, die ein Mensch leben darf? Viele sagen, dass ist das Schicksal.

Ähnlich verhält es sich mit unserer Erde. Doch hier gehen wir zu sorglos mit den Ressourcen der Natur um. Diese zählt kaum mehr, wenn es um den Fetisch Fortschritt, schnelles Geld und Machtausübung geht.«

Da war sie wieder. Die Frage, wer darüber entscheidet, wie lange ein Mensch leben darf.

Beruhte die Frage auf seinen Arztberuf oder gab es andere Gründe oder Erfahrungen, die immer wieder zu diesen Überlegungen führen?

Doch Peter beachtete es nicht weiter, ging aber auf diese interessante Fragestellung ein.

»Ich lese viel über Natur und Wissenschaft. In der Schule haben wir oft über die Theorien zur Entstehung unserer Erde und der Entstehung des Lebens gestritten.

Es ist faszinierend darüber zu diskutieren, banal gesagt, woher wir kommen. Ein plausibles Ergebnis dazu gab es bisher nie. Nur Erklärungsversuche.

Oder als normaler Mensch versteht man es nicht.

Auch die Frage, ob es ein Leben nach dem Tod gibt, ist derzeit nicht zu beantworten. Und wenn ein Mensch etwas nicht weiß, beginnt er an irgendeine Möglichkeit zu glauben. Das ist die Chance für Religionen und Sekten.

Ich versuche, mich an das zu halten, was wissenschaftlich erforscht, bewiesen ist, wenn ich etwas nicht verstehe. Das schließt aber nicht aus, dass man an etwas glauben kann und sollte.«

Herr Szabó hörte aufmerksam zu. Es beeindruckte ihn, dass junge Leute sich mit solchen Themen auseinandersetzen.

»Das Leben ist ein Kommen und ein Gehen. Mancher kann länger bleiben, andere müssen eher aus dem Leben scheiden.

Wer darüber bestimmt, darüber grübeln die Philosophen und andere Wissenschaftler seit die Menschheit existiert.

Du hast recht, dass in deren Ergebnis u. a. viele Religionen und Theorien entstanden. Alle vereint oft, dass ein Schöpfer die Welt erschaffen hat und über deren Wohl und Wehe entscheidet. Auch über das Leben.

Das ist das Dilemma des Menschen. Wenn er etwas nicht begreift, dann ersetzt er Fakten bzw. Wissen durch Glauben an etwas, was er meint, dass es so richtig ist.

Doch wer hat recht? Ich bin Katholik, du bist evangelischer Religion, andere haben sich von jeglicher Religion losgesagt und sind Atheisten.

Sie vertrauen weitgehend nur dem, was die Wissenschaft an Erkenntnissen hervorgebracht hat. Sie gehen von einem Urknall aus, also das die Erde quasi aus dem Nichts entstanden ist. Doch was ist das ›Nichts‹?

All das ist für normale Menschen nicht zu verstehen, noch weniger vorstellbar. Für die Medizin ist der Glaube oder der unbedingte Wille zum Lebenserhalt der Menschen wichtig. Wir sprachen darüber im Weinkeller.

Dieses Gottvertrauen unterstützt den Heilungsprozess, wenn der Patient fest daran glaubt, seine Krankheit zu überwinden. Hilft aber auch dem Arzt, dass er die richtigen Maßnahmen zur Behandlung ergreift.

In dem Fall, dass der Patient an seine Gesundung glaubt, ist der Glaube ein wichtiger Helfer des Arztes, sozusagen ein Heilmittel, über das nur der Patient verfügt.«

Peter hörte aufmerksam zu. Er schwieg kurze Zeit und dachte über die Worte von Marias Vater nach. Wie recht er hat.

»Glauben in diesem Sinn sehe ich auch als sehr wichtig an. Wer an sich, an seine Kraft und Kreativität, egal wie man diese definiert, glaubt, erreicht seine Ziele.

Egal wie tief er einmal fällt, er steht wieder auf, geht seinen Weg weiter. Auch im Heilungsprozess durchschreitet der Mensch Höhen und Tiefen, gibt es Hoffen und Bangen.

In diesem Fall erfährt der Kranke die Unterstützung bei der Heilung durch die Medikamente, die Ärzte, das Pflegepersonal.

Trotzdem benötigt er aber einen starken Willen, um das zu realisieren, woran er glaubt, die Überwindung seiner Krankheit.

Ich denke, in der Medizin spricht man bei diesen nicht wissenschaftlich begründbaren Heilerfolgen von der Aktivierung der Selbstheilungskräfte.

Ich wurde oft schon als Kind damit konfrontiert, wie ich schon erzählte, da nach einem Unfall die Ärzte meinem Vater Null-Chancen für sein Leben eingeräumt hatten. Trotzdem ist er dem Tod mehrfach entkommen.«

»Was soll ich dazu sagen. Auch die Ärzte sind nicht davor gefeit, dass Diagnosen nicht eintreffen. Die Geschichte des Überlebens deines Vaters zeigt die Grenzen, aber auch die Möglichkeiten der Medizin, wenn der Patient seine Selbstheilungskräfte durch festen Willen und den Glauben an sich maximal aktiviert. Er ist ins Leben zurückgekehrt.«

»So wird es sein. Trotzdem ist es für mich nicht verständlich, dass gerade die Wissenschaftler, die die Wahrheit über die Ursachen der Entstehung der Erde, den damit verbundenen Prozessen und Entwicklungen suchen, in der Medizin den Auslösern von Krankheiten und deren Heilung auf der Spur sind, meist auch einer Religion angehören«, erwiderte Peter.

»Dies ist nicht negativ gemeint, sondern ich wundere mich deshalb, weil man annehmen muss, dass sie damit einen Gott als Schöpfer unserer Erde sehen, der über deren Wohl und Wehe bestimmt«, fuhr er fort.

»Das ist deshalb so, weil die neuen Erkenntnisse immer wieder neue Fragen nach dem ›warum oder weshalb‹ aufwerfen.

Oft meint man der endgültigen Wahrheit näher gekommen zu sein, doch immer ist es nur ein mehr oder weniger großer Schritt. In der Medizin ist es noch komplizierter.

Hat man Wege zur Bekämpfung und Auslöschung eines Krankheitserregers gefunden, schon lauert irgendwo eine neue Geisel, ein neuer Virus bzw. Krankheitserreger.

Durch die Reisemöglichkeiten rücken die Länder und Kontinente zusammen. Die Menschen und Tiere bringen neue Erreger nach Europa, neue schwere Krankheiten treten auf. Betrifft aber auch die Gegenrichtung.

Die klimatischen Bedingungen ändern sich unmerklich und stetig. Schaffen auch für diese Erreger neue und bessere Lebensbedingungen. Die pharmazeutische und medizinische Forschung wird sich immer wieder neuen Fragen stellen müssen, um Lösungen zu finden.

Man könnte stundenlang dieses Thema diskutieren. Doch jetzt ist nicht die Zeit dafür, denn ihr wollt ein wenig in der Donau schwimmen.«

»Mich beschäftigen oft solche Gedanken und ich lese sehr oft Texte, wie ich schon erwähnte, in naturwissenschaftlichen Zeitschriften, die sich damit befassen.

Wenn man mich direkt fragen würde, ob ich daran glaube, dass ein Gott als nicht zu definierendes Wesen die Erde erschaffen hat, dann würde ich sagen – nein.

Wenn Gott aber eine Bezeichnung dafür ist, dass irgendwann unsere Erde entstanden ist, wie auch immer, dann ist es zu akzeptieren.

Würde ich es im Sinne der Religionen bejahen, dann müsste ich sagen, dass dieser Gott auch die Kriege, den Hass, die Macht- und Habgier sowie die Ungerechtigkeit zwischen Arm und Reich unter den Menschen zu verantworten hat. Das will ich diesem aber nicht unterstellen.

Ich versuche, nach den Geboten der Religion zu leben, an das Gute im Menschen zu glauben und die Moral als wichtiges Merkmal meines Handelns zu sehen.

Ich weiß, das ist ein blauäugiger Standpunkt, doch ich meine, es ist einen Versuch wert, so zu leben.

An einen solchen Gott zu glauben, der die Menschen nach solchem Handeln beurteilt, sie dazu anhält, das würde ich sofort tun.

Der Handlungsrahmen mit den zehn Geboten könnte die Menschheit zu einem guten Miteinander führen, falls dieser nicht nur auf dem Papier steht und alle sich danach richten würden. Doch schon z. B. die Beichte in der katholischen Kirche hebt die gute Botschaft der Gebote auf.

Andere Religionen kann ich nicht beurteilen, aber das Handeln dieser Glaubensvertreter und die Geschichte zeigen, dass diese nicht besser sind.«

»Bist du Kommunist?«, fragte plötzlich Herr Szabó. »Nein«, antwortete Peter, erstaunt über diese Frage.

»Wie sollte ich? Nur weil ich manche Thesen oder Handlungen der Kirchen anzweifele? Ich hinterfrage eigentlich alles und spreche nicht nach dem Mund, um des Vorteils willen.

Deshalb bin ich manchem unbequem. Ich bin kein Mensch, der sich wider seinen Willen gern anpasst.

Es reicht, wenn ich es mit dem Staat und seinen Behörden tun muss, um nicht negativ aufzufallen, um ohne Repressalien leben zu können.

Wie ich sagte: Sollte Gott diese Welt erschaffen haben, dann hat er einen großen Fehler begangen.

Er setzte nicht auf Liebe, Toleranz und Gleichberechtigung unter den Geschöpfen, sondern etablierte die Welt nach den Grundsätzen wie ›Fressen oder gefressen werden‹. Oder in der Gesellschaft setzte er auf die Kategorien ›Herrscher und Diener, Arme und Reiche‹ u. a.

Religionen und Parteien dienen nur der Machtausübung, auch oft der Ausbeutung und Unterdrückung. Da ist die kommunistischen Partei keine Ausnahme. Deshalb ist dort nicht mein Platz und wird es auch nie sein.«

»Ja, Peter, das sind große Worte und daran ist viel Wahres. Aber es ist nicht zu ändern. Gegen den Strom zu schwimmen ist nur für wenige Geschöpfe gut – z. B. die Lachse.«

Bei diesen Worten lachte er. Er merkte, dass diese

Pointe ihm gelungen war. Auch Peter lächelte.

Er hatte verstanden, was gemeint war. Nur Maria amüsierte sich nicht so recht. Sie hatte ab und zu mitgehört.

Diese politischen und leicht philosophischen Themen mag sie nicht. Oft enden diese Gespräche ohne Ergebnis oder einer ist beleidigt.

»Nun hört aber auf. Es kommt nichts dabei raus. Komm Peter, wir gehen schwimmen. Bleib aber am Rand, denn die Strömung ist bei diesem Wasserstand sehr stark, unberechenbar und gefährlich.

Du hast schon Erfahrungen beim Anbaden im Balaton gesammelt«, versuchte Maria das Gespräch zu beenden.

Andererseits freute sie sich, dass ihr Vater sich gut mit Peter unterhalten konnte. Sie wusste, er mag solche Themen, auch wenn die Ansichten manchmal kontrovers vorgetragen wurden.

Sie staunte darüber, dass Peter trotz seiner Jugend mit Engagement sich solchen Themen stellte.

Sie saßen an einem Picknicktisch mit fantastischer Aussicht auf die Donau. Der Fluss bildete hier eine kleine geschützte Bucht, frei von Schilf.

Feiner Kies am Ufer und etwas erhöht saftige grüne Wiesen auf dem Deich luden die Sonnenanbeter und Badewilligen zum Verweilen ein.

Maria hatte bereits die Badetücher ausgelegt und ihr Vater saß auf der Bank.

Die Sonne meinte es wieder zu gut, über 30 °C verführten auch ihn dazu, sich des Hemdes zu entledigen. Er überlegte, ob auch er sich ins kühle Nass der Donau stürzen sollte.

Zunächst schenkte Maria nochmals die Gläser voll Wasser aus dem mitgebrachten Siphon, um den Durst zu löschen. Die hohe Temperaturen, einhergehend mit einer unangenehmen Schwüle, belasteten den Körper.

»Es war schön, wieder einmal die Oma zu besuchen. Sie hat sich riesig gefreut. Ich hätte nie gedacht, dass sie ihren größten Schatz, das Brautkleid ihrer Hochzeit, auspacken würde. Ein wunderschönes Kleid.«

»Ja, das haben wir Peter zu verdanken«, antwortete Maria ihrem Vater. »Sie hat ihn gleich ins Herz geschlossen. Vor allem freute sie sich, dass du, Peter, das Essen mochtest und es dir offensichtlich gemundet hat.«

»Es schmeckte ja auch alles lecker. Ich bin immer für Kartoffeln und viel Bratensoße zu haben. Fleisch ist unwichtig dabei.

Meine Mutter sagt immer, wie soll ich gute Soße zubereiten ohne Fleisch? Aus der Tüte schmeckt diese doch nicht. Auch dem Nachtisch mit dem Mohnstrudel konnte ich nicht widerstehen.«

»Du bist also ein ›süßer‹ Junge«, neckte Maria Peter. »Genau wie Papa, der isst auch gern Süßes. Er ist ein Palatschinken-Fanatiker.«

»So etwas esse ich auch sehr gern. Bei uns gibt es Ähnliches. Wir nennen es Eierkuchen und essen diesen mit Zucker oder Obstkompott, seltener mit Marmelade«, antwortete Peter.

Inzwischen war Marias Papa hinunter zum Fluss gelaufen und bis zu den Knien ins Wasser gewatet. So konnte er auch etwas Abkühlung spüren.

Er schaute zu, wie die Frachtkähne in der Flussmitte sich von der Strömung flussabwärts treiben ließen.

»Das Wasser ist warm. Ich habe die Badehose mit und werde mich wohl auch etwas erfrischen«, rief er zu den beiden nach oben.

»Wir haben die Badesachen schon an«, rief Maria

ihrem Papa zu. »Haben diese schon zu Hause angezogen«, und liefen den Hang hinunter zum Ufer.

Peter ging diesmal langsam und vorsichtig ins Wasser. Er hatte gelernt. Das Wasser war angenehm, nicht ganz so warm wie im Balaton.

Die Steine störten ihn, denn an den Fußsohlen war er empfindlich. Er tauchte ins Wasser und schwamm ein Stück, konnte aber noch stehen. Er sah sich um.

»Peter, geh nicht so weit. Unweit vom Ufer beginnt schon eine sehr starke Strömung«, rief Maria ihm noch zu, aber da schien diese Peter schon erfasst zu haben.

Verzweifelt versuchte dieser, sich ihr zu widersetzen. Doch er trieb immer weiter ab, war schon 20 m zum Schilf und Richtung Flussmitte getrieben.

Mit aller Kraft kämpfte er mit dem Fluss, um zum Ufer zurück zu schwimmen. Er bemerkte schnell, das ist ein aussichtsloses Unterfangen. In knapp hundert Meter Entfernung kam ein Lastkahn ihm entgegen.

»Lass dich treiben, jedoch weg vom Schiff«, hörte er Marias Vater rufen, der oben auf dem Damm lief.

»Versuche langsam mit der Strömung zum Ufer zu schwimmen. Du musst unbedingt schnell aus der Strömung gelangen.«

Maria ist ängstlich aus dem Wasser gerannt und begleitete den Schwimmer oben am Fluss.

Endlich, nach über 600 m flussabwärts, kam Peter langsam dem Ufer näher. In nur 50 m Entfernung passierte ihn der Lastkahn.

Nach über einem Kilometer Kampf mit der Strömung, die ihn nicht Richtung Ufer schwimmen lassen wollte, erreichte er Ufernähe.

Nur mühsam, immer wieder innehaltend, fand er eine mit wenig Schilf bewachsene Stelle. Mühsam und keuchend erreichte er das Ufer, setzte sich, völlig außer Atem geraten, in das Gras. Man merkte ihm an, dass Angst und Panik in den letzten Minuten seine Begleiter gewesen sind.

Inzwischen erschien auch Maria. Sie lief auf dem Damm entlang und ließ ihn nicht aus den Augen.

»Irgendwie scheint das Baden in Ungarn nicht dein Ding zu sein«, bemerkte sie spöttisch.

»Du solltest auf die Hinweise derer hören, die sich etwas auskennen.«

Andererseits tat Peter ihr leid. Er saß da, wie ein Häufchen Unglück, kraftlos, völlig erschöpft und am ganzen Körper zitternd. Er blickte starr, immer noch keuchend, vor sich hin.

»Hast ja recht. Bin doch nicht weit vom Ufer gewesen«, antwortete er noch keuchend.

»Da ich mich kurz auf dem Rücken drehte, bemerkte ich die Strömung nicht sofort.

Erst als ich mich umdrehte, sah ich es. Doch da hat mich die Strömung schon Richtung Flussmitte getragen.

Meine Versuche der Strömung entgegen und zur Badestelle zurück zu schwimmen, schlugen fehl und kosteten viel Kraft. Der Hinweis deines Vaters kam gerade rechtzeitig.

So konnte ich dem Lastkahn ausweichen und mir diese nicht so stark mit Schilf bewachsene Uferlücke zum Anlanden aussuchen.

Ein Schock für mich war, dass die Strömung mich zur Flussmitte und hin zu den Schiff trug. Ich bin froh, dass ich es geschafft habe. Sorry, wenn ich euch wieder Sorgen bereitet habe.«

»Nicht so schlimm. Ich nehme stark an, dass dies für dich wohl eine neue Lehre sein wird. Komm, wir gehen zum Vater zurück, der wird auf uns warten.«

Langsam lief Peter, immer noch schwer atmend, Grimassen schneidend, neben Maria her.

Er hatte keine Schuhe an und der unangenehme Untergrund, eine stoppelige Wiese und harter Ackerboden, schmerzten furchtbar an den Füßen.

Es schien die Strafe für seine Unvorsichtigkeit zu sein.

»Warte hier, ich hole deine Sandalen. Ich kann deine Schmerzen nachfühlen. Auch ich bin an den Füßen empfindlich.« Und schon rannte Maria davon.

Peter war noch immer außer Atem. Das Schwimmen aus der Strömung heraus hat ihm viel Kraft gekostet. Schnell kam Maria mit den Sandalen in der Hand zurück.

»Ganz lieben Dank, Maria. Du bist sehr besorgt um mich. Ich mache es euch wirklich nicht leicht mit meiner Sorglosigkeit in manchen Situationen.

Doch hier wurde ich überrascht, da ich auf einmal keinen Boden mehr unter den Füßen fand. Da nahm mich die Strömung schon mit.«

Sie liefen langsam zur Badebucht, wo der Vater wartete.

»Na, Abenteurer, gut ans Ufer gelangt«, empfing ihn Marias Vater, »ist ja noch einmal glimpflich ausgegangen. So etwas kann aber auch böse enden.

Ist wieder eine Erfahrung, an die du lange denken wirst. Nun trockne dich erst einmal ab. Viel hat die Sonne auf den Weg hierher schon erledigt.«

Peter entschuldigte sich für seinen Leichtsinn. Er schämte sich.

»Ich habe zu spät bemerkt, dass ich abgetrieben wurde. Der Kraft der Strömung hatte ich nichts entgegenzusetzen. Ins Schilf wollte ich auch nicht. Wie hätte ich da ans Ufer gelangen sollen?«

»Ist vergessen. Kommt zum Tisch, Omas Mohnstrudel wartet und angenehm kühle Getränke. Ich habe deren Kühlung der Donau überlassen.«

Maria half dem Vater beim Auspacken der Taschen und dem Decken des Tisches.

Inzwischen war es später Nachmittag und der Hunger ließ sich nicht verleugnen. Alle langten kräftig zu und sie unterhielten sich eifrig über den Übermorgen geplanten Ausflug nach Budapest.

»Die beiden kleinen Mädchen werden bei der Oma in Veszprém auf uns warten oder die Oma kommt ins Sommerhaus. Man wird sehen.

Mama begleitet uns und wir werden dir einige der Sehenswürdigkeiten von Budapest zeigen.«

»Danke. Ich habe mir schon alles in dem kleinen Bildband und auf den Ansichtskarten, die Maria mir schickte, angesehen. Es scheint eine sehr schöne Stadt mit prunkvollen Bauten zu sein.«

»Für uns ist sie eine der schönsten Städte Europas. Du wirst dir selbst eine Meinung bilden können.«

Geschwind vergingen die Stunden und die Sonne begann schon auf der anderen Seite der Donau zu versinken.

Eine Wolke verdeckte sie jedoch zunehmend, verhinderte so einen Sonnenuntergang mit Abendrot.

Schnell wurde alles zusammengeräumt, in den Taschen und im Auto verstaut. Nach gut einer Stunde Fahrt traf man, schon von Piroska, Anna und Eva sehnsüchtig erwartet, im Sommerhaus ein.

»Morgen werde ich wahrscheinlich euch nicht besuchen können. Doch übermorgen werde ich sehr zeitig zum Abholen hier eintreffen. Ich habe mir auf der Fahrt überlegt, dass es besser ist, wenn die Nagyi im Sommerhaus die Mädchen betreut.

Da freut ihr euch bestimmt, Anna und Eva?«

»Ja. Die Nagyi spielt immer mit uns. Wir würden auch gern mit nach Budapest kommen«, versuchte Anna den Papa noch zu beeinflussen.

»Anna, ich habe doch gesagt, dass wir viel laufen werden. Nicht nur auf der Burg gilt es viele Treppen zu steigen. Da seid ihr noch zu klein. In zwei Monaten fahren wir nochmals. Dann werdet ihr dabei sein«, antwortete ihre Mama.

»Es bleibt so, wie es ist«, antwortete ihr der Papa. »Jetzt essen wir Abendbrot und anschließend spielen Maria und Peter noch mit euch ein Kartenspiel.«

Damit endete der denkwürdige Tag versöhnlich.

Natürlich beherrschte die Unterhaltung zum Abendbrot die nicht geplante Anprobe des Hochzeitskleides bei der Oma in Kalocsa. Piroska wollte es nicht glauben.

»Meine Fotos werden es euch zeigen. Maria sah wunderschön aus. Ich hätte nie gedacht, dass ein solch altes Kleid ohne größere Pflege so gut erhalten geblieben ist. Der Stoff muss aus sehr gutem Material sein.«

»Maria, wie fühltest du dich in dem Kleid?«, fragte ihre Mutter. »Das kann ich nicht eindeutig beantworten. Zunächst wollte ich es nicht anziehen. Dachte daran, dass es vielleicht Jahrzehnte in der Truhe lag – nicht gelüftet, geschweige denn gewaschen.

Es roch deshalb auch etwas streng. Du weißt, ich bin kein Trachtenfan. Doch als ich die Vorfreude der Nagyi sah, überwand ich mich.

Ihr hättet ihren Eifer, ihre Freude beim Anziehen erleben müssen. Es schien, dass sie sich an den Zeitpunkt zurückversetzt sah, als man ihr am Tag der Hochzeit das

Kleid angezogen hat. Sie erzählte mir von ihren Gefühlen zum Opa István, das Glück ihn damals heiraten zu können. Es gab Widerstände, denn er war arm, brachte nicht viel mit in die Ehe.

Doch was für ihn sprach, das waren sein Fleiß und der Drang sich zu bilden. Deshalb schaffte er den Sprung vom Landarbeiter zum kleinen Behördenangestellten.

Nagyi erzählte unter Tränen wie glücklich sie gewesen ist, als sie mit ihrem István die Kirche als Ehepaar verließ.

Für mich fühlte sich die Zeit einerseits wie Geschichtsunterricht im Museum an, andererseits überwältigten mich die Gefühle, da es die Familie meines Papa betraf.

Ich sah plötzlich das Kleid als ein Synonym für die Entscheidung, die eigentlich auch den Beginn meines Lebens betraf. Ist doch Papa ein Ergebnis dieser Ehe.

Auch mir rollten einige Tränen die Wangen herunter, als ich mich angekleidet mit der Haube im Spiegel sah. Erstaunlich, dass ich mir in dem Kleid sogar gefiel.

Plötzlich war die Nagyi verschwunden und ihr werdet es nicht glauben, sie zeigte mir ein Foto von ihr in dem Kleid. Ohne Opa.

Sie meinte, dass dies nach der Hochzeit aufgenommen wurde, da der Schneider das Foto für sich haben wollte. Dieser schien sehr stolz auf das Ergebnis seiner Arbeit gewesen zu sein. Nagyi sah ja auch überwältigend in dem Kleid aus.«

»So ein Foto habe ich noch nie gesehen«, warf erstaunt ihr Vater ein. »Meine Mutter hat also Geheimnisse. Vielleicht habe ich es auch vergessen.

Du wirst auf dem Foto sehen, Maria, auch du hast großartig in dem Kleid ausgesehen. Man sieht das Alter dem Kleid erstaunlicherweise nicht an, was auch deiner

Jugend, meine liebe Tochter, geschuldet ist.

Zusammengefasst: Ein hübsches Mädchen und ein schönes Kleid hatten sich gefunden.«

Peter nickte zustimmend und lächelte Maria etwas verlegen zu.

Wieder errötete Maria und warf einen kurzen Blick auf Peter.

»Papa, nun aber Schluss. Was soll Peter denken. Die Anprobe werde ich wohl in meinem Leben nie vergessen. Bestimmt werde ich das Kleid zu irgendeinem passenden Anlass nochmals anziehen.

Es hat mir gefallen und braucht sich nicht gegenüber den teuren Kleidern in den heutigen modischen Trachten-Boutiquen zu verstecken.

Sehr wichtig für mich war die intensive Begegnung mit der Nagyi, fast wie unter guten Freundinnen. Dies kannte ich bisher nicht von ihr.

Zukünftig werden wir uns ganz anders begegnen. Ich verstehe jetzt auch, weshalb dieses Kleid für sie ein Schatz ist. Alle Erinnerungen an ihre Familie, ihren verstorbenen Mann, an dich Papa, sind damit verbunden.

Es ist ein Symbol für ihr bisheriges langes, oft entbehrungsreiches Leben. Erinnerung an glückliche, aber auch an die schweren Zeiten nach dem Tod ihres Mannes.

Die heutigen Stunden haben mein Innerstes berührt, was ich bisher so nicht kannte.

Ich werde Nagyi wohl zukünftig öfter besuchen, um mich mit ihr zu unterhalten. Ich habe es ihr versprochen.

Leider habe ich das bisher vernachlässigt, denn ich hatte ja eine Oma immer bei mir. Auch über dich, Papa, weiß sie viel zu erzählen.«

Schalkhaft schaute sie ihn an und lachte.

»So ganz einfach bist du als Jugendlicher scheinbar

nicht gewesen. Ich weiß es aus zuverlässiger Quelle.«

»Oh, oh, was für ein Tag. Hat die Mutter über meine nicht immer leichte Erziehung gesprochen?

Was so ein Hochzeitskleid alles auslösen kann. Nun glaubt meine Tochter mir nicht mehr, dass ich immer ein braver und fleißiger Junge gewesen bin.«

Er lachte laut und schlug sich mit den Händen auf die Oberschenkel.

»Verlassen wir das Thema. Es wird Zeit, dass ich nach Hause fahre. Übermorgen früh acht Uhr werde ich mit der Oma kommen.

Wir werden dann alle gemeinsam frühstücken und anschließend fahren wir nach Budapest.«

Er verabschiedete sich und schon hörte man das Auto davonfahren.

10. Kapitel

Es fiel am Morgen schwer aufzustehen, denn heute musste es eine Stunde früher sein. Alle kümmerten sich erst einmal um sich selbst.

Für die Morgenwäsche hatte man eine Reihenfolge festgelegt. Peter durfte sich am Schluss vor den kleinen Mädchen einreihen.

Bereits vor dem allgemeinen Wecken standen Piroska und Maria auf, denn es galt diesmal das Frühstück für sieben Personen vorzubereiten.

Peter erhielt die Aufgabe, das Brot vom Bäcker zu holen. Er tat es gern, denn er ist niemand, der sich nur bedienen lässt. Das hat er im Internat gelernt.

Pünktlich gegen acht Uhr hupte es. Anna und Eva sprangen auf und rannten zum Gartentor.

»Nagyi, Nagyi, schön, dass du uns wieder einmal hier besuchst«, hörte man sie rufen.

Nach der überschwänglichen Begrüßung kamen alle zum Frühstückstisch.

»Seid schon fleißig gewesen. Ich hätte nicht erwartet, dass alles auf dem Tisch steht. Komm Nagyi, setzen wir uns, sonst wird der Kaffee kalt«, hörte man den Vater sagen.

»Ich muss doch erst Peter begrüßen. Junge, du bist doch immer noch so dünn. Habe gehört, dass ihr euch alle gut versteht.

Es freut mich, dass alle sich Mühe geben, sich in Deutsch mit dir zu verständigen. Mir ist aufgefallen, dass Marias Sprachkenntnisse sich durch die tägliche Konversation bedeutend verbessert haben. Und was machen deine Ungarisch-Fortschritte?«, fragte sie lachend Peter.

»Sehr wenig. Den Sinn mancher Unterhaltung verstehe ich ein wenig. Zum Sprechen habe ich unverständlicherweise nicht den Mut.

Zumindest manchen geschriebenen Text kann ich schon verstehen. Ich bin kein Typ, der schnell Sprachen erlernt. Leider.«

»Macht nichts. Dafür kommen deine Gastgeber wieder in Übung. Ich freue mich, dass dein Besuch so reibungslos und harmonisch abläuft. Es wird heute ein schöner und interessanter Tag für dich werden.

Unsere Hauptstadt kann sich sehen lassen. Man soll es nicht glauben, wie schnell der Urlaub vergangen ist. Schon steht die Rückreise vor der Tür!«

Damit setzte auch sie sich an den Tisch. Es ging fröhlich zu. Die Kleinen waren wie aufgezogen. Viel hatten sie der Nagyi zu erzählen.

Piroska mahnte bald zum Aufbruch, nachdem sie bemerkte, dass jeder seinen Teller geleert hatte.

»Lasst alles stehen. Wir drei werden den Tisch abräumen und alles in Ordnung bringen. Macht euch fertig und fahrt los. Es wird ein anstrengender Tag heute«, sagte die Nagyi, begann etwas Obst und belegte Brote einzupacken. »Für den kleinen Hunger.«

Getränke befanden sich bereits in den Taschen, die man in Veszprém im Auto verstaut hatte.

Die vier Ausflügler verabschiedeten sich und schon befanden sie sich auf dem Weg nach Budapest. Peter war aufgeregt und ließ sich von Maria schon über einige Ziele informieren.

Die Fahrt verging schnell und schon passierte man die ersten Vororte Budapests. Der Verkehr nahm zu. Für Peter gewöhnungsbedürftig, denn die Straße besaß teils mehrere Fahrspuren und viel Hupen war zu hören. Es schien so, dass man damit den Verkehr regeln wollte.

Herr Szabó blieb gelassen, doch manchmal schien auch er zu fluchen, wenn ihm wieder einmal urplötzlich die Vorfahrt genommen wurde.

»Ich mag diese undisziplinierten Fahrer nicht. Sie hüpfen von einer Spur in die nächste. Behindern andere, kommen aber nicht wesentlich schneller ans Ziel. Diese ewige Huperei geht auch mir auf die Nerven.«

Verständlich die Reaktion, denn er fuhr ruhig, um nicht bedächtig zu sagen. Das erste Ziel hatten sie erreicht.

Herr Szabó bog ab und fand einen Parkplatz in Nähe des 36 m hohen Millenniumsdenkmals im Stadtteil Pest. Peter staunte über die repräsentativen Bauten um den Heldenplatz und das Stadtwäldchen mit dem Bad.

Zahlreiche Touristen strömten aus den Bussen und betrachteten dieses Ensemble majestätischer Bauten. Darunter auch Budapester, die einfach das Wochenende für einen Familienspaziergang nutzten.

Im Széchenyi-Bad herrschte reges lautstarkes Treiben. Dies ist also das Wäldchen, wovon die Frau im Zug sprach. Einige Marktstände lockten Besucher an.

»Viele der alten prunkvollen Gebäude und die Burg Vajdahunyad, die du hinter der Wiese siehst, sind nicht so alt wie man denken sollte. Einige wurden im Rahmen der Millenniumsausstellung im Jahre 1896 geplant und erbaut«, erklärte Herr Szabó.

»Das hätte ich nicht vermutet«, antwortete Peter und betrachtete alle umliegenden Gebäude.

Anschließend besichtigten sie die St. Stephans-Basilika. Je näher man kam, um so beindruckender präsentierte sich die Kirche mit ihrer imposanten Kuppel.

»Du wirst erst in der Kirche sehen, wie groß die Basilika ist. Die Kuppel ist fast einhundert Meter hoch«, erklärte Maria. Sie schritten die Stufen hinauf und Peter beobachtete, wie sich die Besucher und seine Begleiter bekreuzigten. Er hat dies bisher nur bei seinem Besuch im katholischen Bayern beobachtet.

»Auch diese Kirche ist noch nicht alt«, flüsterte Maria Peter leise zu. »Sie wurde erst 1905 eingeweiht und bietet über 8000 Menschen Platz. Neben den christlichen Messen finden auch Orgel- und Chorkonzerte statt. Meine Eltern besuchen diese oft. Auch ich war schon mehrmals dabei. Großartig kann ich nur sagen. Man muss es erleben.«

»Das glaube ich dir. Wahnsinn, was Menschenhände schaffen können. Traurig, wenn ich da an die im Krieg zerstörte Frauenkirche in Dresden denke. Wir hatten einmal einen Schulausflug dahin«, erwiderte Peter im Flüsterton zurück.

»Fantastisch die Gestaltung der Kuppel mit den christlichen Motiven.«

»Es handelt sich dabei nicht um Malerei, sondern um ein Mosaik. 1931 erhielt die Basilika den Ehrentitel vom Papst ›Basilica minor‹. Wir Ungarn sind sehr stolz darauf.«

Plötzlich ertönte das Spiel der Orgel. Alle Besucher reckten die Köpfe Richtung Orgel und setzten sich schnell in die Bankreihen.

Peter beeindruckte der volle Klang und sie lauschten der Melodie eines Kirchenliedes.

Sie fanden einen guten Platz, sodass Peter sich beim Zuhören des Orgelspiels nach allen Seiten umsehen konnte.

»Man spielt bei angemeldeten Besichtigungen oft ein Lied auf der Orgel. Da haben wir heute Glück, dies zu erleben«, sprach leise Herr Szabó zu Peter. »Schau dich noch ein wenig mit Maria um. Sie erklärt dir noch einiges und wir treffen uns in 15 Minuten vor der Basilika.

Ihr geht dann mit Piroska über die Kettenbrücke zur Burg. Ich suche inzwischen einen Parkplatz in der Nähe der Fischerbastei.«

Staunend betrachtete Peter die einzigartigen Skulpturen und Gemälde.

»Man kann auch zur Kuppel hinaufsteigen. Von dort hat man einen fantastischen Ausblick über die Stadt. Dies schaffen wir aber heute nicht.«

Es wurde Zeit, die Basilika zu verlassen. Marias Mama wartete schon ungeduldig.

»Jetzt müssen wir uns aber beeilen. Es ist ein gutes Stück zu laufen.«

Ein letzter Blick von Peter auf die Türme der Basilika und zügigen Schrittes liefen sie Richtung Kettenbrücke. Peter kannte diese von den Ansichtskarten, die er von Maria erhalten hatte.

Doch auch hier übertraf die Wirklichkeit Peters Vorstellungen. Ein monumentales Bauwerk erwartete ihn.

Tolle Aussichten boten sich hin zu den Ufern der Donau, aber auch zum Parlament. Hoch oben auf der Budaer Seite präsentierte sich die Burg.

Etwas weiter in der Ferne zeigte Maria ihm das Freiheits-Denkmal auf dem Gellértberg.

»Vielleicht schaffen wir auch noch eine kurze Besichtigung zum Schluss«, meinte Piroska.

»Die Donau führt heute viel Wasser, denn es regnete mehrere Tage stark in Österreich«, erläuterte Maria, die den interessierten Blick von Peter auf den Fluss und seine Ufer bemerkte.

Nur ungern erinnerte sich Peter an sein Bad im Fluss. Doch es war eine Erfahrung, die ihn nachhaltig in Erinnerung bleiben würde. Peter betrachtete die Brücke, die zur Zeit seiner Entstehung um 1849 eine der längsten Hängebrücken der Welt gewesen ist.

Die monumentalen steinernen Löwen an den Brückenenden schienen als Fotomotiv sehr beliebt bei den Touristen zu sein.

Mit der über hundert Jahre alten Stadtseilbahn ging es hinauf zum Burgberg. Danach vorbei am Burgpalast, der Straße Richtung Matthiaskirche folgend, die sich am Dreifaltigkeitsplatz befindet.

»Auch dieses sehr bekannte gotische Bauwerk erhielt erst Ende des 19. Jahrhunderts seine heutige Gestalt«, erklärte Maria.

»Die Kirche hat eine wechselvolle Geschichte erlebt. Im 16. Jahrhundert brannten die Osmanen die Kirche nieder und verwandelnden diese in die Moschee von Büjük.

Erst nach der Rückeroberung Ungarns erhielt der Jesuitenorden die Kirche zurück. Wir besichtigen sie kurz und gehen anschließend zur Fischerbastei.«

Die Matthiaskirche, auch als Krönungskirche bekannt, zeigte sich sehr prunkvoll und Peter wusste nicht, wohin er zuerst seinen Blick richten sollte.

Bereits in Bayern, wo er vor fünf Jahren erstmalig in der Benediktinerabtei Niederaltaich mit solchem Prunk konfrontiert wurde, stand er sprachlos in einem solchen Bauwerk – gefüllt mit Fresken, Gemälden, Statuen, Reliquien und anderen historischen Exponaten. In seiner Heimat, evangelisch geprägt, findet man wenige solcher Kirchen, zumindest Peter hat bisher diese nicht besucht.

In dieser beeindruckenden Atmosphäre wagte er kaum zu sprechen. Er wollte auch die in den Bänken der Kirche verteilt sitzenden betenden Gläubigen nicht stören. »Komm, Peter, die Zeit läuft uns weg«, flüsterte Maria ihm zu. »Die Eltern warten bestimmt auf uns.«

Schnell liefen sie zum Ausgang auf dem Platz an der Dreifaltigkeitssäule vorbei zur Fischerbastei, wo Maria ihre wartenden Eltern entdeckte.

Ein eindrucksvolles Bauwerk, ganz in Weiß mit sieben konischen Türmen und einer prächtigen Aussichtsterrasse, sah sie aus wie ein Märchenschloss.

»Auch die Fischerbastei wurde erst um 1900 erbaut und bietet eine spektakuläre Aussicht auf den Stadtteil Pest, die Donau und die an den Ufern liegenden anderen Stadtviertel und Bauten.

Sieh dort die Kettenbrücke, das Parlament und die Basilika – neben dem Burgberg und dem Heldenplatz die wichtigsten Sehenswürdigkeiten der Stadt. Wir sind sehr stolz auf Budapest, dem Wien oder Paris des Ostens.

Hier spürt man unsere Geschichte, die nicht ohne die Doppelmonarchie Österreich-Ungarn gesehen werden kann. Aber auch nicht ohne die Besetzung durch die Osmanen und die vielen kriegerischen Auseinandersetzungen mit ihnen.«

Da war er wieder, dieser Stolz auf die gemeinsame Geschichte mit den Habsburgern, die im Gespräch mit Ferenc einen wichtigen Platz einnahm.

Es blieb keine Zeit, um das Thema mit Maria zu vertiefen. Marias Eltern warteten am Auto ungeduldig auf sie, denn es war inzwischen später Nachmittag.

»Komm, Peter« sprach Herr Szabó. »Wir fahren noch schnell zum Parlament. Leider ist wenig Zeit zum Besichtigen, aber gesehen haben solltest du dieses weltbekannte Wahrzeichen unseres Landes.

Irgendwann wirst du bestimmt wiederkommen. Dann nimm dir mehr Zeit und sieh dir alles intensiver an.«

Peter nickte und sie liefen zum Auto. Schnell erreichten sie das Parlament. Maria und Peter sprangen fast die Treppen hinauf. Peter ließ den Blick über die Donau schweifen. Einmalig schön.

»Ich träume davon, hier einmal auf den Stufen mit Blick auf die Donau als Studentin mit anderen Kommilitonen zu sitzen, dabei zu lernen oder einfach mich zu erholen«, hörte Peter Maria sagen. Die Zeit drängte.

Sie rissen sich von der Betrachtung los und liefen zügigen Schrittes zurück zu den Eltern, die schon warteten.

»Nun aber schnell, der Abend bricht an und bestimmt habt ihr schon lange Hunger. Unweit von hier befindet sich unser Lieblingsrestaurant. Wir werden dort zu Abend essen.«

Nach nur wenigen Minuten Fahrt durch verwinkelte enge Straßen und Gassen hielt Herr Szabó vor einem wahrscheinlich aus der späten Gründerzeit stammenden imposanten Gebäude, wie Peter sie aus Leipzig kannte.

»Da sind wir. Lasst uns hineingehen. Bestimmt findet Peter auch etwas auf der Speisekarte«, sprach lachend Herr Szabó.

Man schritt einige Stufen hinauf und öffnete die hohe schwere massive hölzerne Eingangstür.

Ein großer nur leicht beleuchteter Gastraum, eingerichtet mit schweren rustikalen Tischen und Stuhlsesseln, empfing die Besucher.

Nur wenige Gäste konnte Peter sehen. Die Klänge einer Violine drangen aus dem Raum.

Ein gut gekleideter Kellner stürzte fast auf die Gruppe zu und verbeugte sich tief vor Herrn Szabó. Dieser schien ein beliebter Gast zu sein.

»Herzlich willkommen, Herr Dr. Szabó. Gnädige Frau, bezaubernd sehen sie aus. Wie geht es ihnen und den

Kindern?« Er richtete sich ein wenig auf, begrüßte Piroska und Maria mit einem Handkuss.

Ohne eine Antwort von Piroska abzuwarten, wendete er sich wieder Marias Vater zu:

»Herr Dr. Szabó, darf es wieder der Tisch in der Nische sein?«

»Gern«, antwortete Herr Szabó. »Imre, uns begleitet heute Peter aus der DDR. Er ist begeistert von Ungarn und Budapest. Bestimmt auch jetzt von ihrem Restaurant.«

»Der Freund ihrer Tochter? Herzlich willkommen. So eine Freude.

Letztens haben sie gar nicht davon gesprochen, dass die Tochter einen Freund hat. Ich glaube, sie hat eine gute Wahl getroffen.«

Maria errötete. Peter schien irritiert zu sein, aber nicht wegen der Bemerkung des Kellners, denn diese hatte er nicht verstanden.

Was ihn verunsicherte, das war die tiefe Verbeugung des Kellners auch vor ihm. Peter staunte, war sprachlos, fühlte sich wie in einem alten Film mit Hans Moser. Er kannte dies nicht.

Alles kam ihm wie ein Traum vor. Hier gab es noch echte k. u. k.-Etikette. Er fühlte sich erleichtert, als sie am Tisch ankamen.

Der Kellner bemühte sich, die Stühle zunächst für Piroska und ihren Mann zurechtzurücken, damit sie sich bequem setzen konnten.

Peter, der dies, wie in der Tanzstunde gelernt, auch für Maria tun wollte, erhielt von Maria einen Knuff in die Seite. Sie flüsterte ihm zu:

»Lass dies bitte dem Kellner machen. Auch deinen Stuhl wird er zurechtrücken. Warte solange. Er ist alte

Schule. Schon sein Vater arbeitete beginnend als Lehrjunge in der Kaiserzeit, in diesem Restaurant und arbeitete sich bis zum Oberkellner hoch.

Imre folgte ihm in ähnlicher Karriere und ist sehr stolz auf diese Erfahrung sowie die Fortführung dieser Tradition hier in ›seinem‹ Restaurant. Die Gäste mögen das.«

Nachdem der Kellner auch Maria und Peter beim Platznehmen behilflich war, verließ er die Neuankömmlinge, um die Speisekarten zu holen.

Herr Szabó erkundigte sich schon nach den Getränken:

»Peter, wir trinken Wein mit Soda? Hier gibt es einen vorzüglichen Tropfen, den du probieren musst. Piroska und Maria, ihr wie immer eine Pepsi und Wasser?« Die beiden nickten.

Peter kam nicht mehr dazu, sich zu äußern, denn schon kam Imre zurück.

Zeit für Peter, ihn zu mustern. Ein Mittsechziger, vielleicht 1,70 m groß, von schlanker Gestalt, kantigem Gesicht und flinken Augen, um ja keinen Wunsch der Gäste zu übersehen.

Weiße schmale Hände, wie die eines Klavierspielers, hielten den Kugelschreiber und den Schreibblock.

Sein Gesicht mit einer etwas zu spitzen Nase, aus der einige Haare sich mit dem Oberlippenbart vereinigten, jedoch immer lächelnd.

Mit seinem schwarzen Anzug, einem weißem Hemd und farblich passender Fliege machte er eine gute Figur. Der Anzug bei näherem Hinsehen zwar mit einigen Flecken, doch sein freundliches Gesicht und korrektes Verhalten lenkten davon ab.

Zunächst nahm er zügig die Getränkebestellung entgegen und sagte fragend zu Dr. Szabó gewandt:

»Den Wein wie immer, gut temperiert in der Karaffe?«

Lachend antwortete der: »Aber natürlich. Nun aber schnell, Imre, wir sind ausgetrocknet vom Marsch durch Budapest«, und klopfte dabei mit der Hand auf den Tisch.

Flugs entfernte sich Imre verständnisvoll lächelnd. Maria und ihre Eltern widmeten sich der Speisekarte.

»Ich kenne den Inhalt der Karte und würde für Peter«, dabei schmunzelte er schalkhaft, »zunächst ein delikates Hühnersüppchen und als Hauptspeise Hahnhodengulasch mit Topfenfleckerln empfehlen.«

Das erschrockene Gesicht von Peter, seine vor Entsetzen geöffneten Augen, ließen ihn in ein schallendes Gelächter ausbrechen.

Er klopfte vor Begeisterung über den gelungenen Scherz auf den Tisch.

Wie kann man so etwas essen, fragte Peter sich, während ein Schauer des Ekels über seinen Rücken lief. Schon die Fleckensuppe seiner Oma war für ihn ungenießbar, konnte er nicht riechen.

Piroska und Maria lächelten zwar, aber schienen nicht so begeistert von dem Spaß.

Einige Gäste an den Tischen in der Nähe schauten interessiert zu den offensichtlich fröhlichen Gästen.

»Meinte es nicht so, Peter. Sollte nur ein kleiner Scherz sein.

Du siehst, es gibt noch interessantere Gerichte als die Hühnersuppe der Oma in Ungarn. Maria liest dir vor, was für dich infrage kommen könnte.«

Maria, sich nichts von dem makabren Scherz des Vaters anmerken lassend, begann vorzulesen, doch Peter unterbrach sie: »Bitte keinen unnötigen Aufwand. Für mich eine Tomatensuppe und als Hauptspeise einen Paprikagulasch wie bei deiner Oma in Kalocsa, aber ohne Hammel oder Esel!«

Nun lachte er und seine Gastfamilie über den kleinen Scherz, der ihm eingefallen war.

Der Wein mit Sodawasser löschte gut den Durst. Die Suppe und das leckere Gulasch füllten den hungrigen Magen.

Danach fanden sie Zeit für eine rege Unterhaltung, um den ereignisreichen Tag und die zurückliegenden Urlaubstage von Peter auszuwerten.

»Als Nachtisch wird es eine besondere ungarische Spezialität für alle geben«, sagte Maria.

»Somlauer Nockerln (Somlói Galuska), eine traditionelle ungarische Süßspeise, die dir bestimmt schmecken wird, Peter.«

Die Mitteilung ging weitgehend unter, denn ein Csárdás-Geiger in Tracht näherte sich, eine Melodie spielend, dem Tisch.

Es war derjenige, den sie bereits beim Eintreffen hörten. Bisher spielte er dezent in Nähe der Theke für die Gäste des Restaurants.

Zunächst ging er zu Dr. Szabó und zu Piroska, beugte sich spielend zu ihnen, lächelte ihnen zu, um sich dann abzuwenden, den Tisch zu umrunden und nun neben Maria und Peter zu spielen.

Der Geiger, ein korpulenter Mittfünfziger, eher klein, mit breitem Gesicht und dicken Augenbrauen sowie fülligem gewellten schwarzen Haar, beugte sich zu den Gästen.

Beeindruckend sein variantenreiches Minenspiel, von hoch erhobenem Kopf und geschlossenen Augen bis zu einem geöffneten Mund und hochgezogenen Augenbrauen, dabei die Stirn in Falten legend. Dazu immer wieder leichte Verbeugungen vor den Gästen, die er bestimmt nicht zum ersten Mal sah.

Er trug eine farbige Tracht – schwarze Hose, weißes Hemd und eine rote mit Stickereien verzierte Weste. Um die Hüfte eine bunte, zur Weste passende Schärpe.

»Das ist keine Originaltracht«, sagte Piroska zu Peter gewandt, »eher eine Fantasiezusammenstellung, angelehnt an die Trachten der Puszta. Doch er spielt gut und ist immer hier.«

»Er geht nicht eher vom Tisch, bis er einige, möglichst große Forint-Scheine erhalten hat«, ergänzte Maria.

Schon zog ihr Vater einige Scheine aus der Hosentasche, reichte sie ihm und bedeutete ihm mit der Hand, dass er nicht mehr am Tisch das Gespräch stören sollte.

Flink nahm er die Geldscheine, schob diese, dabei das Spiel nur kurz unterbrechend, blitzschnell in das Hemd.

Er verbeugte sich nochmals mehrfach tief vor dem Spender und seiner Frau und lief langsam, dabei weiterspielend, zurück zur Theke.

Peter fühlte sich wie in einer anderen Welt, staunend, sprachlos und ungläubig nahm er das Geschehen wahr.

In einem Restaurant mit einem solchen historischen Flair und Luxus ist er noch nie gewesen. Er meinte zu träumen und doch – es war Realität.

»War das Essen heute für unseren ›Feinschmecker‹ zufriedenstellend?«, hörte er Herrn Szabó fragen.

Peters Gesicht überzog sofort eine Röte. Er verzog leicht sein Gesicht und konnte seine Verlegenheit nicht verbergen.

Dieser Eindruck eines komplizierten Essers wird wohl immer bei den Gasteltern im Gedächtnis bleiben.

Er nahm es jedoch gelassen und antwortete lächelnd:

»Der Wein und das Essen schmeckten total lecker, der Nachtisch ein Traum. So etwas habe ich noch nie erlebt. Ein wunderschönes altes Restaurant mit einem luxuriösen Flair.

Die Musik liebe ich, aber eher, wenn der Geiger nicht am Tisch ist. Mir ist diese Musik nur einmal in Leipzig in der Weinbar ›Falstaff‹ begegnet. Dort spielte ein ungarisches Trio diese Musik. Ich war zu einem Geburtstag eingeladen.«

Seine Gastgeber freuten sich über den Erfolg dieses ereignisreichen Tages.

Sie spürten, dass Peter die Besichtigung von Budapest beeindruckt hat und dass er überwältigt war von diesem Luxus, den er hier im Restaurant erstmalig in seinem noch jungen Leben erlebte.

»Ich werde dies und alles, was ich gesehen und erlebt habe, vor allem eure herzliche Gastfreundschaft mein ganzes Leben im Gedächtnis behalten.

Es ist, glaube ich, schon jetzt der richtige Zeitpunkt, liebe Piroska, Herr Szabó und dir, liebe Maria, Danke zu sagen.

Eine wundervolle Zeit durfte ich bei euch verbringen. Alle, auch die Oma, Eva und Anna, haben viel dazu beigetragen, um diesen Aufenthalt für mich unvergesslich zu machen.

Ich bitte um Nachsicht für meine Essensgewohnheiten, die leider unbekannten Speisen nicht aufgeschlossen sind.

Aber auch für die ›Ausrutscher‹ am ersten Badetag und in der Donau, wo ich Anlass zur Sorge gab. Doch diese Probleme werde ich als Lehre für das zukünftige Leben mit nach Hause nehmen.

Ich würde mich freuen, wenn nächstes Jahr auch

Maria eine solche Bilanz ziehen kann und sich bei uns wohlfühlt. Wir werden dafür alles tun. Dies kann ich auch im Namen meiner Eltern versprechen.«

Impulsiv klatschten alle.

»Danke, Peter, für deine emotionalen Worte. Dein Besuch gab auch uns viel Freude und ich habe mich gern, wenn es die Zeit zuließ, mit dir über Gott und die Welt unterhalten.

Nicht immer stimmten die Meinungen voll überein, aber jeder, auch ich, konnte noch etwas daraus mitnehmen.

Schade, dass dies nicht so schnell wieder passieren kann. Du wirst den Grund später erfahren.

Maria freut sich schon jetzt auf den Besuch bei euch. Wir wissen jetzt, dass sie gut aufgenommen wird.

Da ich morgen ganztägig und zum Zeitpunkt deiner Rückreise übermorgen im Dienst bin, wünsche ich dir schon jetzt alles Gute und eine angenehme Reise.«

Herr Szabó sprach es, ging auf Peter zu und umarmte ihn. Es schien, als ob er eine Träne unterdrücken musste. Das Essen wurde zu einem rührenden Abschied.

Diese besondere Situation des Abschieds für lange Zeit von neu gewonnenen Freunden, stimmte Peter nachdenklich und ein wenig traurig.

Es blieb das beiderseitige Versprechen auch nach dem Besuch von Maria in Deutschland in Kontakt zu bleiben. Herr Szabó hob nochmals das Glas und rief Peter zu:

»Egészségedre. Auf unser aller guter Zukunft und Gesundheit.«

Es wurde Zeit den Restaurantbesuch zu beenden, denn die Zeiger der alten Uhr am Tresen zeigten nach 20 Uhr und die Fahrt nach Hause stand noch bevor.

Der nächste Tag verging wie im Fluge. Maria und Peter nutzten die Zeit zu einer Wanderung und einem Ausflug mit dem Zug nach Balatonalmádi.

Sie besichtigten die Stadt mit ihrer aus dem 13. Jahrhundert stammenden Wehrkirche.

Anschließend wanderten sie zum Óvár-Aussichtsturm.

»Wir müssen unbedingt hinauf auf den Berg mit dem Namen ›Rock der Königin‹.

Heute haben wir beste Sicht und du wirst ein herrliches Panorama vom Balaton und seiner Umgebung erleben. Ein alter Aussichtsturm steht auf dem Gipfel.«

»Maria, du weißt, für so etwas bin ich immer zu haben. Doch was für ein seltsamer Name für den Berg. Ich liebe Wanderungen.«

Und richtig: Ein fantastischer Blick auf das landschaftliche Panorama bot sich ihnen vom Aussichtsturm.

»Maria, wunderschön ist euer ungarisches Meer. Dazu die bewaldeten Höhen hin zum Landesinneren, die den Balaton scheinbar schmücken wollen. Gut, dass wir diesen Weg noch gegangen sind.

Ich werde die Zeit mit dir, den schönen Wanderungen und Gesprächen vermissen. Eine wunderschöne Zeit durfte ich bei euch verleben. Liebe Maria, dafür danke ich dir.«

Etwas verlegen und überrascht konnte sie nur kurz antworten:

»Ich danke dir auch. Mir geht es auch so. Leider ging die Zeit zu schnell vorbei.«

Sie gönnten sich ein Picknick von dem Inhalt der Verpflegungspakete, die die Mama ihnen mit auf den Weg gegeben hatte. Sie ließen sich Zeit, plauderten über die Erlebnisse der letzten Tage. Ein wenig Wehmut, Traurigkeit und Abschiedsstimmung ließen sich in den Gesprächen nicht vermeiden.

Anschließend nutzten sie das Strandbad Wesselényi letztmalig für ein Bad in dem doch recht warmen Wasser des Balaton, das nur wenig Abkühlung brachte.

Am Abend saß die Familie im Garten nochmals beim Abendbrot gemeinsam unter dem Apfelbaum, hörten dem Abendgesang der Vögel zu.

Ein Kollege von Herrn Szabó hatte einige Dienststunden übernommen, sodass er mit der Oma doch noch kurz zum Abschiedsessen gekommen ist.

Es herrschte eine verständliche gedrückte Stimmung, denn es hieß Abschied nehmen.

»Freut euch doch und seid lustig. Eine schöne Zeit liegt hinter uns. Neue Erfahrungen konnten wir, aber vor allem unser Peter, sammeln.

Trinken wir ein Glas mit Sonnenschein auf unser aller Wohl, besonders aber auf eine lange herzliche Freundschaft. Egészségedre!«

»Danke, Herr Szabó. Ein wunderschöner Urlaub liegt hinter mir. Ich fühlte mich wie ein Sohn in eurer Familie. Keine Fremdheit war zu spüren.

Nicht immer lief alles glatt, doch ihr habt sehr viel Verständnis für mich aufgebracht.

Maria, du warst eine liebe Begleiterin in den letzten zwei Wochen. Ich konnte vieles lernen. Sogar ein wenig eure Sprache verstehen.

Ich freue mich auf das nächste Jahr, wenn ich dir, liebe Maria, meine Heimat zeigen kann. Mit meinem Vater haben wir schon Touren ausgesucht, damit du mit unserem treuen Trabbi viel von unseren Städten und Landschaften kennenlernen kannst.

Nochmals besten Dank für eure unbezahlbare herzliche Gastfreundschaft. In wenigen Stunden sitze ich im Zug und werde irgendwann zu Hause ankommen.

Vielleicht ist der ›Hungaria-Express‹ pünktlicher als der ›Balt-Orient-Bummelzug-Express‹ auf der Anreise. Ich wünsche euch allen eine gute Zeit und beste Gesundheit. Egészségedre oder wie es bei uns kurz heißt: Prost!«

Alle klatschten und hoben das Glas, gefüllt mit Wein oder Wasser aus dem Siphon. Man umarmte sich. Auch Maria umarmte Peter.

»Ich freue mich auf nächstes Jahr, dich in deiner Heimat zu besuchen. Wunderschöne Tage liegen hinter uns. Ich konnte meine Deutsch-Kenntnisse sehr verbessern.«

Bei Piroska und der Oma kullerten einige Tränen. Auch Peter fühlte sich von der Situation überwältigt und gerührt, was eigentlich nicht seine Art ist.

Er musste kämpfen, dass nicht auch bei ihm die Tränen aus den Augen rollten.

Nochmals spazierte er mit Herrn Szabó in angeregter Unterhaltung durch den Garten. Auch sie hatten Freundschaft geschlossen.

Marias Vater musste jedoch wieder ins Krankenhaus zum Dienst und verabschiedete sich mit einer Umarmung von Peter.

Früh am Morgen hieß es aufstehen, schnell frühstücken und zum Bahnhof gehen. Maria, Piroska und die beiden Mädels begleiteten ihn. Der Zug kam pünktlich.

Ein letztes Händeschütteln, herzliche Umarmungen zum Abschied. Eva und Anna, die kleinen Mädchen nochmals auf den Arm genommen und schon musste er einsteigen.

Der Waggon bot viel leere Plätze, doch Peter musste erst zum geöffneten Fenster. Seine Gastgeber blieben winkend, anfangs noch Abschiedswünsche rufend, auf dem Bahnsteig zurück. Eine Traumreise endete. Peter verstaute sein Gepäck und setzte sich.

Es wurde Zeit sich zu sammeln. Er lehnte sich zurück und ließ die Ereignisse des Urlaubs Revuepassieren.

In Gedanken versunken saß er am Fenster, neu gewonnene liebe Freunde zurücklassend. Der Balaton, die schmucken Dörfer und die bewaldeten Hügel blieben zurück.

Die erste Etappe der Rückfahrt in die Heimat hatte begonnen. Sein Leben lang werden ihn die vergangenen zwei Wochen begleiten, in guter Erinnerung bleiben.

Eine fast schlaflose Nacht lag hinter ihm. Eine lange Reise mit dem Zug erwartete ihn. Hoffentlich mit wenig Verspätung, gerne mit netten Gesprächspartnern.

Er schloss die Augen. Wie ein Film begannen die Erinnerungen an den Urlaub von ihm Besitz zu ergreifen. Eine langersehnte Reise war nun Vergangenheit.

Doch der Besuch von Maria im Harz im kommenden Jahr wird eine Fortführung sein, die neue Freundschaft festigen.

11. Kapitel

Ein Klappern in der Küche weckte Peter. Er schrak auf. Der PC-Monitor starrte ihn schwarz an und befand sich im Ruhemodus.

Er schüttelte sich. Sein Genick und der Rücken schmerzten. Eine ganz neue Erfahrung – er kann am PC auf dem Schreibtischsessel schlafen. Das ist ihm noch nie passiert.

Ein Traum, oder waren es einfach Erinnerungen, die er soeben im Dämmerzustand erlebte? Vielleicht auch eine Mischung von beiden. Er rieb sich immer noch ungläubig die Augen.

Noch sah er vor seinen Augen die ihm vom Bahnsteig nachwinkende Familie Szabó. Ein Bild, wie es vielleicht vor fast 60 Jahren real gewesen ist.

»Peter, schläfst du immer noch? Komm, hilf mir in der Küche. Ich möchte für den Wochenendbesuch schon die Rouladen zubereiten.

Hole mir bitte ein Glas Rotkraut aus dem Keller. Danach kannst du die Messer schärfen. Darum habe ich dich schon mehrfach gebeten.«

Peter erhob sich widerwillig. Nach einem so schönen Traum abrupt in die Wirklichkeit des Ehemannes gerufen zu werden, das ist schon hart. Die Realität verdrängte den wundervollen Traum.

»Beim Schlafen erinnerte oder träumte ich von meiner ersten Ungarnreise zu Marias Familie am Balaton.

Eine wundervolle Reise mit einem großartigen Aufenthalt bei einer netten Familie.

Moni, du kennst ja auch alles aus meinen und Marias Erzählungen. Bemerkenswert, dass die Freundschaft bis heute erhalten geblieben ist. Schön, dass wir dieses Jahr nochmals in Etappen mit dem Auto Maria und Bela am Balaton besuchen. Ich fühle mich gut.«

»Ich freue mich auch auf die Reise. Dazu die Kurz-aufenthalte in Melk, Wien, Budapest und im Mostviertel. Das wird toll.«

Und so kam es. Moni und Peter erlebten eine wunderbare Zeitreise, trafen Freunde und Bekannte.

Sie hatten in Keszthely eine Ferienwohnung gemietet. Dadurch konnten sie gut die Umgebung des Balaton erkunden, auch Schifffahrten unternehmen.

Die Begegnungen mit Maria und Bela wurden der Höhepunkt der Reise.

Am Vortag gab es ein reinigendes Gewitter und die Natur freute sich nach langer Zeit heißer Temperaturen und Trockenheit über den Regen.

Doch heute schien wieder die Sonne. Der vereinbarte Besuchstag auf dem Weinberg in Badacsonytomaj stand unter einem guten Stern.

Herzlich wurden Moni und Peter empfangen. Der Kaffeetisch von Maria einladend gedeckt, so kam man schnell ins Gespräch.

Zunächst tauschten sie noch einige Familienneuigkeiten aus. Danach betrachtete man alte Fotos der gemeinsamen Treffen.

Peter erkundigte sich nun über die Umstände des frühen Todes von Marias Vater.

»Ja, Peter, sieh, hier ist mein Vater mit dem alten Skoda. Zurückblickend eine schwere Zeit für unsere Familie.

Vieles über die grausame Krankheit meines Vaters habe ich auch erst später erfahren.

Er unterzog sich allen Behandlungsmöglichkeiten, die

es damals zur Bekämpfung der Krebserkrankung gab. Auch während deines Besuches.

Später erhielt er auch Bestrahlungen mit der ›Kobalt-Kanone‹. Dies war nach meinen Besuch bei euch.

Meine Mama und ich hatten auf Bitten meines Vaters beschlossen, dich nicht mit unseren Problemen und der Krankheit meines Vaters zu belasten.«

»Damit bestätigst du meine spätere Vermutung nach der Nachricht vom Tod deines Vaters, dass schon während meines Besuchs dein Vater mit einer tödlichen Krebsdiagnose leben musste.«

»So ist es. Er kämpfte schon länger mit der Krankheit, aber nach außen war er immer Optimist und voller Zuversicht.

Auch meine Mutter trug die schwere Last dieser lebensbedrohenden Diagnose. Wir Kinder und auch du, Peter, durften damit nicht konfrontiert werden.

Mich informierten die Eltern auch nicht umfassend über den Zustand meines Vaters. Auch ich sollte nicht belastet werden.

Einen Spagat erforderte dies von meinen Eltern zwischen einerseits einem weitgehend normalen Leben gegenüber den Kindern, Freunden und Bekannten.

Andererseits dem grausamen Wissen um die schwere unheilbare Krankheit des geliebten Mannes und Vaters ihrer Kinder bei meiner Mama.

Dazu kam, dass bei meinem Vater trotz vieler Medikamente die Schmerzen und Krankheitserscheinungen zunahmen. Erste Behandlungsversuche der Spezialisten brachten nicht den ersehnten Erfolg und schlugen alle fehl.

Viele Medikamente führten zu Folgeschäden, neuen Krankheitssymptomen und schmerzhaften Belastungen.

Eine rückblickend erbarmungslose Zeit für unsere Familie, denn die Krankheit konnte nicht mehr vor uns Kindern verborgen werden.«

»Es ist schwer für mich, sich in die Lage deiner Eltern zu versetzen. Andere hätten vielleicht meinen geplanten Besuch umgehend abgesagt.

Doch deine Eltern ließen sich mir gegenüber nichts anmerken. So konnte ich meine Traumreise antreten.«

Peter hielt inne und alle schienen von diesen schmerzhaften Erinnerungen überwältigt, auch wenn sie viele Jahrzehnte zurücklagen.

Vieles von dem, was Maria ihnen offenbarte, kannten sie nicht.

»Du hast recht. Mein Papa blieb nicht nur wegen des Krankenhauses in Veszprém.

Nein, oft ging es ihm nicht gut oder er litt unter den Nachwirkungen von den Behandlungen. Nur starke Medikamente ließen ihn seine Schmerzen ertragen.

Trotzdem hat er diesem Besuch zugestimmt, hat für uns einen großen Wunsch Wirklichkeit werden lassen.«

Jetzt verstand Peter auch die langen philosophischen Unterhaltungen mit Herrn Szabó über das Leben und die begrenzten Möglichkeiten der Medizin.

Aber auch die Bemerkung von Marias Vater, dass es wohl nicht so schnell ein Wiedersehen geben wird, hatte nun seine Bedeutung, die er verstand.

Nur wenig an gemeinsamer Zeit mit seiner Familie lagen noch vor Marias Vater.

Er, ein Arzt, der immer für seine Patienten Zeit hatte, alles unternahm, um diese zu heilen, wurde zum Opfer einer damals unheilbaren Krankheit.

Die Kinder verloren ihren Vater und die Mutter den Ehemann. Piroska musste nun allein mit den drei

Mädchen das Leben bewältigen. Noch heute trägt Maria schwer an diesem Schicksal, dem schmerzhaften Verlust ihres Vaters.

Sie war innerlich aufgewühlt, als sie erstmalig auf dem Weinberg Moni und Peter über diese Zeit detailliert berichtete.

Peter spürte, dass dieses Ereignis sie hart getroffen und ihr Leben beeinflusst hat.

Man musste Abstand von diesem Thema gewinnen, so wichtig es auch gewesen war, darüber zu reden.

Bela und Peter schritten durch die Reihen der Weinstöcke, redeten über den möglichen Ertrag in diesem Jahr, besichtigten den Weinkeller. So wie es Dr. Szabó damals mit Peter tat.

Bela nahm eine Flasche Wein mit zur Terrasse. Gemeinsam plauderten sie nun über ihre Kinder und Enkel, über das was man sich an Reisen vorgenommen hat.

Im Gegensatz zu Moni und Peter versammelt sich bei Feiern eine große Familie auf dem Weinberg.

Die Familien der Kinder und auch Maria und Bela verlegten ihren Hauptwohnsitz nach Deutschland, fanden hier neue Freunde und den Lebensmittelpunkt.

Die Reisefreude und die gemeinsamen Erinnerungen vereinen noch heute beide Familien.

Eines ist gewiss, die jetzige Reise und der heutige Tag auf dem Weinberg wird noch lange in Unterhaltungen der beiden befreundeten Familien Thema sein. Vor allem dann, wenn Oma und Opa den Enkeln aus ihrer Jugendzeit berichten. Über das, was man in vielen gegenseitigen Besuchen gemeinsam erlebt hat.

Moni und Peter erlebten ein neues Ungarn, doch die Landschaft des Balaton und seiner Umgebung hat von seinem Charme nichts verloren. Maria und Bela zeigten ihren Besuchern nochmals ihre Hauptstadt Budapest, man besuchte bekannte und auch bisher unbekannte Sehenswürdigkeiten.

Zu Monis und Peters Überraschung kehrten sie auch im luxuriösen Café »New York Palace« ein.

Sie fühlten sich in diesem Prunk wie zu Zeiten von Kaiserin Sissi. Nur die vielen lauten Touristen, die unbedingt dieses Flair genießen wollten, störten.

Im jetzigen Alter waren die Besichtigungen sehr anstrengend, doch es musste einfach sein.

Sonst wäre es keine Zeitreise in die Jugend mit diesem unvergesslichen Aufenthalt gewesen. Auf Peter wartete zum Schluss noch ein besonderes Erlebnis, als man sich in Marias Wohnung traf.

Sofort entdeckte er die Familienfotos und einige der alten Möbel, die ihn bei seiner Ankunft und Zusammentreffen mit der Oma beeindruckten.

»Maria, ist das toll, dass ich nochmals diese Fotos sehen kann. Jetzt bin ich Ahnenforscher und liebe immer noch diese alten Fotos. Alle haben bei euch einen guten Platz bekommen. Ergänzt durch Fotos eurer Eltern und Geschwister. Jeder Besucher sieht diese sofort, erinnert sich an gemeinsame Zeiten mit eurer Familie.«

»Das bin ich meiner Familie schuldig. Auch meine Kinder und Enkel lieben diese. Sehen sich bei Besuchen diese immer wieder an und ich erzähle ihnen, so wie die Oma und meine Mama es mir und dir erzählten, kleine Geschichten und Anekdoten dazu.«

»Ja, Maria und Bela, nun sind wir in einem Alter, wo die Erinnerungen einen immer größeren Platz einnehmen.

Jetzt heißt es gesund bleiben und die Wunschliste abarbeiten, die wohl jeder noch vor dem immer bedrohlicher nahenden Lebensende hat. Erinnern wir uns an eine Lebensweisheit und streben dieses als Lebensziel an: Jugendlichkeit und Freundlichkeit bis ins hohe Alter sind innerer Reichtum.

Ihr seht, wir können nach unserer Reise zu euch einen Haken hinter einen unserer Wünsche setzen.«

Damit endete eine nostalgische Begegnung mit emotionalen Momenten und Maria versprach Moni und Peter sie bald zu besuchen.

Auf der Hin- und Rückreise nahmen Moni und Peter sich die Zeit, einigen Sehenswürdigkeiten Österreichs einen Besuch abzustatten: der Benediktinerabtei Stift Melk und andere Ausflugsziele in der dortigen Donauregion, den Besuch ihrer Fuerteventura-Freundin Gerti im Mostviertel, die Besichtigung von Schloss Schönbrunn, nette Gespräche mit Anett und Paul in einem Grinzinger Heurigen, Orte des Wienerwaldes und vieles andere.

Dankbar blickt man auf die Entwicklung der letzten drei Jahrzehnte, den Fall des »Eisernen Vorhanges«, der Mauer und in dessen Folge, auf ein grenzenloses Europa zurück.

Dieses Ereignis brachte nicht nur die Einheit Deutschlands.

Man hat nun die Freiheit, die man sich vor über fünf Jahrzehnten so sehr wünschte, um Grenzen ohne bürokratische und ideologische Hürden zu überwinden.

Doch auch Existenzängste gab es zunächst nach der Wende, die man mit Beharrlichkeit und Optimismus besiegte.

Die Gewinner sind vor allem die Kinder und Enkel, die hoffentlich in einer Welt aufwachsen, die von einer Zukunft mit Frieden und Toleranz zwischen den Menschen geprägt ist. Doch dies ist nicht selbstverständlich.

Es bedarf großer Anstrengungen derjenigen, die dauerhaften Frieden und freundschaftliches Miteinander der Völker wollen.

Deshalb muss nach wie vor den internationalen Machtspielen unberechenbarer Politiker Einhalt geboten werden. Dies sind wir unseren Kindern und Enkeln schuldig.

Sie sollen im Gegensatz zu den Eltern und Großeltern, die die Weltkriege und das dritte Reich erlebten sowie im Sozialismus leben mussten, ohne Reiseverbote oder -einschränkungen, ohne Angst vor Bespitzelungen und mit vielen Möglichkeiten, das Leben nach den eigenen Vorstellungen gestalten können.

Es scheint, als ob Europa auf einem guten Weg dazu ist.

Hinweis auf weitere Bücher

Bestellungen für alle Bücher im örtlichen Buchhandel bzw. im Versandbuchhandel

Covid-19 oder Die Vertreibung aus dem Paradies

Erschienen 2020
ISBN 978-3-7504-9452-7
Taschenbuch   6,70 €
E-Book   3,49 €
Format 12x19, 160 S.

Das Buch schildert, wie Rosi und Peter unbefangen und mit viel Vorfreude mit der Überwinterung auf Fuerteventura begannen, sich auf der Insel einrichteten.

In den ersten Wochen schien alles wie immer, doch die Berichterstattung über das sich in der Welt verbreitende Virus Covid-19, aus China kommend, wurde in den Medien immer exzessiver.

Die Diskussionen unter den Urlaubern wurden intensiver und die Maßnahmen hinterfragt. Verständlich die Ausgangssperre, aber schwer zu ertragen.

Rosis Angst steigerte sich fast bis zur Depression, denn auch ihre Flüge wurden gecancelt – teils ohne Information. Wie kommen sie nach Hause? Wie würde alles enden?

Eine Lesermeinung: »...Das Buch habe ich mit großem Interesse gelesen und kann nur gratulieren. Es ist gekonnt erzählt und gut aufgebaut.« (Frank R.)

https://pechsteins-buecher.jimdofree.com

FUERTEVENTURA Insel unserer Träume

Erkundung einer rauen Schönheit. Ein unterhaltsames Reisebuch kreuz und quer zu faszinierenden Orten und Landschaften

Erschienen 2018
ISBN 978-3-7481-1021-7
Taschenbuch: 8,45 €
E-Book: 3,49 €
Format A5, 160 S.

Eine Lesermeinung: »Das Buch zu lesen ist ein wahres Vergnügen. Es versetzt einen geradezu auf die Insel. Ist als wäre man gerade dort! Tolles Buch.«, Annett W.

Das beliebte Reisebuch für alle, die eine unterhaltsame Lektüre suchen, aber nicht auf Tipps für Ausflüge und Entdeckungen auf dieser faszinierenden kanarischen Insel verzichten wollen.

Erleben Sie mit, wie ein Ehepaar sich einen langjährigen Traum erfüllte und zeitweise dem Winter entflieht.

Das Buch ist kein Reiseführer, aber hilfreich bei der Wahl des Urlaubszieles und von Ausflügen.

Mit über 20 Ausflugsbeschreibungen!

49 Farb- und über 80 Schwarz-Weiß-Fotos begleiten den Text, werden zum Reiseverführer, wecken die Sehnsucht nach Sonne, Meer, Berge und Palmen.

https://reisetraeumeundmehr.jimdofree.com

Hurra, ich fliege nach Fuerteventura –

Filippo und seine kleinen Reiseabenteuer

Erschienen 2019
ISBN 978-3-7481-1104-7
Taschenbuch: 6,99 €
E-Book: 2,99 €
Format A5, 130 S.

Eine unterhaltsame Geschichte - perfekt für die Reise, die Ferien und den Urlaub.

Die Leserin Susanne L. meint:

»Es ist, wie auch das andere Fuerteventura-Buch, schön humorig und sehr liebevoll geschrieben. Für Eltern mit Kindern bietet es eine Menge Anregungen, was man im Urlaub so machen kann.«

Der Autor beschreibt, wie Filippo einen abenteuerlichen Urlaub auf der Vulkaninsel Fuerteventura erlebt. Natürlich findet man auch tolle Ausflugsziele in der Erzählung.

Erstmals wird Filippo in ein Flugzeug steigen, die Erde von oben betrachten. Die Eltern mussten Filippo nicht begeistern. Er war voller Tatendrang. Er will baden und kleine abenteuerliche Wanderungen mit den Eltern unternehmen. All das wird ihm viel Spaß bereiten.

Die Eltern hielten ihr Versprechen. Es wurde für den kleinen Jungen ein abenteuerlicher, abwechslungsreicher Urlaub.

Mehr dazu und Reiseberichte auf den Webseiten:

https://reisetraeumeundmehr.jimdofree.com

und https://pechsteins-buecher.jimdofree.com

Ein PECHSTEIN auf dem PECHSTEIN saß

und dachte über „PECHSTEIN" nach

Gedankenspiele – Entdeckungen – familiäre Spurensuche

Ausgabe 10/2018,
ISBN 978-3-7460-1296-4
Taschenbuch 6,25 Euro,
E-Book 3,99 Euro
116 Seiten, mit vielen historischen Fotos und
6 Farbseiten

Fast alles zum Namen Pechstein oder Bechstein finden Sie in diesem Buch – Herkunft, Bedeutung, Landschaften, Ahnenlisten, usw.

Was ist Pechstein?

Oft wird man danach gefragt. Kommen Sie mit auf die Spurensuche zur Herkunft des Namens und dieser Bezeichnung, auf den Weg die Geschichte der Familie zu recherchieren.

Erleben Sie die Faszination der Archivrecherche zur Erforschung der Familiengeschichte, die zu neuen Erkenntnissen und zu den Wurzeln der Familie führt. Interessant für alle, die selbst einmal die Wurzeln der eigenen Familie erforschen wollen.

Pechstein, auch Bechstein, ist nicht nur ein Familienname, sondern auch die Bezeichnung für Landschaften, für ein Mineral, für Tiere, für einen Berg und für einen edlen Wein.

Begleiten Sie mich auf einer Reise zu Sehenswürdigkeiten, erfahren Sie wie der Name entstand, wann und wo dieser im deutschsprachigen Raum erstmals erwähnt wurde. Bekannte Personen tragen diesen Namen, mit Anekdoten lernen Sie diese näher kennen.

Ein Buch für Leser mit Interesse für Geschichte und Genealogie, aber auch um neue Ausflugsziele kennenzulernen.

Mehrere Ahnenübersichten und viele historische Fotos vervollständigen das Buch.